臺灣神鬼傳奇

太子與
鐵道上的男孩

張國立

謹以這本書獻給沈伯英先生，他於一九四九年隨中央造幣廠來臺，在中山北路二段三十九巷的臺北新村內為我講了好幾年故事，毫不吝惜讓我繼承了他豐富的想像力，從此我的人生和一般人不太相同，我老婆說：太虛構了。

也謝謝梶井悠生君，他從小有神奇能力看到某些穿透的畫面。寫這本小說之初，悠生君為我費了不少精神用力作夢，再以手機將夢境打漢字傳給我，對於一個連作業也寫得不情不願的男孩來說，他真夠勉強。疫情使悠生君失去期待多年的小學畢業旅行，我承諾補他，希望能早點實現。

再謝謝臺南鬼咖啡的黃遊牧，他的夢也給了我靈感。每次去臺南必去他那裡和兔子的DJ酒吧，分享他們豐富的人生。

男孩跑在森林裡，地面泥濘，每提起早已沾滿泥漿的NIKE運動鞋便發出撕魔鬼氈的聲音，吱——喳。

沒有風，沒有雨，月亮和星星微弱的光芒勉強穿過繁茂枝葉，使濃郁且緩緩飄動的夜霧有了晃動的形體，輕輕掃過草地，留下溼漉漉追逐男孩的腳印。

霧來得急，大口吞噬無法逃開的大小樹木，枝葉緊張到停止擺動，像有人拿槍抵住樹幹，動也不敢動。

男孩繞過一棵高大到能稱為神木的巨檜，沒留意停在高處枝幹上的貓頭鷹，牠僵硬得有如臺北某家咖啡館貼在落地窗一角的剪影，不過牠轉動眼珠子，往左轉、往右轉，看著腳下的男孩，急欲張口發出咕咕叫。牠壓抑住情緒，卻控制不住翅膀抽筋般抖了抖，說不定見到肥滋滋小青蛇滑過對面的樹根，可能嚥過口水，但嚥到食道即停住，怕落進胃部會發出驚醒森林的石子落水聲。

霧快追上男孩，蔓延至貓頭鷹腳下，它向四方搜索、觸摸地移動，毫不掩飾嘶嘶的呼吸聲，細長的手沿樹幹往上爬，貓頭鷹沒有脖子的臉朝後縮，眼珠左右轉得更快，極低頻的聲音從遠方傳來，來自地底，藏在霧裡。

男孩受驚嚇摔了一跤，他很快爬起身，看到飄在眼前一根羽毛。未因羽毛而分心，他繼續快速前跑，霧改變目標，從樹上退下往前一撲大口咬住男孩的影子，咬得影子顫抖了一會兒，幸好羽毛及時落下，打亂濃霧注意力，影子被拉得很長，然後橡皮筋那樣飛快回縮，逃開濃霧的大嘴。

羽毛有如不知發生何事，斯文地以鐘擺弧度在被抽空的、令人窒息的空間內擺動。貓頭鷹的大眼珠往下瞧，猶豫該不該伸出爪子搶回那片搞不清狀況的該死羽毛。

牠只有一隻腳，沒有多餘的爪子撈回落下的羽毛，眼睜睜看著羽毛被霧吞噬而消失。

牠的獨腳和失去一隻腳不同，長在身體下方的中央，因而幾乎可以判斷天生即一隻腳。

獨腳抓得樹枝痛苦亂顫。

據說貓頭鷹的耳朵比貓狗更敏感，不尋常的聲音令牠緊張，凝神專注在愈來愈強烈的震動聲，直到看見奔跑的男孩。

男孩找不到方向，停在樹下張望，樹與樹間隙太小，刮人的芒草長得太密。那一刻他抬頭，見到不親民又膽怯的貓頭鷹。

不想和男孩交換眼神，貓頭鷹的身子慢慢朝後仰，試圖不著痕跡躲進黑暗，不過說不定仰的角度太大而失去平衡倒栽蔥摔下去，牠膽子小而已，常被誤會太過於驕傲。

牠不驕傲，夜晚只有一樁事情能激勵貓頭鷹的士氣：獵食，牠一向合併處理晚餐與消夜，一分一秒不敢錯過，不眨眼盯牢黑暗中的食物，千鈞一髮之際向下俯衝並一擊中的。

此刻牠忘記飢餓，從浮出血絲的眼珠即可看出牠神經繃得即使一隻蚊子停到肩膀都可能驚得停止心跳。

牠瞪大眼等待結果，看夜霧追逐男孩，守在電影院張嘴看著開演前空白銀幕那樣的等待。

男孩喘了幾口氣，霧已追到身後，於是他扭頭閉眼，兩手交叉成X狀護住頭躍進芒草。

霧已然忽略上方的那雙眼睛，試探性飄進芒草堆再退出，說不定它怕芒草攪亂方向，說不定擔心力量尚不夠強大，不得不停在樹下匯集得更厚、更濃、更急躁，不料貓頭鷹悄悄伸展翅膀，當夜霧還來不及反應，牠唰地越過樹林間不到半公尺寬的小徑。

據說秋天應該已經開始的午夜，霧被貓頭鷹打散往四處亂竄，男孩看見牠了，吐著大氣，他踩著泥巴，跟在貓頭鷹後面弓身鑽進樹洞。

好大的洞，男孩爬了十多步才出去，另一邊沒有霧，沒有芒草，甚至有皎潔的月光。不遠的前方傳來咕嘟聲音，貓頭鷹終於嚥下口水，牠咬住與眼藥水瓶子大小相當的初生小鼴鼠。空中爆出閃電，鼴鼠兩條細小的後腳蹬在貓頭鷹的嘴外。

室內的人幾乎都沒留意窗外的閃電，一是注意力被展覽物吸引，一是此起彼落的招呼聲、哈啦聲中和掉已被氣密窗阻隔掉大半的雷聲。從每個人的頭銜來看，這屋子裡的博士可能占七成，另兩成碩士，剩下的一成是保全和展覽方的接待人員。

某私人企業於一週前在臺南的改建老宅內挖掘出藏於地下的一口瓦甕，發現裡面除了明清時期的女人飾物、荷蘭與西班牙銀幣外，另有長條形黃色古紙，以紅硃砂寫或畫了字跡模糊的文字，初步判斷為符咒，道教協會與考古學會情商，借出符咒到臺北展示，以期一探符咒的祕密。

迄今為止，這是臺灣出土最古老的符咒，可能因為裝在密封不透氣的瓦甕內才保持紙張歷經三百年的光陰仍未腐化。考古學會以電腦斷層掃瞄，從其中一張符咒左下角發現極模糊的印章，兩個篆字：教明。

身穿道服的韓博士是裡面年紀最輕的，他仔細看了玻璃櫃內的符咒，臉上露出微笑，未參與任何團體的討論，獨自走到窗前，他見到閃電，感覺輕微的地震，忽然一團黑色物體朝他撞來，沒撞到，是隻鳥，飛太急，停在梁柱般的雨遮清理羽毛。眼熟的鳥，可是貓頭鷹怎麼會飛進車多人雜的臺北市呢？

當韓博士對符咒露出微笑時，不遠處六隻眼睛看著他，韓博士才離開，他們即圍向玻璃櫃。三名男子約莫中年，瘦瘦高高，讓人留下印象的是他們的穿著和環境顯得格格不入，一式手工皮製涼鞋，手工極差；一式戴很久而掉色鴨舌帽，帽簷刻意拉得很低。當韓博士看著窗外的貓頭鷹發呆時，沒注意三名男子已來到他身後，沒看貓頭鷹，他們看韓博士手中拿的飯糰。

第一部
新高口駅的失蹤案

1

「新高口站？」

「本來叫新高口えき。日本人的站名，驛站的驛，念Eki。」

「現在還在？」

「在，遙遠的深山裡。」

「它怎麼會在那裡？」

「小姐，你問我，我問誰？日本人愛在那裡蓋站，我阿祖管不著，我阿爸管不著，現在我管？也是剛收到通知。上級命令我來找妳，去不去？空警隊的直昇機專機直送，可惜沒有飛機餐。」他乾笑幾聲。

「會不會暈機？」

「我是不會啦。」

「登機要護照嗎？」

「悠遊卡記得儲值，儲多點。」

「要帶什麼？」

「拜託，嘉義而已，保證晚上妳回到臺北吃晚飯，不必帶睡衣、牙刷。」

於是賀若芬抓起隨身包包即被推進直昇機，包包很大，裡面裝她平常上課用的教材、筆記本、化妝品、錢包、鑰匙包、手機，看上去以為她要去菜場買一家五口晚餐的材料。

她找手機，陷在包包底層，沾了昨天三明治的蛋黃，但完好，不過僅剩一格電，至於接收中華電信的通訊品質，一格也沒，沒辦法通知母親今晚大概不能回家吃晚飯了。對於五歲以後即沒見過父親的單親女兒，這件事嚴重程度僅次於一年前和有婦之夫的交往。

這種不要臉的男人滿校園都是，該列為慣性詐騙集團，一律關起來終身刑。他老婆聽到消息從美國趕回來，男人馬上變成龜孫子德性。對不起妳，若芬，為了孩子不能不選擇她，下輩子還妳。

下輩子還見他？不會這麼淒慘吧。本來想說，不必下輩子，現在你跪我磕三個頭。開口的氣力也沒，自認風流瀟灑的男人，流的眼淚比狗的口水還多。

不僅沒飛機餐，也沒有空服員，夾在兩名警察中間，聞到汗水、香菸、牙周病混合的氣味，前面的飛行員不用溫柔的國臺英客語請她束緊安全帶，他用喊的：「坐穩。」

晃動中直昇機離地。駕駛換成較親切的聲音：「塔臺，洞么拐起飛，由松山前往嘉義阿里山，Over。」

總算明白目的地是阿里山。

一早本來忙著出門去學校，手機響。她從不回應沒名字的號碼，這天意外的點下通話鍵。陌生男人：「賀小姐嗎，我在樓下。」

「在我家樓下幹麼？當心我報警。」

門外站著一名用鞋尖設法將菸蒂塞進水溝蓋縫隙內的中年男子，他拿出服務證：「請跟我走一趟。」

男子遞來手機，傳出研究所時期黃老師沙啞的客家口音：「若芬呀，跟嚴警官去一趟，事情看來挺嚴重，妳幫他們忙，那些男人不知道怎麼對待小朋友。」

眼前看起來更像流氓的男子是嚴警官，不解釋，不說明即打開車門，賀若芬便不明就裡坐上警車、坐進直昇機，並且了解警用直昇機和飛日本的觀光客機澈底不同，機艙不隔音，螺旋槳吵得頭痛。這時她又想到，早上忘記吃維他命C，藥片仍在餐桌上，會被老媽念死。在賀媽媽的愛心下，賀若芬每天得早晚吃不同的維他命，永保健康美麗，設法於三十五歲前找到結婚的對象。

賀媽媽說：什麼不好當，當人家小三，快，找個看起來像樣的就好，讓妳將功贖罪。外婆沒那麼樂觀，她說：贖什麼罪？三十五歲前嫁出去，算亡羊補牢。

近半年來，這天是賀若芬接觸男人最多的一次，整架直昇機僅她一個女人。

旁邊男子遞兩顆口香糖進她手掌，他洗過手沒有？

耳邊響起老媽的聲音：妳就是挑剔！

林務局的阿里山森林火車以嘉義車站為出發點，九拐十八彎經過奮起湖到阿里山火車站。高中畢業旅行去過，從阿里山站換乘支線，往北為神木線，到達神木站，那裡有兩條巨木群棧道，散步其中能享受芬多精——芬多精和洗衣精的差別，老媽知道。往東為沼平線，於沼平站往北可以接已廢線的眠月支線，於塔山山腳折而往南則達祝山站，天不亮穿上羽絨外套擠在人堆裡看日出的地方。記得導遊一再要她買檜木精油，有緩和心境、抒解壓力、消除疲勞的功能，被推銷買了兩瓶，回家老媽罵：妳買這個回來做什麼，高山茶呢？檜木精油與高山茶的差別，更只有老媽知道。

「所以我們去看日出？」賀若芬透過橫在嘴前的麥克風問。

「沒那麼好命，」大家喚他Entotsu的嚴警官打著呵欠回答。

「晚上住哪裡，阿里山賓館？」

Entotsu誇張大笑，笑得機艙內的汽油味快被檜柳味蓋過，賀若芬馬上聯想到檜木精油，艙內的男人絕對需要。

「阿里山賓館一晚快一萬咧，住我們的派出所也不錯，拘留室鐵窗外面都是楓葉，快紅了，要是等賞楓，還有一兩個星期，妳可以住久一點，警政署招待，免錢。」

「為什麼他們叫你Entotsu？」

「日文，煙突，煙囪的意思。」

「為什麼日文，你日本人？」

煙突又笑，戴耳罩的其他人跟著笑。

「他一天兩包菸，和煙囪同款。」駕駛替他回答。

「為什麼叫新高口驛？」

「Eki，賀老師，有點氣質，新高口Eki。以前那裡是新高山的登山口。」

「什麼是新高山？」

「就是玉山。」

「我們去玉山？」

「去富士山啦。」

又是一陣笑聲，在執行緊急勤務的直昇機內聽到笑聲是很不容易發生的事。賀若芬調整耳罩，決定專心看窗外風景。上帝設計男人時究竟出了什麼錯？

老媽天天掛在嘴邊的話：「男人，沒救了。」下一句她這麼教育女兒：「快去找個男人，救一個算一個。」

他們下飛機後搭上等候中的林務局小火車，站在月臺上瞄車廂，沒有餐車。已近中午。

經過看日出的祝山觀景臺，正午十二點，看不到日出。經過阿里山閣，不是煙突不肯拿警政署預算招待賀若芬的阿里山賓館，至少也是旅館，小而舊，窩在山坳中，價錢大概便宜很多。一群穿拖鞋的男人縮著脖子圍住門外的菸灰筒抽菸，賀若芬想起冰原上對抗大風雪的企鵝。他們絕不是為芬多精而來的。

小火車停在沼平車站，沿途看不到小七或全家，茶葉蛋的幻夢破滅。站前沒有汽車迎接，賀若芬慶幸自己穿球鞋，又恨為什麼不穿防水登山鞋，莫名其妙跟在三名男人身後下了火車，走進窄小又泥濘的鐵軌。

阿里山當地警察比臺北來的煙突他們要和善多了，可能才二十歲的小警員慢下腳步等賀若芬，他關心兼擔心地問：「賀小姐習慣走軌道嗎？」

靠。她肚子裡罵，有哪個臺北人天天走軌道上班，怎麼習慣？

「往前大約一千六百公尺，這是水山線，等下會看到水山神木。」

「我不是來看神木的。」

小警員來不及回答，前面的煙突傳來菸味：「小明，賀老師是兒童心理專家，不是植物學家。」

小警員不敢再說話，維持他的體貼伴在賀若芬身旁，擔心她滑倒。賀若芬不客氣直接將大包包往警員肩膀上掛，二十一世紀的男人離紳士的距離愈來愈遠，快差一個光年。

幾年前走過八斗子一段廢棄鐵道，稱作觀光步道，一步踩一塊枕木，萬一踩偏說不定扭到腳，走這種步道怎麼有心情觀光？

「一千六百公尺沒多遠。」背大包包的小警員說給自己聽，「差不多兩千步，我們走路巡視園區一圈大概一萬二千步。」

聽得出輕視女性的口氣，就像之前那位已婚博士最後的告白：我不能放棄家庭，不能放棄兒女。死王八蛋，他一口沒提被欺騙的老婆。

前一段路還算乾燥，進入樹林深處，樹多且高大，樹蔭下的小徑終年不見陽光，潮溼黏鞋。尚未看到神木先看到前方軌道被臺車擋住，圍了一群人，穿警察制服的、穿林務局制服戴工作安全帽的，走近才發現，這麼多男人瞪著一名瘦弱小男孩，他躺在一棟木造山屋門前的長椅上，身體捲成蝦子形狀睡覺，圍他的男人有的一腳踩在椅邊，有的拿錘子，誇張的是竟有人拿電鋸。賀若芬終於明白她為什麼坐直昇機不看日出來到阿里山。

男孩始終不說話，從警員口中得知，清晨五點二十五分，天微微亮，三名大學生的登山客快走到軌道盡頭，忽然聽到咕咕咕叫聲，一隻鳥低空掠過他們頭頂，以為鳥類攻擊，幾秒鐘後一名小男生竟然從盡頭處的濃霧裡走出來。獨自一人，無大人伴同。

根據大學生的說詞，男孩的腳步踉蹌，頭和衣服沾滿帶著露水的樹葉、芒草，兩腳盡是泥，目光無神，什麼話也不說就躺進他們懷裡。

很重，不像一百五十公分的男孩，可是他明明沒有背包、書包，卻重得兩個人扛著才走到木屋。

大學生沒送男孩下山，男孩不肯，坐在長椅喘氣還是沉思，失魂似的。兩人陪他，另一人跑到接近沼平站的派出所報警，就這樣，先是警員趕抵現場，接著林務局的人也來，六點半，一輛臺車載著食物、飲料與露營用的瓦斯爐抵達，他們燒了熱水與泡麵，小男孩吃掉兩碗泡麵，喝了一大杯熱水，不理會警員訊問，躺進長椅就睡著。

本來他們打算抱男孩搭臺車回沼平站，說也奇怪，他們無法抱起男孩，無論兩名大漢抬頭、抬腳或四人連椅子一起抬，文風不動，男孩與木頭長椅像釘死在地面，地震也搖不動。

老警員說他以前遇過這種事，廟裡的師公表示當一個人背了陰靈會變得很沉，比兩個大人加在一起更重。

男孩口袋內沒有證件，找到三百六十二元的紙幣和硬幣，一名大學生指認為《鬼滅之刃》裡炭治郎的小玩偶，還有兩張便利店的發票。

派出所上傳訊息至警政署查詢失蹤人口，沒得到線索。一通一通電話打去阿里山鄉各國小，無人失蹤。大學生認為男孩不是當地人，因為他不但穿NIKE球鞋和襪子，襯衫裡的T恤是GAP的，山裡的孩子不來大寫英文字母這套。

發票證實大學生的推理，上面打的是「士林天真門市」。

出診的衛生所醫師與護士檢查熟睡中男孩健康狀況：血壓、呼吸皆正常，心跳慢，一分鐘不到六十下，不過醫生認為無礙健康，初步猜測可能太累，睡得太熟。這點其他人也看得出來，捧場地發出恍然大悟的「喔」。男孩鞋襪沾了泥水與草屑，走了不少路，不是鋪柏油的路，泥土與積水的山路。

不能讓男孩這樣睡下去，除了林務局調動電鋸打算對木椅動手外，上級從臺北調來負責兒童失蹤的刑警與兒童心理專家。另由嘉義縣局派出一組警員往深山搜索，說不定尚有其他兒童仍在山裡。

當賀若芬看到長椅上的男孩時，煙突攜帶的衛星電話響了，他聽了電話，嚴肅地對除了賀若芬之外的其他男人說，臺北找到男孩書包，淡水線乘客撿到，送至捷運中山站服務處，從繫在背帶上的學生證和悠遊卡來看，男孩名叫林旻求。拿手機比對熟睡的男童，傳來的照片與長椅上男孩長相一樣，煙突肯定地回報：「長官，是林旻求，Over。」

林旻求，有意思的名字。旻指的是秋天的天空，這時阿里山雖尚未見到滿山紅葉，但已開始變色。尋求秋天的男孩來到臺灣最早變紅的山區之一，是否代表什麼意義？

他家住在士林的文林路，就讀士林國小六年級，放學走路回家大約十分鐘，為什麼搭捷運？

更令警方不解的，林旻求於三天前放學後未回家，他的父親當晚即報案，鍵入失蹤資料的警員幾乎以祖宗十八代累積的信用發誓說他確實做了筆錄，上傳到警政署通報網路，電腦裡卻怎麼也找不到這條報告。

根據林旻求平常放學就回家的規律動線，警方不排除他被綁架，不然怎麼會出現在兩百公里外阿里山深山內？話說回來，匪徒綁他到阿里山做什麼？怕臺北小男孩天天吸廢氣影響呼吸器官正常發育，急著讓他吸芬多精？

林旻求父親在電子公司上班，不是台積電或廣達電，一家生產筆電散熱器零件的未上市小廠商，祖父不住豪宅，祖母沒有台塑的股票。母親是全聯超商天母店的店長，夫妻恩愛，當她喊「請支援收銀」，林爸爸就得提著超時工作的勞累兩腿爬出沙發到廚房幫忙洗碗。若計較林旻求有什麼值得綁架的地方，他是獨子而已。林家夫妻愛死兒子，不過絕對拿不出超過一百萬的現金。

林家不曾接到勒贖電話，他們家壓根未裝市話。

煙突正和臺北的林家夫妻講話：是，林旻求一切平安，沒有外傷，醫生說無大礙，正在睡覺，等他醒來馬上往山下送。賀若芬搶過電話：「我是兒童心理輔導的賀老師，請問你們平常怎麼叫林旻求？旻求？兒子？籃球的球？他喜歡打籃球的關係？不是很多父母叫兒子寶貝？」

煙突翻了翻白眼，他有個十六歲的女兒，兩年前嚴詞禁止煙突再這麼叫她。你再叫我寶貝試試看。青春期的女兒，歹飼。

林旻求蜷縮在長椅內，兩膝頂著胸部，眼珠在眼皮內不停地滾動，鞋底盡是泥，襪子一長一短也沾滿泥水，賀若芬蹲在面前撫摸他汗溼的頭髮。

男孩的父母已由警方專車送往松山機場搭空警隊直昇機趕來，估計兩個小時，煙突指示阿里山派出所去接人，他忙更重要的事，他對電話大吼：「阿里山附近找不到收驚的師公？去嘉義市區找，不肯來？以妨礙公務現行犯逮了，用警車立刻載上山。」

賀若芬一手擱在林旻求額頭，一手握住捏得緊緊的小拳頭，她輕聲說：「小球，我們到家了。」

聽到小球的名字，說也奇怪，林旻求像洩氣的球，肢體頓時放鬆，拳頭也打開，一股淡淡的煙飄出他身體。

男孩開嘴吐出好長一口大氣。

「小球，我是賀老師，我帶你下山。」

林旻求睜開眼，在賀若芬扶持下坐直身子。

「我回家了？」

「你爸媽馬上來。」

「這裡是哪裡？」

「不記得怎麼到這裡？」

穿制服與不穿制服的男人個個面露喜色，煙突走來，語氣透著尊敬：「賀老師辛苦，請妳和林旻求坐臺車，林務局的人先送你們回沼平。」

他轉而對林旻求：「哈囉小球，我是刑警嚴北北，派出所的所長煮了豬腳麵線等你們，他的麵線嘉義第一名，不好吃你可以吐他槽，不算汙辱公務人員。」

他自嗨地笑兩聲。

臺車由兩名男人推了幾公尺，一人跳上車尾抓住煞車的長桿子，賀若芬與林旻求握著車前的橫桿，接近中午的陽光穿過枝葉灑在他們臉上，一隻不知什麼種類的飛鳥掠過車子鑽進前面樹叢。

「褐林鴞。」小球喊。

「什麼？」

「一種貓頭鷹，我們學校的影片上有，牠帶我走出森林。」

賀若芬找不到褐林鴞的影子，她對貓頭鷹也有點得自國家地理頻道的知識，貓頭鷹夜間活動，白天不出來。

「是眼睛像戴了黑框眼鏡的褐林鴞？」

「對，吸血鬼的眼睛。」

沒錯，小球看到的真是褐林鴞。牠帶小球出森林？這孩子三天內究竟經歷了什麼？

2

也許豬腳麵線提供的熱量讓人亢奮，不用煙囪偵訊，小球澈底醒了，邊吃邊對賀若芬說個不停。賀若芬聽得直笑，「先吃，先吃。」

說給小球聽，更像說給自己聽，她餓不得，會頭昏。

「放心，我們陪你。」

賀若芬能體會小球的心情，終於回到熟悉世界的心情。

在爸媽抵達前，小球已經說完故事，賀若芬陷入思考，煙囪則緊皺鼻頭，他除了吃麵線時舒張開皺紋，其他時間都擠著，任何蚊蠅要是停錯地方，會當場被皺紋夾死。

風捲殘雲的速度吃完，煙囪推開碗，專注用兩根食指在鍵盤打他的筆錄：男孩失蹤的調查筆錄，他不喜歡當事人講話太快，鍵盤追不上，不得不比了幾次籃球場用的暫停手勢，林旻求看得懂。

三天前下午三點半放學，小球忽然想去圓山找阿忠和伍圓，他們兩人每天傍晚在花博公園玩滑板。

「為什麼忽然想去，阿忠找你去滑板？」煙突刁著未點燃的菸。

「不是，就忽然想去。」

從士林上捷運經過劍潭到圓山，他沒有下車。

「忘記下車？」

「不是，就沒下車。」

「以前這樣過嗎？」賀若芬問。

「我想想看。」小球轉著眼珠，「沒有。」

過圓山不久，淡水線在大同大學附近鑽進地下，小球坐最後一節車廂，看著路面消失，奇怪的事發生，車廂燈不知為什麼不亮了。

「全部不亮，還是只你車廂不亮？隧道裡有燈，亮不亮？」

「不亮，停電，黑黑的。」

燈熄滅的剎那，有人驚叫，有人罵，很快就沒聲音，小球看旁邊，黑的，黑到什麼都看不見的程度。

「圓山下一站是民權西路，燈亮了？」煙突吐出咬爛的濾嘴換了一根新菸，忘記斷奶的男人。

燈大約只熄滅不到一分鐘，可是奇怪的，恢復光亮時，本來站在車門旁的小球坐在博愛座，而且車上的人都不見，只剩下距離三個位子穿大衣的叔叔。

「大衣叔叔？」

「長長的大衣，好像黃色，又好像灰色。」

應該不是大衣，臺北不是阿里山，仍然三十度的秋天沒人穿得上大衣，說不定是長的風衣。

「沒看過風衣，不然是飯店的睡袍。」他的證詞模糊。

深色的大衣，還戴了無邊帽。小球描述得詳細，並從煙突由網路抓出的各種帽子裡指認一頂，圖片說明為報僮帽。煙突見過的送報生都戴機車安全帽，沒見過名為報僮帽的帽子。

男人豎直衣領低著頭，兩手插大衣或睡袍口袋，睡著的樣子，小球沒看清他長什麼模樣。

「其他乘客呢？會不會去隔壁車廂？」

「前面車廂看不到人，空的。」

小球坐在車門口博愛座，伸長脖子看了兩邊，看不到人。他記得本來每節車廂都很擠，被擠到只能站在門口，可是沒人了。

「都下車那樣地不見。」

「開到民權西路站？」

車子行駛的時間和平常差不多，從圓山到民權西路兩分鐘左右，車子到站前燈一閃一閃，光線微弱。穿大衣或睡袍的叔叔先站起身經過小球站到車門前，那一刻小球看到他的臉，他沒有臉。

「太暗？帽子遮住？」

「他沒有臉。」

「什麼意思？」

煙突停下打字的手，認真看小球。

「就沒有臉，帽子下面空空的。」

「透明人？」煙突問。

「隱形人？」賀若芬問。

他們停頓幾秒，顯然兩人都不想解釋世代的電影片名差距。

車停妥，車門打開，叔叔下車，然後車燈全滅，廣播說本車不再提供載客服務，請在此轉車。

「說清楚，到終點還是故障？」

賀若芬看了煙突一眼，煙突懂意思閉上嘴。

小球覺得不能不下車，廣播說停止服務，乘客請在這裡轉車。

外面不是捷運月臺，根本沒有月臺，白天變成晚上，車廂對面是間小房子，很舊，颱風來會被吹倒的木頭房子。雨簷下吊一盞油燈，風吹得燈搖擺，光線飄來飄去。微弱光線中，小球看到破爛木屋的站名牌寫著：新高口駅。

「不是驛，是馬的右邊是公尺的尺。」

「油燈？」

「電影裡面海盜用的那種油燈，不是電的。」

「年輕人視力好，看得出是油燈。」

穿黃色或灰色風衣或大衣的叔叔不見了，小木屋後面是陰森森的樹林，高聳的樹，剛下過雨，踩到地面黏嘰嘰。

他沒有停留，怕轉車的捷運開走，趕緊往車廂尾巴方向走。

「等等，你說沒臉叔叔不見，沒有月臺，外面有間小木屋？」

「對。」

「像你早上看到的木屋？」

「不一樣，比較像平溪線的菁桐站，木屋的屋頂長滿青苔還有樹藤，很多樹藤垂下來遮住窗戶。」

「站名是新高口駅，右邊是尺的駅？」

「對。」

車子變成黑色外殼，變得比較小，一下子，車門自動關上。小球沿著很窄的泥路往車後方向走。

「轉車的捷運呢？」

「廣播騙人，根本沒有。」

「你怎麼辦？」

「想起來，我明明坐最後一節車廂，可是到站變成在中間，我往車尾走，經過好幾節車廂不知不覺走到森林裡面。」

聞不到涼涼空氣，感覺不到溼溼的風。黑得令他害怕的森林，什麼聲音也沒，只有他拉球鞋離地泥地的吱——喳。

「你就走到大家早上找到你的地方？」煙突又忍不住發言。

「不是，我走了好久，走到沒有路，只有草和樹，我就走在樹和樹中間，天黑要趕快回家，我往前面跑。以為自己迷路，看見黑黑樹上裡有兩隻眼睛，好大的眼睛，不是直直看我，斜斜看，很恐怖。」

「褐林鴞？」

「對。」

「什麼褐林鴞？」難得警察也有不懂的。

「一種貓頭鷹，褐色，森林裡的——鴞。」

煙突的手停在鍵盤下方，無法決定按哪個鍵。

「起肖的肖？」他說。

「左邊号碼的号，右邊鳥。」

賀若芬與小球同時回答，同時聯想到名字裡有号碼的号的鳥，並且彼此對看一眼，只有我們知道那樣地對看一眼。

「有這種字？」

這次賀若芬或小球沒解釋，小球急著說：「那隻褐林鴞只有一隻腳。」

「一隻腳？」

「對，我看到它飛到另一棵樹等我，用一隻腳站在樹枝上。」

「等等，為什麼特別記得褐林鴞？」

「它嫌我跑得慢，停在樹枝又斜眼看我。」

「還有呢？」

「牠咬一隻老鼠，老鼠尾巴還在嘴外面動，夠噁。」

「我出去抽菸。」

煙突放棄地推開鍵盤步出所長室。

禍林鴞沒出聲再次起飛，小球跟著跑，穿過樹洞，爬出芒草堆，最後牠停下發出咕咕叫聲，小球看到亮光，便繼續朝光線走去，看到前面另一棟沒有樹藤、沒掛油燈、沒長青苔的木屋。有人叫他，前面三個大哥哥朝他跑來。

賀若芬幫煙突打了最後這一大段。

所長買了冰棒請小球吃，對賀若芬比比外面，他坐下看螢幕上煙突打的字，賀若芬則走出去，問站在派出所機車棚後面抽菸的煙突：「找我？」

「賀老師，你是專家，能不能告訴我小球是腦袋壞掉，還是我壞掉？嘉義市的醫生和師公再半小時到，他爸媽和我長官同班直昇機到，長官一到就要看我寫的，現在筆錄根本寫不下去。妳是大人，如果我寫一堆沒人的電車、沒人的樹林和一隻跛腳貓頭鷹，妳一定罵我不想幹了是不是。」

「怎樣？」

「他說坐捷運從士林站坐到圓山站，結果坐到林務局阿里山水山線的新高口Eki。他父母三天前向警方報失蹤，他說從晚上走到天亮，算起來是一個晚上，明明三天變成一個晚上，寫這種筆錄讓長官看，嫌活太久讓他打槍？」

「小球才十一歲，說不定記憶模糊，要不然吃了歹徒的藥，搞不清時間。」

「我吃一把安眠藥也不會夢到貓頭鷹，不會搞不清楚過了多久時間。」

「你和他不一樣。」

「怎麼不一樣？」

「經驗值不同，你憑經驗知道時間過了多久，他沒有你豐富的經驗，做出的判斷當然有差距。」

「現在呢？」

「他爸媽快來了？離天黑還有一段時間，能不能請林務局的人帶我再回去走走，剛才沒留意，想再看看水山線裡面有什麼？」

「他們找到了。」煙突抓起腰包繫上，「新高口Eki往裡面走大約一個半小時另外有間木屋，長了青苔，一盞破掉的油燈，不是掛在屋簷下面的木梁，扔在木屋後面幾百年了。」

3

同車的辦案人員看來不是當地警員，個個精明專業，所有器材裝滿一輛臺車，包括探測儀之類的電子設備，賀若芬由煙突陪著坐第二輛臺車，一塊比一坪大一點的木板，上面臨時釘了幾張板凳。警察很重視存在感，臺車前面的桿子上還掛了警車專用泛藍光警示燈。

兩名約三十多歲的男人向她點頭示意，煙突介紹，戴眼鏡、始終維持靦腆笑容的是南投縣鳥類專家，賀若芬若有所悟啊了一聲，和小球說的貓頭鷹有關係。戴棒球帽不苟言笑的是嘉義縣警局鑑識專家，正從膝蓋上的攝影包內取出鏡頭對高處的樹梢測試光圈。警方組成專案小組，先遣人員循小球的鞋印已追進水山線尾端裡面的森林，第二批即將出發。

如果煙突把小球的說法當成胡言亂語，為什麼來了這麼多專家和刑警？追查小球失蹤經過可以理解，連單腳褐林鴞，警方也買單？

第二批進森林的成員二十一人，扛了登山用的帳蓬、雨具、寢具。前面開路的是戴林區用頭燈安全帽、穿長筒雨鞋林務局人員，其他是專家，最後四名制服警員背心斜掛自動步槍。

賀若芬正擔心她的裝備不足，煙突已經拉她坐到小屋前的長椅上：

「我們只能到這裡，上面指示讓妳了解情況，但不能冒險，妳最重要的工作是安撫小球情緒，讓他出實話。一定還有沒說的，請妳和我配合。」

「配合什麼？你的話沒講明白，嚴警官，到底發生什麼事？半天而已，來這麼多專家，還有其他小朋友失蹤？小球不是單一事件？」

看著長長的隊伍消失在軌道盡頭，山裡天色暗得早，樹木間已泛起淡淡的霧。

煙突點起菸：「妳懂兒童心理，我們需要妳，目前只有小球肯開口對我們說經過，之前三個男孩不是不說就是說不清楚。」

「之前的三個男孩？」

從七月起陸續發生男童失蹤事件，十三歲、十歲、十二歲，小球是第四位，十一歲。

十三歲的男童甲，臺南人，住在中西區民權路，同樣放學後失蹤。這天下午四點十一分坐臺鐵通勤列車從臺南車站到新營阿嬤家，舅舅在車站沒接到人，阿嬤等在家裡也沒見到他，當晚十一點報警，警方沒找到人，但三天後男童出現在宜蘭太平山見晴懷古步道，多年前也是林務局運木材的小鐵路，長五點五公里，早已廢線，目前開放九百公尺供遊客懷舊走軌道並欣賞大自然風貌。

男孩清晨走出山區，穿過整條步道來到公路才被人發現。他不記得發生的事，一點也不記得。他從未去過太平山，他父母證實，連宜蘭也沒去過，最遠只到臺北。

他對父母說坐火車去阿嬤家，突然打雷，天空被烏雲遮住，然後就變成夜晚和森林了。沒有車站，卻有間破敗小屋子。事後求證，是當年林務局留在森林深處堆工具的置材室。

西部縱貫線從臺南站到新營站一大片平原，那天下午的確打過雷，下了約十幾分鐘的夏季午後雷雨，打雷不會天色昏黑到變成晚上，不過閃電擊中一個變電箱，因而林鳳營車站附近曾停電一個多小時，加上烏雲大雨，這樣的天黑和晚上的天黑究竟有多大差別，沒人敢下結論，警察問筆錄一向不參考當天氣象、不向電力公司求證。

十歲的男童乙，家住板橋，同樣失蹤三天，他搭捷運板南線去找同學，板橋站到江子翠站，離開板橋站後不久車廂內停電，然後他在夜晚的深山下車，漫無目的走在陌生小徑，過了很久被花蓮原住民無意間看到而獲救，地點是木瓜山，當時男童全身溼淋淋，兩名原住民男子輪流背他下山，攔了汽車送到壽豐鄉派出所。

「山上也有鐵路？」

「日治時代建的，一共三條高山森林鐵道，木瓜山的哈崙線從池南到木瓜林長五十公里，中間由五段高山索道聯結轉運木材，天天爬山的登山客也要三天兩夜才走得完，小男生不可能一個人去那裡。」

「偏偏他在那裡。」

男孩想說出在山裡遇到什麼，不過說不清，家長不願意逼他回想，認為人回來就好，早點讓孩子忘記這段不快樂的過去，找了議員、立委，抬出兒童法，律師表明警方若要偵訊就由法定代理人的父母代表。刑警能從孩童父母口裡問出什麼？恁兜囡仔早頓食飽未？警方只好作罷。

十二歲的男童丙，花蓮人，平常以臺鐵通學，失蹤三天後出現在苗栗庄的加里山舊鐵道。如今走加里山步道的人於途中會碰到幾段舊的鐵軌，長年被泥土、野草埋沒，只剩下線狀的軌道，沒有枕木，當年這條線走的是臺車。

登山客發現他躺在樹叢裡，摸得出跳動的脈搏，聽得到他的呼吸聲，還能看見他眼球在眼皮後面轉動，男孩睡著作夢中。

救回平地，男孩始終目光呆滯，認不出父母，什麼也不吃，家長找師公收驚、去廟裡上香祈願、到花蓮榮總吊打點滴並做全身檢查，第七天清晨突然康復，吵著要吃飯，吃掉三碗飯和四隻雞腿，可是什麼也不說。

「解離性失憶症。」賀若芬脫口而出，

「賀老師專家，醫生和妳說一樣的話，受過傷害，不願意再想。」

「小球是第四個。」

「只有他開口說了很多，不過沒有頭緒，說了等於沒說。賀老師，他怎麼到新高口最重要，怎麼可能坐捷運，時空穿越啊？」

「於是你們出動大隊人馬追查小球失蹤的三天，想從小球身上找到答案？」

「上級怕還有第五個。」

男童，十三歲以下的男童。鐵道，不是廢棄的就是改成觀光步道的森林鐵道。小球看到獨腳褐林鴞，男童甲提過見到一隻烏鴉，男童乙見到一隻斑鳩還是麻雀，男童丙提到過一隻長尾鳥，總之，有隻鳥。男童甲記得車上有位叔叔，記不清穿什麼，另兩名男童則對叔叔未留下記憶。當事人都失蹤三天而無恙地從森林裡走出來。

臺灣的森林覆蓋率達百分之六十點七一，擁有亞馬遜流域全球最大雨林的巴西才五十六點一，加拿大不到百分之五十，美國百分之三十出頭，法國百分之三十六，保護大自然最努力的日本百分之六十七，芬蘭百分之七十二，出產紙漿有名的印尼不過百分之四十六點五，菲律賓更不到百分之三十，比較起來，臺灣像太平洋邊緣一個小而有力的肺，不斷過濾變質中的空氣。

事情發生在森林，從失蹤地點到發現地點，相距的公路距離平均達五百公里，四名男童相隔的時間是三個星期，之前發生在夏天，山裡夜間的氣溫降至十度以下已經不是小朋友能承受的，如今入秋，降至五度，連續三天，能凍壞人，難以解釋的，獲救後他們頂多打噴嚏，未受寒或感冒。

警方不敢聲張，怕被媒體知道上了新聞造成家長恐慌，消息限制在專案小組內，保持低調進行調查。不僅小球事件令警方壓力沉重，最近一個月花蓮發生十七起從規模四點八到規模七的地震，東部山區不少地方坍方，要是一個男童在山林迷路遇到地震，內政部長得進立法院謙卑再謙卑地重說一次：「所有責任由我擔當。」

大隊人馬從水山線盡頭進入原始森林區，七天七夜後全員垂頭喪氣回到沼平，他們的確找到小球鞋印，可是離開水山線約十公里處即消失，沒找到小球說的迷路捷運車廂、獨腳貓頭鷹、沒臉的大衣或浴袍大叔。

按照三個星期的間隔，警方僅剩十四天，不能對外發布新聞，私下加強巡邏和捷運、火車站與校園，要求家長與學校提高警覺。警政署天天開祕密會議，仍然無法整理出說服自己的辦案方向，更怎麼能對大眾說：

對不起，孩子不明不白失蹤，迄今查無線索，可是大家放心，三天後他們自然安全返家。噢噢，找師公收驚是為了家長安心，和魔神仔、紅衣小女孩絕無關聯。

賀若芬回到臺北後被請進警政署，會議室內還有農業部的代表、林務局的副局長、教育部代表、內政部代表，會議過程由各單位簡報後進入喘不過氣的沉默，最後警政署長官牢牢握住她的手：「賀老師，請妳多費心，我們現在所有線索只有林旻求了。」

接受委託，賀若芬在混合編組的專案小組再次進入水山線地毯式搜索的七天內，見了林旻求四次，均由林媽媽陪同。賀若芬絕口不提山上的事，聊小球最喜歡的籃球、最討厭的數學。吃過冰淇淋、義大利麵、漢堡和孫東寶牛排，她希望卸除林家父母戒心，再說讓小球平靜一段日子，說不定他回想出的更多。

有件事令賀若芬不能不問：「林媽媽，妳騎機車？不然小球怎麼老戴安全帽？」

林媽媽停頓很久，恰好小球去上廁所，她才貼著賀若芬耳朵說：「小球說有地震，硬要我幫他買安全帽，連睡覺也要放在床頭。」

無論如何，安全帽也是線索。

煙突在學校外面等她，以渾身的菸味護衛賀若芬走到士林捷運站，回覆了令她闔不攏嘴的消息，其他三名男童也對家長說會有地震，不是心血來潮忽然講出來，認真講過很多次並對父母不相信的表情發過脾氣，家長除了安慰，只有擔心。

這使她跑了中央氣象局地震測報中心與國家地震工程研究中心，他們當然關注最近頻頻發生地震的花蓮，可是就目前科技能力，仍無法預測接下來可能在哪裡發生地震、什麼時候發生。

另一可能，孩子在森林中失憶期間受到疑似地震的驚嚇，例如中耳短暫失去平衡、藥物影響等等，不過賀若芬還是想不通，四個男孩都預知地震？

臺灣平均一年發生一千起以上的有感地震，每天二點七次，可是不會有人因而天天擔心地震，四名男童為什麼怕成這樣？

小球獲救後經過醫師檢查、師公作法，是四名兒童中恢復正常最快的，第四天就吵著上學，照樣打球，他同樣怕地震。

煙突站在市警局大門口迎接她，穿西裝，打領帶，衣冠楚楚領踏著小碎步緊追在後的賀若芬步進貼滿大理石板的大廳，走過地面拖洗得光亮的走廊，牆上歷任局長向她微笑，每名腳步匆忙的警員不忘對她行注目禮，然後打開一扇小門進入菸味瀰漫卻沒有窗戶的房間，七名穿背心、溼透襯衫的刑警忙碌得沒向她做自我介紹。

桌面堆滿資料，電腦主機發出嗶嗶音，其中一人把滑鼠重重往地面砸。

「我們是刑警，查歷年的地震資料是關心市民還是怎樣？」

沒人搭腔，煙突乾刁著菸指向大白板上手畫地圖，「林旻求失蹤地點，水山線。」

地圖上是紅筆畫出彎曲的線，有些地方寫了高度，和距離。

「這是阿里山車站，往上到沼平站，再折往南到自忠，所以也稱自忠線。沼平出發大約十一公里，這裡是新高口，以前林場四條運木材小火車路線交會處。特遣隊前後動員二十七人，在自忠分成兩路，一組五人往南仍走水山線，到新高口，一路往北走東埔線，另一組十人往南，再分兩組，一組走霞山線，一組走東水山線。」

煙突拉過一個螢幕，上面放映拍得搖晃的畫面。

「他們錄的東埔線，終點是塔塔加，以前的集材場，如果再搭索道，到懸崖對面的東埔下線，又是另一處集材場。」

煙突看著賀若芬：「妳有什麼感想？」

「感想？歷史感豐富，新高口是日本名字，自忠一聽就是民國的，塔塔加原住民的？」

「對，這條線叫水山線，也叫自忠線、也叫兒玉線、東埔線、塔塔加線，每隔幾十年換一批人進來開採木材就換個名稱。」

「你為什麼告訴我這些？」

「我們一直以為小球說的捷運停車站在新高口，昨天特遣隊傳來最新消息，他們雖然沒找到任何車站和捷運車廂，可是在塔塔加採集到兩枚小球的球鞋鞋印。這裡，東埔線的終點，標高二千八百五十四公尺的塔塔加，林務局人員除非很資深的，幾乎都沒去過。」

「小球去過？」

「這條線有很窄很低的隧道山洞，更有幾處靠木造鐵道橋支撐小火車通過，現在有些山洞被落石堵住，得用爬的才能穿越，有些鐵道橋鬆動斷裂——」

「你意思是小球不可能一個人走到塔塔加，有人陪同。」

「是呀，我們腦袋壞掉的刑警推理，有個神經病喜歡綁架小男生，花三天兩夜帶他們翻山越嶺到以前日本採集木材的地方懷念高山火車。」

「你到底想說什麼？」

煙突看著賀若芬，手指卻按了滑鼠。

「我們在塔塔加，以前的東埔集材場廢棄鐵軌旁找到一束香。」

照片上是十幾枝燒得剩下梗的香，插在泥濘地面。

「拜拜？」

「妳曉得原住民不燒香拜拜。」

「說不定是偷木材的山老鼠。平地人到山裡燒香，拜什麼神佛？」

「賀老師聯想力豐富。」

下一張照片是比周邊泥土顏色淡，更乾燥的碗公大地面。

「這裡擺過一尊像。」

「賀老師果然聰明，拜拜對象的神像。然後呢？」

「小球一定見過帶他進山的人，說不定也燒過香，拜拜。」

「沒有臉的穿大衣男人？」

「可能吧。」

白板畫的地圖旁寫滿向右邊歪斜的字：

為什麼突然失蹤，又自己出現？

為什麼無論臺北、臺南的，最後都莫名其妙出現在已廢線森林鐵路？

為什麼都三天？

回來後說不清失蹤經過，都有一隻鳥，什麼鳥？

為什麼都說將發生大地震？

涉嫌綁架男童的可能是穿風衣的男子？

煙突再將桌面的其他圖拉到賀若芬面前，紅筆寫著「見晴古道」。

「臺南的男孩在這裡被人發現，也是森林運木材的鐵道，現在開放讓遊客遊覽的部分很短，往裡面再走是原始林步道，通到茂興車站，我們在中間找到另外一把香梗。」

「也拜拜？」

「拜的不是神像，是塊手機大小的牌子。」

「神名的牌位？」

「對，鑑識同事說年代久遠，上面的字跡不清，送去臺大考古系，他們的儀器比較先進。國立大學的預算一直比我們警政署多，萬一破案，民眾感謝臺大，立法院再砍我們的預算好增加他們的預算。」

又一張地圖，花蓮木瓜山。

「妳看，鐵道下面的橋柱腐蝕光了，山客掰了個名字，懸在空中的鐵道。」

「重點。」

「也找到香，沒找到神像還是牌位。鑑識組認為拜拜是最近的事，香梗尚未變色。」

「總之，綁架小球這些孩子的是男人，不然不會進深山。鐵道迷，尤其熱愛林務局的高山火車。信仰虔誠，爬山也不忘燒香拜拜。不知道什麼原因，小朋友忘記他的存在，沒提過帶他們或者綁架他們去深山的男人，卻記得一個沒臉的男人。」

「還是只能用解離性失憶症解釋，不是生理上受傷，應該心理上受到重大衝擊，下意識遺忘記憶裡某些重要部分。要不然，綁架他們的是無臉的男人。」

「賀老師，拜託別對我們長官講無臉男人，萬一長官堅持列為證人，我們爬山涉水去哪裡找沒有臉的男人。高山，森林，拜拜，恁老師的，說不通對吧，別說小男生坐車換車爬山到這裡，我問過當地的原住民，他們走一趟也很累。」

他推開地圖，「我們還有兩個星期，阮祖媽較好，到時如果又一個男孩失蹤——」

賀若芬感受得到煙突的辦案壓力，但她只是名兒童心理學者，和小球相處七天後，她甚至懷疑自己懂不懂兒童心理。

「我能幫什麼忙？」

「賀老師，上午小球來過警局，一個人。」

「他想到什麼了？」

「下了車——」

「森林裡的車站？」

「他聽到一個聲音，小孩的聲音，對他說，告訴他們，**我才是臺柱**。」

「臺柱，什麼臺柱？」

「他只想到這個，我開車送他回學校，一路上問什麼他都不再開口，我叫他找妳，他點點頭。」

「所以如果他來找我，你們希望我問出臺柱的意思，想起帶他進山的人？」

「賀老師美麗又聰明。」

警方目前排除小學生一時貪玩蹺課、蹺家可能性，再三推敲，勉強排除綁架，畢竟四名男童的家長均未收到勒索要求，男童身體也未受到傷害。

「剩下一個可能，有人故意帶走男童，想傳達某個訊息。」

「什麼訊息？」

「不知道，判斷對方喜歡老派作風，不用網路、傳真，非找人傳達訊息。妳成天和小朋友在一起，妳專家，千萬幫我們想想，哪種人會騙走男孩子再放回來只為傳達個娘較好誰也猜不出的訊息。」

「拜拜和燒香也許能喚回小球的記憶。」

「賀老師專業，我們帶他去拜拜和燒香？」

手機震動，老媽傳的，小球已經坐在她家吃老媽拿手的紅豆圓子湯了。

「妳問小球要不要把安全帽拿下來，看得都熱。」老媽小聲問。

「小球，帽子很熱，我們家不是海砂屋，不會掉灰泥。」老媽沒耐心等女兒開口，急著大聲問。

小球摸摸帽頂，沒有脫下的意思。

「漂亮的新帽子，小球戴了更帥。」賀若芬幫小球回答。「臺柱?你突然想起來?」

「不是，」小球不好意思地收回摸安全帽的手，「嚴警官叫我回想，每天晚上睡覺前一定用力想，只想到褐林鴞，牠的眼睛好可愛，老師說牠晚上不睡覺，眼眶才變黑，想騙我們。我上網查資料，玉山國家公園很多，長得好像魔戒裡面的巫師，很髒，戴帽子，用兔子拉車的那個。昨天晚上做夢，聲音又對我說話，他說臺柱，連續好幾天了。」

「臺柱，你確是這兩個字?」

「是，臺灣的柱子的臺柱。」

「夢到的，不是在森林聽到?」

「我夢到在森林裡跑，後面不知道什麼東西追我，黑黑的，看到褐林鴞的眼睛，牠像以前一樣斜眼看我。聽到聲音，我才是臺柱。」

「不怕?」

「褐林鴞可愛耶，不怕。」

「褟林鴞對你說話？」

「牠不會說話，另外一個人。」

「無臉的叔叔？」

「不是。」

「男生女生？」

「男生。」

「幾歲的男生？」

「男生就男生，和我差不多的男生。」

「小孩子？」

小球不回答，他不喜歡大人叫他小孩子。

「我懂了，男生。聲音對你說，告訴他們，我才是臺柱。」

「他講話比我阿公還難聽得懂。」

「閩南腔？」

「像又不像。」

「我才是臺柱？」賀若芬細起嗓子說。

「大概這樣。」

「會是什麼意思？」

「不知道。」

「夢到幾次？」

「三次。」

小球爸爸接走他後，賀媽媽開始賀家的日常會話：

「吃過飯沒？不准再吃沙拉。」

「朱阿姨問妳星期天有沒有空。人家好心幫妳介紹對象，妳還不領情。妳碩士，人家博士，門當戶對。」

「女兒大了嫌媽媽煩，算了，賀若芬妳狠心一點把我送養老院好了。」

「紅豆圓子湯來一碗，今天晚上不許減肥。妳住我家，我的話是命令。」

「等下幫我看看群組，李媽媽老加不進來。叫她換手機偏不聽，用她兒子舊的，舊手機不能加群組啊？」

賀若芬馬上抓起手機，她焦急扣煙突：「另外三個男生提過臺柱沒？不一定在山裡，說不定作夢時候聽到。你快問問，要是他們爸媽不肯讓小朋友接你電話，請他們問兒子。如果最近夢裡也聽過誰說臺柱，可能一個聲音同時對他們四人說話，我們再比對時間。對，同一時間對四個不在同一地方的人說話，群組通話的意思。」

她三口兩口吃完紅豆湯，電視新聞繼續播超跑的車禍，似乎只要超跑就一定出車禍，肇事駕駛一定不是車主，是車主的朋友。手機響，煙突動作快。

「都半夜聽到，不記得幾點？哪幾天？可以想像，小朋友一定嚇壞了。小球不一樣，他膽子大，好奇心重。」她只能這麼敷衍煙突。

賀媽媽送來餡餅，賀若芬用力搖頭。

「我跟他們老師聯絡，要是可能，我去看看他們。希望有用，很多家長排斥心理輔導人員接近孩子。」

賀媽媽放輕腳步將剛起鍋冒著熱氣的餡餅往茶几一放，轉身便進廚房。

「臺豬？太鹹？抬豬？嚴警官，確定他們都是最近作夢聽到的？很好，發音接近，聽到同一個名詞。夢，容易遺忘，他們四個人全部記得，不尋常。我只能說他們聽到同樣兩個字，理解的方式不同。對，他們接收到同一訊息。我對你們要不要往外星人涉嫌的方向調查沒有意見。」

講完話，賀若芬竟發現她手裡抓著已咬掉一半的餡餅，老媽從廚房飄來得意的勝利眼神。單親家庭，母女兩人，發展出近乎情人感情的機率極低，仇人極高。

4

不能不應付，她和博士坐在日本料理店長型吧檯吃送到面前的握壽司。博士不時以流利日語和廚師聊天，廚師叫阿洪，明明臺灣人，博士愛在女人面前炫啊咿嗚欸喔。

博士比她大十歲，四十三歲，離過兩次婚，平均八年一次。賀若芬八年後四十一歲，仍然黃金年紀，可是熬八年再離婚，想想兩腿發軟。

總算注意力回到她，博士簡介兩次離婚緣由，「個性不合，我們做研究工作的一週上班七天沒什麼了不起，有時回家也沉浸在工作裡，第一任無法理解。第二任搞了婚外情，和我的大學同學。」

博士故作憂鬱閉目仰脖子喝酒，以為留了山羊鬍的側面能讓賀若芬忽視他禿得嚴重的前額。

「大學同寢室同學。」博士用踩到狗大便的口氣說。

「麻煩給我牡丹蝦。」賀若芬對廚師說。

「妳最近忙什麼研究？」

「幾個小學男生的事。」

「妳喜歡孩子？」

「喜歡。」

「我養了兩隻貓。」

「貓和孩子兩回事。」

「貓愛乾淨，不用尿布，不哭。」

「男生一天換三次衣服，三個月磨穿一雙運動鞋，夏天衣服從早到晚沒乾過，冬天每天吃五餐，十三歲起叛逆，十六歲起爸媽要教他保險套的重要性，從誕生到死亡，到處尿尿，來這裡路上有個開車的把車double泊，站到牆邊小便，你們男生不喜歡上真正的廁所嗎？」

「呃。」

「成年以後離兩次婚，再養兩隻貓，理由是貓不到處尿尿。」

「呃。」

「料理長，我要烤飯糰，包梅子的最好。」

博士本來要送她回家，賀若芬不想，兩個小時內，博士低眼瞄了她大腿三次，盯著她去洗手間的背影。哼哼，拚清酒？到目前為止，賀若芬從未醉過，酒，指的是威士忌，要是大瓶清酒，她喝過一整瓶再搭捷運換公車到巷口踏輕鬆步伐走回家。

「星期六怎麼樣？我朋友在他俱樂部辦趴，法國本季薄酒萊，單純品酒聚會，只限會員。」多有自信的博士，不問以後能再約妳嗎，不問星期六有空嗎。星期六實在不怎麼樣。

恰好煙突傳來訊息，口氣愈來愈謙遜：

賀老師，上級要我向妳請示，有個會議請妳撥冗參加可以嗎？

「星期六有事。」她晃晃手機說。

「對方是？」

「刑警，他們不講究品酒，熱愛單純拚酒。」

會議移往公館的蟾蜍山，據說是空軍作戰指揮中心的一棟新建大樓，與會者大多陌生面孔，穿便服的少於穿警服的，穿警服的少於穿軍服的，賀若芬與大螢幕前空軍少校是唯二女性。

不習慣純男性場合，她對不常洗衣服累積的風塵味與不常洗臉的肌膚油味敏感，可能因此影響她對異性的認同感。

女少校以光筆指向螢幕說明：「如各位所見，去年十一月七日民眾提供之畫面，各位所見之光點曾出現於媒體，皆以為外太空生物之ＵＦＯ，經本部再三查證，實為彰化八卦山民眾操作之遙控飛機，研判因拍攝角度關係，誤為飄浮於夜空之飛行物體。」

畫面更新，不是照片，是線條圖。

「今年二月十七日空軍雷達基地接收之訊號，誠如各位所見之三角形符號，由西北往西南，移動速度甚快，基於保密關係，本部無法透露地點，但經雷達管控同事科學之研判，說明該物體飛行速度接近三馬赫，目前兩岸戰機均無法到達此一速度。」

她停頓一下看看坐在第一排掛星星的將軍，看來將軍對她濫用「之」的驚人數目相當滿意。

「如各位所知，美國曾使用之ＳＲ七一黑鳥式高空偵察機最快速度超過三馬赫，多年前業已停產且除役，若美軍解封，並於接近臺灣地區之太平洋地區演練，理應知會我方，唯本部未曾接獲任何相關通知。本部亦曾向駐沖繩美軍單位求證，尚未得到答覆。」

底下傳出交頭接耳的聲音，將軍回頭，眼神殺掉所有雜音。

「如今衛星已經取代ＳＲ七一之偵蒐功能，美軍重新啟封此型高空偵察機之機率不高，因而本部研判——」

話沒說完，有人搶著宣布答案：「飛碟。」

騷動聲中，穿袖口、胸口縫滿金線和金星高級警官制服的警政署副署長站起身，他簡短說明：「鑑識人員在男童失蹤的四個現場地毯式搜查，未發現任何證據顯示與飛碟相關。」

正說著，一陣搖晃，許多人伸手按住桌面上幾近跳動的茶杯。將軍動也不動，他對國防部新建大樓的防震工程頗有信心。

地震維持不到十秒，手機沒響，表示國家地震中心的電腦認定震度有限，不足為奇，未對全民發送地震警示。

賀若芬舉起手，應該說她舉起手的同時已打開麥克風發言：「四名男童都說過最近會發生大地震的話。」

比將軍的眼神更有用，現場立即安靜。

「其中一名男童還要他媽媽買機車安全帽，上學戴，出門戴，連上課也不肯脫，睡覺放床頭。」不像飛碟引起騷動，第一排的將軍和副署長低頭交換了幾句，由副署長代表說話：「現在科學仍無法預測地震，我們只能把小朋友說的話當成童言，想必失蹤期間受到驚嚇。」

「四個人都說是在褐林鴞之類的鳥引路下逃出森林。」

「我們請教過專家，山上有鳥是自然的事，褐林鴞多生活在深山。」

「四個人坐火車或者捷運，中間短暫停電，燈再亮時車子已駛進山區。如果一個孩子說，大概神智不清胡言亂語，四個人說的一樣，就不能說是胡言亂語了，以上提供各位長官參考。」

「這位是賀老師吧，賀老師想表達的是？」

「表達的是希望大家重視孩子們的說詞，他們沒說謊。」

「另一位心理專家怎麼說？」副署長的目光在二十多參與者中尋找，落海尋找救生圈的眼神。

一名有相當年紀的老人站起身：「我看不出什麼線索，倒是依我專業的角度看，事情不像各位想的複雜。」

「崔老師請說。」

老人戴上眼鏡翻動面前那疊資料：「我研究的雖然是保育類動物，也涉獵過道教方面的學問，前幾年熱門的魔神仔，我參與過調查，無非時空接觸有時超越常理，與其他時空重疊，我們被另一時空的魔神仔嚇到，相對的，魔神仔說不定也被這個時空的我們嚇一跳。」

「學童案與魔神仔有關？」

「講簡單的，小朋友撞邪了。」

沒人接話，靜得可以聽到不知誰衣袋內的手機震動聲。

會議沒有結論，用《論語》的說法，盍各言爾志。賀若芬覺得疲憊，比和博士約會更累，至少約會能用壽司分心，開一堆長官的會，只有瓶裝水。

「小球他們說得再荒謬，也是你們僅有的線索，看長官的態度，不肯接受怪力亂神，怎麼找真相？最壞的，我覺得你們找理由說小朋友說謊。好吧，他們胡言亂語，那就告訴我為什麼四名男童在平地失蹤，在高山上被找到。說啊。」賀若芬對與會者表達她對會議的失望。

煙突急得拉她出去，「賀老師，較好心咧，陪我去抽根菸。」

警方不參與UFO的調查，不涉入時空的討論，他們做事實際，希望賀若芬幫忙說服小球父母，由警方全程護衛小球到現場再走一趟，說不定能喚出小球遺忘的記憶。

「我們去跟小球父母談，賀老師能不能一起，有些話我們不會說，」煙突刁著菸搓著手，「我們只會講警察的話。」

「像軍方講的什麼三馬赫？還是你們一天講五百次的報告長官？」

「賀老師別修理我們，當公務員很辛酸的捏。上級認為有賀老師陪同，家長比較願意。」

「請小球父母陪著去啊。」

「問過，」煙突的手搓得更用力，「他爸媽上班，我們警察局發的邀請信不能給電子公司和全聯的員工當請假單，說不定還惹上麻煩。父母不去，不放心我們帶小球去。賀老師幫我們說說，哀求，懇求，破案後請上級發表揚狀。」

「你不是當過家長？」

「講實在的，我工作忙，做爸是兼差，當假的。」

警方計畫以專車送賀若芬與小球上阿里山，會合刑警、導遊、專家共十一人組成新的現場勘驗小組，煙突要賀若芬不必擔心安全，嘉義警方已經鞏固路線，包括管制入山許可，以免不相關人士闖入破壞現場。

「我查查課表，要是找不到代課的，你們自己看著辦。」賀若芬回以別想討價還價的答覆。

會後一名戴草帽白髮老人塞一張紙條給賀若芬，露出說不出來是得意或善意的笑容。女少校介紹過，老人是臺灣猛禽觀護協會會長，姓什麼？

紙條上寫著：梟食母，獍食父。

梟是貓頭鷹，老人想傳達什麼訊息。

登上公車，她上網查了查，梟，鳥名，食母。破鏡，獸名，食父。破鏡即獍，梟獍合在一起比喻乖戾忘恩之人。梟是貓頭鷹，獍像虎豹，比較小，也許和臺灣的石虎相當。

梟以搶食為生，所以毒梟、鹽梟指的都是壞人。

希臘文化裡的貓頭鷹是智慧女神雅典娜的使者，代表知識，漫畫裡畫成戴博士方帽子，掛無邊單片眼鏡。中國文化則傳說貓頭鷹是從地獄來的報喪鳥，黑暗使者。會長提醒她？警告她？

車子開到中山北路二段再發生一次地震，規模較大，司機停下車等待結束。乘客爭先恐後離開巴士躲到人行道，有的蹲下，有的驚恐看幾十層高的商業大樓。賀若芬不受地震影響，對老人傳來的紙條好奇，按照上面的號碼撥出去，莫非老人等她電話，響一聲即接起。

「會長嗎？梟獍和孩子失蹤有什麼關係？貓頭鷹是壞兆頭？可是牠幫小球逃出森林。

「貓頭鷹有其象徵意義？能不能講清楚一點，我念兒童心理的，不是中文系。

「我該去見一個人？他學什麼？也是博士？民俗學碩士，宗教學博士？專攻中國東南的民間信仰？和信仰有關的您是不是轉告崔老師比較好，他對撞邪和乩童興趣大。

「對不起，我對宮廟文化了解不深，我媽幫我安太歲，以前除夕和同學去行天宮拜拜，好幾年沒去了。」

地震停了，賀若芬踏上巴士：「好，我去。記得，韓希元，是，謝謝。」

她得再見一個男人，也是博士，有點煩。

5

廈門街小巷弄裡連棟四層樓老公寓，鐵窗斑駁，木門歪斜，樓梯間的燈顯然早已不亮，幸好上午陽光強烈。辨識韓博士的家不困難，上了三樓後，樓梯貼牆處堆滿書，這個人拿公設當儲藏室。估計走完兩百本書的距離，得側身通過居然沒被地震搖倒的七層木書架，而後到達一扇紗門，門楣掛一塊八卦鏡，兩邊各貼一張畫符黃紙。

「韓博士在家嗎？」

紗門內應該有扇同樣蒼桑的木門，斜斜倚著牆，看來待修中。

「進來，門口有說明。」

拉開紗門差點撞到一個矮櫃，上面的香爐內燒了一炷粗大的香。「門口有說明」的說明是指貼於牆壁護貝A4紙張：

一、請先將香撥至身上。淨身。

以為疫情期間進便利超商要掃QR code、噴酒精、量體溫？

怎麼撥？她應付地兩手在香上轉了幾圈。

二、若無牢不可破的宗教信仰，請向元始天尊行禮。誠心。

從屋頂垂至矮櫃上的圖像，毛筆描的人形線條，看不出是不是元始天尊，她也沒見過元始天尊，兩手合十意思意思拜了三下。

三、請說出來此的目的。誠意。

對誰說？她對著元始天尊畫像自我介紹：「我是會長介紹來的賀若芬，與韓博士通過電話，還有——」

「小朋友是誰？小朋友不用行禮，可是請脫帽。」

小球已經歪頭從矮櫃邊緣往裡看。

「他有監視器喔？」

難得，小球不囉嗦，脫下安全帽。

「請進。」

繞過矮櫃，裡面的格局像圖書館，從左手的牆面開始，每隔約一點五公尺便一排角鋼書架直到右手的牆，共五排。聲音從第三排和第四排中間傳來。

「咖啡或茶？」

「水就好。」

「沒有水沒有茶，剩下咖啡。」

「咖啡可以。」

說著，賀若芬與小球走過第三排，兩排書架盡頭處是張小小的桌子，也堆滿了書，一隻手移開幾本書露出臉，戴暗藍色道士方巾、穿暗藍色開襟道袍的男人揮著拿毛筆的手。

「賀小姐好，在下韓希元，小朋友是？」

「我叫小球。」

「說話宏亮，中氣十足，小球，你的元氣旺，要是遇到鬼，尿尿淹死他，童子尿破百邪，沒必要來找我。」

又是尿尿。賀若芬對男人的不耐煩全顯示在為小球解釋的語氣。

「韓博士，不是請你驅邪，小球身體很好。」

桌後的人不見了，傳來另一間房的瓶罐聲，

「咖啡，咖啡，記得咖啡放在這裡。」

「沒有咖啡沒關係，我們只請教幾件事，馬上走。」

「你們找椅子坐，等我幾分鐘。」

一股風，藍色的人影掠過賀若芬身後。

幾分鐘後賀若芬與小球擠在第三排與第四排書架中間，她開始感覺幽閉症的壓力，兩旁逼來陣陣書的潮味令人難以呼吸。

他們坐的是沒有靠背的板凳，一人握便利店外帶咖啡杯，一人拿紅豆冰棒，對面的人則兩手肘釘在書上啃一枚大飯糰。

「小球同學坐捷運坐到阿里山的新高口，他說一個晚上，實際上是三天。嗯，開始有意思了。沒有臉的穿大衣男人，一隻正吃消夜的貓頭鷹。」

「褐林鴞。」小球糾正他。

「褐林鴞。令賀老師困惑的，聽講是貓頭鷹對吧？山海經，賀老師一定念過山海經，裡面提到一種鳥，長得像貓頭鷹，人面四目而有耳，其鳴自號也，見則天下大旱。這種鳥叫做顒（音ㄩㄥˊ）。」

「褐林鴞，兩隻眼，不是顒。」賀若芬糾正。

「不急，西山經裡提到另一種鳥，人面而一足，人的臉孔，只有一隻腳，叫做橐（音陀）。書上說它只冬天出來，夏天睡覺，吃了牠不怕打雷。」

「對，牠一隻腳。」小球聽得認真。

「你說牠叫什麼名字？」賀若芬再問。

「**一隻腳的㚏**。」

「牠怎麼樣？」

「傳說中的奇禽怪獸，沒人見過。」

「如果是㚏，小球見到了。」

「牠沒有害處，小球同學不用擔心。」

「韓博士，我們不是來請教動物園裡親戚朋友的關係。」賀若芬快坐不住。

「㚏之外，賀老師提到小球同學坐捷運到阿里山的新高口站，其他還有三名小朋友經歷類似的事。另外，小朋友都在夢裡聽到有個男孩子聲音說我才是臺柱，而且預感最近要發生大地震。」

「對，地震。」

「嗯嗯，小球同學精神好，不像是撞邪。」

他閉眼喃喃念咒，「就算撞到，小球同學，我已經念咒解開你的結，現在沒事了。」

「哇，酷。」

「不用謝。」

他繼續啃飯糰。

「韓博士教書？」

「山人專攻茅山道術，收弟子有禮數和緣法，至今未遇有緣人。」

「意思是你沒教書。那麼請教韓博士對這件事的看法？」

「不用叫我博士，叫我名字就好。」

「稀飯。」小球叫。

韓希元停止咀嚼進入思考階段，不久再恢復咀嚼。

「賀老師可以叫我希元兄、希元老師、希元道長，小球同學呢，自便。」

「道長，你的看法。」

「最近發生很多事，你們眼裡只看到四名男童走失三天，我看的大很多，小球同學他們和其他的某些事冥冥中發生關聯，一時之間我不知道怎麼說明。」

「能怎麼說明請就怎麼說明。」

「舉例，妳走路經過民權東路的麥當勞，想進去吃麥香雞，忽然跑出一輛機車幾乎碰到妳，一氣之下妳就打消吃麥香雞的念頭。其中的關聯性是這幾年代客送餐點的快遞服務盛行，一般人看到交通問題、外送的服務費問題，我看到的是為什麼大家不肯走幾步路去店裡吃的問題。不同層次的問題。」

「小球的事和麥當勞沒關係。」

沒有回答，可是看到殘餘在嘴邊的飯粒經過舌頭舔拭，快速消失。

「那我話說從頭，臺灣大規模的開發，應該說漢人大規模開發始於一六六二年鄭成功來臺，那時嘉南平原一大片沼澤，雜草叢生，瘴氣重，漢人生病的多，以前人認定水土不服，說穿了是沼澤蚊蟲帶來的疾病。醫生與藥材數量不足，漢人便從泉州、漳州一帶請來許多神明鎮壓邪魔，這是臺灣廟多神多的原因，當然，更帶著先民思鄉情緒。」

「簡短點。」

「鄭成功的軍隊裡不少能人，分別請來媽祖、五府千歲、廣澤尊王、關聖帝君、土地公，隨軍抵達臺南，後來的移民又帶來了許多神明——你們知道明朝信奉道教嗎？本來朱元璋是白蓮教的信徒，白蓮教吃素，佛教的一支，學者說是變種，把自己想出來的神話插在佛教上，宗教學的插枝法。朱元璋淹死白蓮教首領韓林兒，自己當皇帝以後，想方設法和白蓮教劃清關係，假說曾受玄天上帝營救轉而信奉道教。」

「再簡短點。」

「還要更簡短？」

「短。」

「是。最近臺灣各宮廟出現比往年多出數倍的異常現象——」

「什麼異常現象？不要告訴我和ＵＦＯ有關。」

「ＵＦＯ？賀老師扯遠了，純粹宗教異象。嘉義一處宮廟每年元宵節抽出國運籤，已經連兩年沒抽出。苗栗山區一間三山國王廟本來香火鼎盛，今年宣布暫停信徒的參拜，聽說廟祝收到神明訊息，關廟休養。」

「抽不出籤、宮廟整修和你說的異常現象有關係嗎？」

「剛才說了，複雜的現象，可能受地球磁場變化影響，可能——」

「韓博士，結論。」

「結論？發生在小球同學身上的事是整個大環境變化的一小部分，見微知著，看賀老師的表情，我怎麼說也很難使妳信服。這樣吧，妳們不是要隨警察重回現場，加我一個。」

「你去的作用是？」

「為免給你們添麻煩，貧道自備帳蓬、泡麵，食宿自理，絕不對外發表任何相關言論，在元始天尊前立誓，保密到底。」

「要問警方的意見。」

「這樣，我說一件事，妳可以去求證，如果我說對了，就讓我參加。」

「你說。」

「小球同學，生日是不是快到了？」

「賀老師，他怎麼知道？」

「農曆九月九日生的？」

「對，我阿嬤記我農曆生日，她說比較好記。」

「其他三名男生也是農曆九月九日生的，賀老師可以查。」

「農曆九月九日？敬老的重陽節？」

「答對了。」

賀若芬不能不讓韓希元參加專案小組的重回現場勘驗團，因為其他三名男童的農曆生日真的都是九月九日。

邪門。

之前她陪煙突去見小球父母，花了一晚上，父母擔心的當然是兒子，怕小球回現場再次撞邪，煙突保證請道行高深的師公同行。正好賀若芬想到會長提過的韓希元，與其找廟裡的師公，這個韓師公至少念到博士，希望不會沿路舉神明旗幟搖鈴鐺吵得她頭痛。對煙突提了她經會長介紹要去找韓博士詢問意見，沒想到小球好奇跟她去看看。林爸林媽不知從哪裡聽來，請師公最好始終一位，不然怕出現「撞神」，如A師公請了趙府千歲，B師公請了太陽星君，搞得兩位神明不高興，不好。就好像買了全家咖啡和紅豆麵包，可是找不到座位，到隔壁小七霸占一張桌子吃喝還瞄小七櫃檯後的美眉，有辱全家的美眉，瞧不起小七的咖啡，惹人厭。

小球ㄋㄞ贏了。賀若芬再三保證，這名姓韓的不僅是師公，拿到宗教博士，正派的。

錯了，師公就是師公。

喝完咖啡，離開潮溼的四樓，賀若芬擔心韓希元要是隨勘驗隊進山，會不會鬧笑話干擾辦案進度。學位必然使人正派嗎？

問出三名男童也生於農曆九月九日，她不能不改變立場，對煙突說：「我覺得他還可以，不像江湖騙子。」

「賀老師見過江湖騙子？」煙突吃吃地笑。

笑屁。男人，個個自以為什麼都懂，對他們客氣一點，馬上油裡油氣。三年前她曾誇獎一名社會學家，說的是「X先生，聽完您演講，我得到不少知識」，學者回她：「再吃個飯，妳會得到更多。」

這就是男人，老媽居然還想超渡他們！

上山的裝備由警方提供，小球挺興奮，他被分到一背包的寶貝：雨衣、發熱衣、乾糧和一頂全新的安全帽，附頭燈的專業登山用安全帽。

放學後請他吃漢堡，賀若芬感到小球父母把兒子交給她，責任重大，她得理清幾件事。

「不怕再回山裡？」

「不怕。」

「不怕夢裡的聲音？」

「不怕。」

「為什麼？」

「說話的也是男生，和我一樣，而且說不定能再遇到褐林鴞，這次我要拍合照。」他拿出背包內的手機伸縮桿。

「最近想到什麼新的嗎？」

「妳說我坐捷運的事？有，想起來沒有臉的叔叔下車直直走進樹林，他回頭看過我。」

「回頭看你？還是沒臉？」

「他搖搖頭。」

搖頭？沒有臉的話怎麼看得出他搖頭。

「他有帽子啊。」小球說得賀若芬近乎白痴。

幾個情況下會搖頭，不同意、不滿意、嘆氣、不知怎麼辦、代表放棄的算了，還有，不要跟我走。

「你用直覺想，那天晚上到底怎麼回事？」

「坐錯車。回臺北以後我偷坐兩次捷運，從士林到民權西路，坐最後一節車廂，進地下的時候燈會閃，不信妳去坐看看。伍圓說他猜是平行時空另一輛車也經過同一個地點，我不小心跑到那輛上面。」

「平行時空？」

「對，前一秒的我和現在的我同時存在。」

多樂觀的男孩，至少他的理論比ＵＦＯ和撞邪要有想像力多了。

打聽到韓希元，大學念經濟系，聽說大一起就炒股，很有一套，班上同學說他股市進出都在百萬左右，買二手的寶馬代步，不願浪費時間交女朋友，志向是去美國念碩士，進華爾街。大二那年突然改變，好像繼承父親的工作在道教學會做事，從BOSS休閒裝換成鬆垮垮的道士服，疏遠老同學，一心一意念博士要振興道教。

而且韓希元和她同屆同校，當初竟不知學校裡出了個怪咖。

賀若芬猜得出民俗學研究什麼，宗教學呢？比較伊斯蘭、基督教和猶太教的上帝？玉皇大帝和西王母的關係？道士呢？搖鈴噹、舞木劍的道士還是考證老莊學家的道家思想？

從華爾街到道士，家學淵源改變人的夢想，改得也太大。

「道士是家學，賀同學。我是哪種道士？這樣講，我還是茅山派的，聽說過吧。」

6

煙突開車先去接小球再來接賀若芬。

「喲，是個男的。」賀媽媽在陽臺偷眼往下瞧，「老了點，還抽菸，要死，亂丟菸蒂，妳怎麼挑的。」

「妳沒問他幹什麼的。」賀媽媽跟著問。

「幹什麼的？」賀媽媽不得到答案絕不干休。

「警察。」

「千挑萬選，妳挑個老菸槍警察，上次那個博士呢？」

「他八年離一次婚，聽起來很累。」

「離過婚的男人？妳阿姨搞什麼，下次打牌，我坐她上家，看我不釘死她。」

賀若芬昨晚忘記收拾行李，應該說她一向要出門趕飛機前才想到行李。幸好大多數用品已經在背包內，只要挑兩套內衣褲、兩片面膜、兩雙襪子，煙突警告，山上潮溼又冷，最怕襪子溼。

「跟老警察去哪裡？」

「阿里山。」

「存心氣我是不是，過兩夜？」

「公事。」

「叫我相信一男一女去阿里山過兩夜是公事？賀若芬，記住我是妳媽，沒我同意，男人想都別想。」

「真的公事，還有其他人。」

「有其他女的？」

「可能吧。」

「叫他上來我問問。」

「媽，想再罵跑一個男人啊。」

「我罵跑？不都為妳好。不行，不准妳去，不然妳踩我的屍體出門。」

賀若芬不想再跟老媽廬下去，她擠進陽臺喊：

「Entotsu，小球呢？」

帶頭燈的安全帽伸出車窗，手電筒的燈光朝樓上掃射算是向賀若芬打招呼。

「小球也去？」

「媽，我不是說了嗎，公事。」

「開手機聲音，別想開靜音假裝沒聽到妳媽的電話。喏，維他命、營養茶、兩天份的中藥，天天給我準時吃。」

「遵命。」

「別再帶什麼精油回來。」

「妳記性真好，我高中的事還記得。」

「賀若芬，妳媽天生記仇。」

攔不住，賀媽媽堅持陪女兒下樓，她問煙突：

「你刑警？給我一張名片。姓嚴，難怪成天菸不離口。顧好我女兒三餐，當心我發動所有里民天天上警政署網站申訴。開手機，找不到賀若芬就找你。別想騙我阿里山收不到手機訊號，什麼時代了。還有，下次不准在我家樓下抽菸，要抽去快車道抽。幾歲的人，你老婆不管管你。」

煙突聳聳肩膀把嘴角的菸塞回菸盒。

賀媽媽沒忘記小球，食指關節敲敲映著陽光發亮的安全帽：「新帽子，小球，下次來賀媽媽家吃蛋糕，晚上記得和大姐姐一起睡，她怕黑，小球幫賀媽媽照顧她。」

「我睡自己帳篷。」

「帳篷？」

賀若芬推駕駛座的煙突一把，「你開不開車。」

直到車子駛上南京東路煙突才回過神：「賀老師，妳媽，沒有不禮貌的意思，妳媽絕對經典。」

「單親家庭，我媽照顧我習慣了。」

「多好的習慣。」他悠悠地說。

換乘刑事局七人座休旅車，配制服警員開車，停在羅斯福路和和平東路口，煙突看看錶正要拉上車門，一輛腳踏車剎在車前。

進入公元二千年後很少人用腳踏車稱呼腳踏車，自行車好聽多了，優雅；單車，文青；Ubike也行，科技感，不過這輛只能稱腳踏車，前後輪裝弧形擋泥板，龍頭上的車燈靠兩腳踩踏板發電，後座架子大到說不定能載小冰箱。黑松汽水博物館裡的骨董車。

「準時趕到，等其他人嗎？我關車門。賀老師早安，小球同學早。歹勢，嚴警官，你們這行涉及殺生，容我問候一聲您老慈悲。」

煙突對賀若芬猛翻白眼，要是韓希元穿道士服，頭髮盤到頭頂插根筷子，說不定煙突快樂一點。韓希元從頭到腳的防水外套、防水褲、五千元起跳的歐洲防水登山鞋，背包外面綁了睡墊、鋼杯、鋁鍋、湯匙，當然，還繫上一面比較小的八卦鏡。

「道爺，帶鏡子好刮鬍子？羅盤呢？」煙突問候了。

韓希元掏了半天口袋，拿出手機點出指北針的App。

「這個方便攜帶。」

「喲，科技道爺。」

車上聊天問出來，韓希元果然是她同屆不同系同學。

「你每天早飯吃飯糰？」

「愛死飯糰，吃過便利店賣的阜杭飯糰沒？味道可以，可惜太小，我得吃兩顆。裡面的蘿蔔乾好，飯糰要是沒蘿蔔乾沒油條，無量壽福，枉稱飯糰。」

「你怎麼猜出其他男孩也是農曆九月九日生的？」

這時他比了個看不出什麼名堂的手勢說：「家學，賀同學，我茅山派的。」

煙突轉頭第一次正眼看他。

「開玩笑，茅山派是香港電影裡的。」

「不，茅山派歷史久遠。」

「四千年？」

「五千年，嚳，聽過吧？三皇五帝的五帝之一，我們的祖宗，接著是茅山宗開山祖師爺展上公，他在江蘇茅山修煉，西漢時代茅盈、茅固、茅衷三兄弟也在茅山修練得道，是乃茅山宗。」

「簡短點。」賀若芬打斷話。

「喔，聽說過葛洪吧？寫過《抱朴子》，道教的聖書，他是江蘇省句容縣人，茅山就在句容。」

「講重點，茅山派做什麼的？」

「我們供奉三清，玉清元始天尊、上清靈寶天尊、太清道德天尊，和其他的道教稍有不同之處，三清乃先有形而有體，代表理念，後來才化為體。現在你們對道教有初步的理解，我得必也正名乎，茅山派是俗稱，我們正式的名稱是茅山宗，別又叫我簡短點，元朝皇帝命名的。」

「特長，特色，特點，幹什麼的。」

「茅山宗，專營法事、醮儀、驅邪、行氣、內丹。」

「比其他派別厲害的。」

「抓鬼降妖。」

車內四人，連同司機一起發出長長的「噢——」。

「聽說繼承母業，外公出自茅山宗？」

「何止，我們韓家的祖先上茅山練氣可以追溯到宋徽宗時代。」

「被金人俘虜去東北的宋徽宗？你祖先沒陪著去？」

「我祖先在山裡修道。」

「有成仙的嗎？」

聽到煙突釋放出來的狂笑，韓希元兩手插進口袋窩進椅背。

「同學，妳這樣我們怎麼聊天？」

勘驗小組的前進基地設在沼平站旁的派出所，臺北開來電子通訊車，車頂一具類似電視臺直播用的碟形天線，若干人員前天已出發到新高口布置，護衛煙突五人出發的是三名黑色勁裝武裝人員，顯然警方堅持刑事案件用刑事方法處理是不可變更的SOP。另一名穿釣魚背心的中年人老打呵欠，向賀若芬行個懶洋洋、不三不四的軍禮。

下午兩點，山裡籠罩於大霧之中，三步之外看不清對面來人的臉孔。下了臺車，煙突發出命令：

「出發，開燈。」

小球第一個按亮安全帽頭燈，十道光柱掃進大霧。

霧一陣一陣，有如畫水墨，塗一筆，再塗一筆，塗得愈來愈濃。霧隨風飄擺不定，忽左忽右，前面三人若隱若現，有如進出於不同空間。霧有氣味，塵土味、摻雜火車用的柴油味、潮溼的草木味。走上軌道，他們不能不低頭數著枕木小心踩出步伐，視線實在太差，小球的手握住賀若芬的。

「喜怒哀樂，形之於外，」後面的稀飯說：「但喜怒哀樂從何而來？潛藏於內在的心情，對世界的陌生、對人生的茫然、對明天的懷疑，怕。」

「韓博士怕過嗎？道士怕什麼？」

「老虎怕大象、大白鯊怕氧氣筒、戚繼光怕老婆、拜登怕摔跤、司馬懿怕諸葛亮在城門上彈古琴、白玉堂怕御貓、賣茶葉蛋的怕買不到雞蛋、高嘉瑜怕參加男朋友老媽的告別式，怕呀，我怕生、怕死，怕女同學老找我抬槓。」

「嗆我？」

「聊天，同學，反正沒事，聊天。」

軌道被拒馬隔成兩段，一般遊客只能到此。守衛的員警移開拒馬，山道變窄，中空的鐵道橋左邊山壁新釘了繩索，過橋的一次一人拉繩索踩軌道，一旁員警警告，千萬別踩枕木中間，有些爛了。

小球腰間的繩子栓在煙突身上，一老一小挪著步子，煙突喊「走」，兩人同時邁步。

接著是賀若芬、韓希元、殿後的武裝刑警。韓希元低聲念了一長串咒語，「小賀，過往仙佛庇佑，上，安啦。」

從枕木間空隙看，賀若芬想起自己似乎有懼高症，幸好此時她並不太害怕，橋下是霧，什麼也看不到。遵照煙突指示，一手緊握繩索，一手伸平維持平衡，視線朝前，心裡默念步數。

「念到五十就過橋了，同學，專心念，諸天神佛和我，與妳同在。」

忘記老媽前一天吩咐的事，她沒買旅遊平安險。

霧太濃，過了新高口，臨時決定在小土地公廟前安營過夜，下午四點半，暗得以為六點半了。

樹下一座膝蓋高度的無門水泥小廟，裡面一尊石刻土地公像，長年水氣侵蝕得只剩形狀不見五官，砌在地面的香爐內插滿香梗，舊的掉色的，新的冒煙的。煙突也上前燒了一炷香。

韓希元領小球燒香，一炷香插土地公面前，另一炷插旁邊。

「為什麼插旁邊，又沒神像。」

「聽說過虎爺吧，保佑你們小朋友，聽我的沒錯，我博士。」

小球沒再問，倒是賀若芬翻了翻白眼。

先遣隊搭好三頂大帳蓬，八名男人擠兩頂，第三頂放置器材。賀若芬與小球睡小帳蓬，韓希元不用帳蓬，抖開好大一張草綠色帆布裹住身體，當床也當被。賀若芬好奇詢問戴耳機轉旋鈕的警官，大大小小器材做什麼用？原來警方運來熱源感應器、陸軍用的野戰無線電話、高解析度攝影機、遙控飛機、柴油發電機。雖無傷亡、無勒索明確證據，男童失蹤案仍升級為重大刑案。

手機收不到訊號，賀若芬想到臺北的媽媽，她以為女兒住以前蔣介石賓館的阿里山賓館，說不定電話打到賓館總機，五分鐘一次，搞得賓館上下集體發瘋。

「沒關係，我通知派出所，他們向賀媽媽解釋，說妳執行警方機密任務，不方便對外聯絡。」煙突抓著衛星電話說。

煙突不了解賀媽媽的決心，阿里山派出所執班員警會有熱鬧的一夜。

「妳還沒結婚？」韓希元在土地公廟前拜拜。「高學歷女生不好找對象，要求太高。」

他兩手持大把香向四方禮拜。

「高學歷男生呢？」

「他們明白高學歷女生難搞，喜歡找不高學歷的女生。」

「所以你找多不高學歷的老婆？」

「沒結婚，和學歷無關，與其侍候女人，不如專心侍奉三清。單身吶，至高無上的幸福。」

「好理論，下次介紹你認識我媽媽。」

「不要吧，年紀實在差太多。」

「韓希元，你這樣愛貧嘴，很難聊天。」

煙突走來，「跟派出所說了，妳母親來過電話，一線三星基層員警代表行政院內政部警政署保證她女兒的安全。」

他拿出香菸和一個小鐵罐。

「容納十根菸蒂，山上不准丟垃圾，不管出任務幾天，最多只能抽十根。」

「你可以一根菸分三次抽。」

「抽回收菸？賀老師，妳想我得肺癌啊。」

「這個更難聊天。」小球突然冒出一句。

晚餐比預期的豐富，陸軍後勤司令部的野戰加熱式咖哩餐盒、派出所專人送來嘉義雞肉飯便當。小球的待遇最好，飯後尚有鳳梨酥、野戰口糧包內粉末泡出的橘子水。

韓希元只吃他自備的饅頭夾辣蘿蔔乾。

「道士吃素？」

「吃素是形式，目的在時時提醒自己降低物欲，擺脫物欲，人自然神清氣爽，想得透澈。」

「還有呢？」

「以我之心，使我之氣，養我之體，攻我之疾。三十年前一位道兄修煉到三天吃一餐，每天早中晚對大地吐納，吸收純天然的營養。」

「你一天吃幾頓？」

「慚愧，一頓也不能少。」

「你在山裡拜了半天，名震江湖的茅山宗感應到特殊氣場沒？」

「道可道，非常道。」

「意思是你什麼也沒感應到。」

「意思是，只知人在此山中，雲深不知處。」

韓希元離開帳蓬區，手捧羅盤又去每個方位尋找妖魔鬼怪。

不安靜的夜晚，先飄下一陣小雨，打得帳蓬叮咚作響，賀若芬睡覺不能忍受一點點噪音，偏找不到耳塞。雨停了，取而代之是不知哪種鳥淒厲的叫聲。好不容易睡著，腳步與說話聲吵醒她，探頭出帳蓬，韓希元裹著帆布對賀若芬比個不要出聲的手勢。

從紮營區往前走大約一百公尺，兩把自動步槍與三隻手電筒光柱打在一棵巨木的枝幹上，光圈裡站著一隻貓頭鷹。

「哇，褐林鴞。」小球跟來了。

黑眼眶的褐林鴞無奈地站在樹枝上，兩個大眼珠轉呀轉，面對自動步槍的槍口，澈底無辜的表情。

「不是牠，牠有兩隻腳，我看到的只有一隻。」

霧未散，像煙，無聲無息以濃淺不一的深度、速度不齊的腳步滲進森林每道縫隙，沒有方法阻擋，手電筒照到哪裡都見到模糊的影子。

「霧的影子。」韓希元用寫詩口氣，「霧影因光而存在，我們抓不到霧也抓不到光，只能透過影子感嘆，啊，那霧。」

「我第一次看到霧有影子——韓博士，不是霧的影子，光的影子。」

霧默默分隔人群，所有人一動不動看著來襲的大霧，想做點抵抗卻什麼也做不了。煙突的背影愈來愈淡，浸入霧內而消失，韓希元剩下飄在空氣裡的酸味。

「向賀老師靠攏，退回帳篷。」煙突的聲音。

憑呼喊彼此名字，眾人集中到賀若芬身旁一起往後退，回到帳篷前，煙突指著每人額頭計算人數。

「少一個。」

韓希元跺大步、揮舞兩手大聲朗誦沒人聽得懂的咒語走出濃霧。

「你念什麼？」小球問。

「眾神歸位，諸鬼讓路。」

「稀飯好神。」小球有了新偶像。

刑警圍住煙突交頭接耳，看似達成協議，同時舉槍面對陰暗的山路，負責處理電子器材的便服警員則對著熱源掃瞄器螢幕大喊：「感應到幾十個目標。」

不只那隻仍僵在高處樹枝上的褐林鴞，賀若芬發現周圍多了好多雙眼睛，前後左右皆是。

「好多鳥。」

「褐林鴞？」

煙突問從睡夢中被喚醒的阿里山生態導遊梁老師：「這麼多鳥圍住我們，正常嗎？」

梁老師擦擦眼鏡湊近螢幕，「幾十年來我們努力保護生態，鳥多是好事，表示成效不錯。等等，從沒看過這麼多。」

螢幕上光點跳動，不停有新的光點加入。

「我們被包圍了。」小球說。

幾分鐘而已，熱源掃瞄器所掃到的地方，螢幕幾乎被綠色光點貼滿，不是幾十隻鳥，幾百隻，說不定上千隻。進入十月以後，北方來的稀客南飛避冬，最有名的是灰面鷲，大多集中在食物多的沼澤、池塘區，飛到山區的較少。

「分不清哪種鳥，得等早上再看。」梁老師看著螢幕回答。

「會攻擊我們嗎？」賀若芬問。

「我們的形體太大，不是鳥類的食物，不過牠們為什麼朝我們圍來，我猜晚餐吃完沒收拾廚餘？」

「都裝進垃圾袋紮好了，林務局的規定。」某個警員回答。

「說不定垃圾袋被山貓、石虎、穿山甲咬破了。」

「不會吧，石虎？我們要回帳篷躲躲？」

警員的手電筒無論照到哪棵樹，可以看到跳躍的鳥類，很難辨識顏色或體型，牠們很快，顯示對人類入侵棲息地的不安。

「從沒見過，」梁老師捧著長鏡頭相機，「阿里山的鳥沒這麼熱鬧過，我們一路也沒吹嗩吶、打鼓。」

「牠們在暗處觀察我們。」

「賀老師不用怕，不管多少鳥，終歸是鳥對吧？日文叫Yakitori，燒鳥，來多少，我們Yaki多少。」

「煙突阿北晚餐沒吃飽。」

「他亂講，日文裡的燒鳥是雞，沒念過日文也知道。」

「韓博士怎麼說？」煙突轉變話題。

韓希元轉了一圈回來：「沒事，睡覺。」

「才說眾神歸位什麼的。」

「同學，整個晚上就屬現在磁場最正常，相信我一次就相信我第二次。」

留下執夜警員，其他人回帳蓬，說也奇怪，鳥雖然多，反而不出聲了。

小球躺下便睡著，賀若芬本來沒有睡意，忽然眼皮重重下垂，即使幾百隻鳥隨時可能銜起帳蓬飛上星空，她管不了。

她睡得忘記恐懼，連夢也沒一個，天將亮未亮時被稀飯的香味喚醒。

7

清晨的山區和晚上截然不同，樹木清新，空氣新鮮，賀若芬深深吸了一大口芬多精。小球和韓希元坐在瓦斯爐旁，煙突舉勺子向她喊早，派出所所長送來一大鍋地瓜稀飯。小球笑個不停：「賀老師，稀飯吃稀飯咧。」

「鳥呢？」

「散了，天快亮，牠們找早餐去了。」煙突遞來一碗，「賀媽媽打了一晚上電話，她大概向市民專線申訴，長官要我想法子處理，否則遲早有位市議員被煩到上吊。妳要不要回她電話？」

賀若芬不能不接過衛星電話，講了至少五分鐘，她把電話還給煙突，由煙突接力聽訓。煙突忙，再將電話轉給小球，一句話擺平賀媽媽：「對，我和賀老師睡小帳蓬，昨天晚上看到褐林鴞，黑眼眶的貓頭鷹啦，好可愛。」

早知道對老媽說她帶小朋友到阿里山看大自然就好了，老媽對抽菸的老刑警有如看到巷口的抓娃娃機器，雖不明白那是什麼，卻打從心底厭惡。

看來這是個風光明媚、鳥語花香的初秋好日子，不幸只維持到中午，山上落起毛毛細雨，爬山的人最恨就是雨，賀若芬每兩分鐘抱怨一次：「雨打得我睜不開眼睛。」

之一。

「鞋底黏黏的，起雞皮疙瘩。」

之二。

「氣象局不是預報今天晴天嗎？」之三。

韓希元的被子變身為雨衣，走在隊伍最前面。

山路泥濘，賀若芬抬不起頭，看著登山鞋的鞋尖，跟著前面煙突腳步，中午左右抵達東埔線的終點塔塔加，梁老師說這裡是東埔集材場，日據時代阿里山的木材送到這裡再往下運。

很小的空地，幾乎無處紮營，幸好先遣林務局人員已在樹間撐起蓬子，兩名員警手持金屬探測器在附近掃視。

「他們會不會找到以前留下的寶藏？」小球樂觀。

「警察除了嫌犯，能找什麼。」賀若芬實際。

「上窮碧落下黃泉，坦白說不知道要找什麼，上級給的命令是要我們什麼都找。」煙突抽他第七根菸的第三次。

集材場長滿野草，鐵軌旁殘留以前車站的器材，通往對面山嶺的索道仍在，運人運貨用的四方形無頂鐵箱掛在鐵索被風雨打得劇烈搖晃。

即使天候惡劣，即使天尚未黑，小球找到另一隻褐林鴞，祂兩隻爪子牢牢抓著樹枝，無論風雨刮得枝葉上下擺動，牠鐵了心腸不搬家，和晚上不同的，瞇著眼，既像打盹也像頂著睡意監視樹下的闖入者。

煙突催促韓希元，長官來電話，要是風雨不停，勘驗小組儘快下山，再三囑咐小朋友不能出事。

小球狀況極佳，跟在韓希元後面提出幾個很難回答的問題：「稀飯，道士和和尚哪個厲害？」

「你們茅山宗會抓殭屍喔，怎麼抓？」

「你看過咒術迴戰沒？」

看得出來韓希元拿羅盤東奔西走是裝的，小球的問題令偉大的茅山宗道士慚愧所學不足。

賀若芬得換襪子，鞋子進水了。

一名員警從他的大背包內取出一包包食物，好像數目不對，數了又數，今天派出所不送餐，距離太遠，看樣子有人要挨餓。

和昨晚一樣，鳥不知從哪裡聚來，牠們不叫不吵站滿枝頭，梁老師半個身子蹭進窄小的雨蓬遞給賀若芬一包梅子。

「沒看過這麼多鳥。」

「梁老師昨天不是說山裡有鳥，正常，沒鳥才有問題。」

「太多，太多了。」

正說著，忽然所有的鳥同時撲著翅膀起飛，撲下比雨點更密的水滴，撲得樹枝搖晃，撲得遮去光線。不僅塔塔加被飛鳥遮住，對面的東埔下線的樹林也衝出無數的鳥。

「不好。」

梁老師拉賀若芬往比較空曠的廢棄軌道跑，說時遲那時快，賀若芬覺得踩不穩步子，不是她的腳出問題，是地面移動。

地震，大地震。

她隨梁老師蹲在三、二、一推成金字塔狀六根切割後的古老巨木前，樹搖山動，賀若芬喊：「小球！」

最駭人的地震不是左右搖，是上下顛，賀若芬覺得肚子裡有東西往上翻，兩手忍不住往泥水灘內伸，抓到繫木椿的鐵索總算維持住平衡。蓬頂的帆布被震飛，掀起的泥、水、碎石掠過她頭頂飛向索道，巨大黑影往她砸，一聲巨響，倒塌的大樹筆直落下，撞鬆堆積整齊的木材。梁老師痛苦大喊一聲，賀若芬抓住他雨衣。地震搖得她滾在泥漿裡，一隻手抓梁老師，一隻手抓鐵索，可是鐵索忽左忽右、上下左右移動，不能不放開鐵索，要不然手被纏住。她閉起昏眩的眼睛，兩腳踩住木材金字塔底部，屁股朝後坐，她用盡氣力抓住雨衣。風捲起她的背包，如果不擺脫，她將像汽球被吹到天空。不能不鬆開右手，風實在太大，她任由背帶滑出手臂。當背包飛出去那一瞬間，有如挨了重擊，閃電打進大腦那樣，亮得什麼也看不到，但她右手空出來了，兩手隻重新抓住梁老師的雨衣沒再鬆過。

不行，堆積的木材緩慢向前移動，不僅風的關係，是整片大地往前滑，往懸崖方向滑，沖她腳的不再是泥水，變成濃稠泥漿。聽到隆隆聲，土石流，山崩了，森林散了。

脫根而起的樹木隨土石流滑向集材場，一包野戰盒餐流過她腳跟，打了個轉再流向木材。不好，它鑽進木材下面，下面被泥水掏空了，本來靠木材擋住以免往下滑，但六根金字塔狀的木材已經擺脫綑綁的束縛，賀若芬必須馬上改變位置，可是她拉的人仍隨木材往下滑動。

一隻有力的手逮住她衣領，一根繩子繞過她腰部。

「小球呢？」

「放心，他和我們警員在一起。」煙突的吼聲，「在上面。」

繩子拉住賀若芬，賀若芬拉住梁老師，煙突與員警齊力拉繩子，可是土石流沖刷下來的大小樹木跟著泥漿朝前溜，另一繩子套住梁老師，賀若芬驚恐地看著三公尺距離外六根巨大木材與一根直挺挺的巨樹一秒間消失，山壁垮了，所有的東西將不可避免掉進幾百公尺深的山谷。

說不出來為什麼，賀若芬腦中閃現的是褐林鴞黑眼眶內的大眼睛。梟食母，貓頭鷹是報喪鳥，她兩天沒吃維他命C和中藥了。

幾分鐘的事，整個東埔集材場消失得一點遺跡也沒留下，他們藏進樹洞，土石流沖走樹下泥土淘出一個窩，三名武裝員警把一根粗大登山繩繞在巨木根部，這棵樹恐怕生存了幾百年，曝出的樹根多得無法計算，每一樹根比紅綠燈桿更粗，賀若芬泡在泥漿抱住樹根，兩腳交替地踩，試圖找到能固定下半身的坑洞。夾雜石子的泥水一波波衝擊她頭頂，聽到石子敲安全帽聲音，小球是對的，會有地震，而安全帽是地震中絕對需要的裝備。

賀若芬又看到褐林鴞眼睛，牠站在對面樹根眨也不眨眼地看她。數不清的鳥在空中呱呱作響飛舞，只褐林鴞不作聲看著賀若芬的掙扎，像從小被寵大的貓看著不知打哪兒冒出來的死老鼠，眼神不帶絲毫感情看。

獨腳褐林鴞，賀若芬看到了，小球說的是真的。

管不了褐林鴞，賀若芬呼叫梁老師，還好，梁老師抱另一根樹根，兩手兩腳纏在上面，另一股土石流奔來，梁老師失去重心往下栽，繫於他腋下的繩子救了命，懸於空無之間擺動。賀若芬想伸手抓梁老師，可是她伸不出手，必須縮起脖子忍受土石流衝擊，無數的石子敲打頭頂安全帽。大地傳出沉悶的連續巨響，以為埋在地底幾千年的巨人醒來，對他被監禁的歲月發出不滿的怒吼。賀若芬已氣力用盡，手一點一點鬆開，聽到煙突在遙遠處喊「不要鬆手」，她感覺不到手，麻了。又一陣強烈搖動，她飄離樹根，她想，摔下山需要花多久時間，下面是河嗎，河水夠深嗎，掉下去會撞到河床嗎？一隻手抱住她的腰，她看到漫天的鳥結成好大的傘遮住她身體，湍急的泥水與粗暴的土石不再攻擊她，耳朵響起男童稚嫩的聲音：「**我才是臺柱**。」

也是瞬間的事，地震停了，土石流結束了，賀若芬被煙突拉到樹根上終於能坐定喘氣，才看見救命的樹根懸空掛在雲裡、霧裡。

霧又來了，夾著泥灰，掩去已失落生命的大片光禿禿山坡，仍能聽到碎石落進懸崖許久才傳回的撞擊地面爆裂聲。

梁老師坐在左邊樹根上，兩頰肌肉仍被風吹得如水波起伏，他看了賀若芬一眼，不過眼神空的。地震前後是截然不同的世界，大部分綠色被黃泥取代，腳下是湍急的土石流，大地安靜得似乎不久前發生的災難純屬誤會。

由員警將人一一拉到上方的樹下，休息片刻再拉往更上面的樹，所有人一棵樹一棵樹向上攀爬，直到停在較平坦雜草堆裡。大自然拿刀刨過，山坡到處土石流刷過的黃泥河流，面臨死亡前反抗的痕跡。小球攀在煙突胸前，他沒那麼驚慌，對賀若芬搖搖手：「賀老師，我夢過地震。」

她苦笑，沒想到地震這樣無預警、排山倒海地發作。

煙突喊名字點名，喊到韓博士時不得不停下再喊，沒人回應。賀若芬用盡最後氣力大喊：「稀飯！」

懸崖出現一隻手。

「活著，倒是不知喝了多少口泥。」

韓希元泥人般攀著樹藤從懸崖邊緣出現，少了帆布斗蓬。

「同學，」他發出顫抖聲音，「見到妳真開心，妳還是那個賀若芬吧？我實在看不清妳的臉。」

「不是叫你看著小球，萬一他出事怎麼辦？」

「沒錯，是妳，親愛的賀同學，小球的命是命，小道士的命不是命。」

8

連夜趕路下山，新高口附近完全看不出曾經發生劇烈地震，和塔塔加兩個世界，留守的警員說他的確感受到地震，不過不嚴重，未向沼平指揮所發出求救訊號。所以地震故意只震煙突這夥？

「煙突，你帶賽。」

煙突坐在路邊傻笑，「山那邊大地震，這邊沒事，韓博士，你可以用茅山宗的理論解釋嗎？」

韓希元未理會，他看著手機螢幕上的指北針，指針既未指北也未指南，它不停打轉，喝醉酒的老鼠追逐自己尾巴那樣打轉。

「除非我們站在史上最大的磁鐵正上方，不然不可能發生這種事。」他自言自語，「另一個可能，手機被震壞，不知道修不修得好。」他進器材帳蓬拿來金屬探測器，「合理的解釋，腳底下是鐵礦脈。」

一按開關，劈哩啪啦，探測器冒出火花，不到幾秒即炸了。

「不可能。」他不放棄地打開軍用通話器，「我他媽的，誰能告訴我阿里山到底藏了什麼？」

通話器不通話，波段不斷跳動，從這個電臺跳到另一電臺，聽得出有的英語發音，有法語，有的北京話，還有吱吱喳喳弄不清哪個星球的語言。

「各位，我雖然沒念過理工科，大膽為今天遭遇做推測：一，磁場變了，連續三年明明直撲臺灣的颱風差不多都轉狗腿彎去日本；二，地球的軸心偏了，也許很快東京、北京、華沙、溫哥華變成北極、南極，冰河期將降臨；三，我發現臺灣最大的鐵礦，雖然是國有林地，發現的人能分一半股份吧？」

賀若芬以憐憫的眼光看他，但沒嗆他，經歷過生死一線間，每個人以瘋話表達複雜的心情。

被救援隊接回沼平，派出所內忙成一團，嘉義縣市的警局長一同趕來慰問，他們和煙突站在門口聊了很久，兩名長官不發一語再下山。

新聞裡沒播報地震消息，地震中心傳來的偵測報告也淡淡數語：阿里山區發生規模二點五、深度二十公里的地震，未傳出傷亡。

賀若芬舉起布滿血痕的兩臂：「這樣不算傷？」

不巧，這個月疫情緩和引來報復性國民旅遊人潮，山區旅館全部客滿，賀若芬住不成阿里山賓館，阿里山派出所安排摺疊床供大家休息，兩間浴室以女士、小孩優先，排隊清洗，從身體和衣服沖洗下的泥漿形成小規模的土石流流進排水口。賀若芬得到五星級待遇，和小球睡鐵窗鐵門的拘留室，煙突恢復神智：「賀老師，窗外的樹葉紅了喔。」

真的，大部分的黃葉中看到幾片紅黃夾雜的樹葉，秋天比往常晚到，到底來了。

「鐵窗外的秋天。」韓希元擠進來看了一眼。

上級體諒現場勘驗小組辛勞，請奮起湖製作特大號便當送來，雞腿、排骨、滷蛋、筍絲、炒高麗菜，所長捲起衣袖做他另一項領了證書的本事，手沖咖啡。賀若芬好奇問他是不是計畫要退休改行開咖啡館了，煙突代為回答：「除非高級警官，警察沒人幹到老。」

帶著秋天些許淒涼的口氣。

賀若芬終於打電話回家，女兒理應報喜不報憂，地震的事嚇老媽沒意思，沒來得及開口，老媽一頓好罵：「出什麼機密任務？我供妳念大學念研究所，不是叫妳跟警察鬼混。馬上回來，我們繳稅的，他們該幫我們做事，不是我們幫他們。妳的博士打妳手機不通，打到家裡來，我看人還好，賀若芬，錯過這個機會，別指望陪我一起住養老院。」

賀媽媽甩了女兒電話，賀若芬不緊張，反倒鬆口氣不必再聽訓。

煙突沒說明兩位局長對他報告的地震經歷有何反應，又踱出派出所，看見大霧裡時不時亮起菸頭星火。

所長笑眯眯將咖啡杯擱在賀若芬面前，比個大拇指，搞不清他讚美賀若芬通過地震生死考驗，還是自誇咖啡沖得好？

霧從鐵窗竄進拘留室，屋內溫度高，理應變成水而消失，阿里山的霧不願意變成水，繞在小球身邊。小球吃完飯說他累斃了，躺上床不出五秒睡著。

她放下電話裹著毯子走到外面，韓希元坐在臺階擦拭不知什麼東西，煙突從霧裡冒出臉，「稀飯，你手裡是什麼？」

韓希元舉起一尊尋常路旁小土地公廟裡供奉的神像：「三太子。」

「哪裡來的？」

「塔塔加。」

「說說經過。」

「土石流造成山崩，我抓樹幹免得被沖走，到處亂抓，沒想到抓到這尊神像，嚴警官，不是石刻的，木雕的，可能有點歷史，沖掉泥土，你看，裂出細細的細縫，外面被煙燻黑，裡面光亮，好木頭。」

煙突接去看了很久。

「我們在塔塔加找到一把十多根燒得剩梗的香，宜蘭太平山有，花蓮木瓜山有，最近燒的，你認為哪個神經病到深山裡拜什麼神？」

韓希元恭敬地將神像擱在樹下的板凳，

「太子爺囉，前陣子的民意調查，全臺排名第二，受信任程度僅次於媽祖的神明。」

「山裡怎麼有？」

「到處有，平常的商店、餐廳、民宅，拜三太子和拜媽祖、關聖帝君不同，平民神祇。」

三個人陷入沉思，想說，不敢確定該不該說，賀若芬忍不了多久，

「小球說的臺柱其實不是臺柱——」

「是太子？」煙突接下話。「跑到山裡拜太子做什麼？」

「原住民不燒香拜拜，煙突警官，你說的。」

「平地人捧三太子神像到山裡拜？新營有太子宮，高雄有太子廟，臺灣哪間廟沒有哪吒，為什麼扛著神像到深山？」

「我可能知道怎麼回事，不過，」韓希元竟然吐口水在襯衫衣角再擦太子神像，「還需要求證。」

他掏出羅盤放在神像前面低聲念咒，一閃即過的光束射進濃霧。

「大概和三太子有關。」

「說說你的推測。」煙突坐下。

「我沒有推測，學無止境，這件事忙完，得好好閉關讀書。」

「茅山宗的耶，好謙虛。」賀若芬蹲下看神像。

「怪我學藝不精，別虧茅山宗。」

「兩位，用術語，警方軍情緊急，兩個星期過去，假設每三個星期一名男童失蹤，距離下一名男童失蹤剩下七天而已，媒體捕到風聲，明天說不定見報，長官來指令，叫我準備應付記者，怎麼對他們說，四個男童失蹤三天在森林鐵道被找到算誤會，他們喜歡逃家到陌生地方爬山看貓頭鷹而已？」

「照實說呀。」賀若芬不再掩飾對公務單位做事的不滿。「我們在山裡被鳥包圍，遇到大霧，發生大地震差點變成傷亡，韓希元找到一尊三太子神像。」

「他們不在現場，說不通。喂，韓博士，這尊神像很重要嗎？」

「再看看。」

韓希元打開手機的手電筒，光線照在神像。木刻的，漆已剝落殆盡或者被煙燻得失去色彩，黑的，看得出來是個騎馬人形，馬很小，使人與馬的比例不均衡，胸前兩隻手外，背後另有三隻手。

「斷了一隻手，」韓希元撫摸著神像，「本來應該三頭六臂。」

「三頭六臂不是二郎神楊戩？」煙突對神明有研究。

「二郎神的話會有條哮天犬，這尊沒有。」

「下面，你仔細看，說不定祂騎的不是馬，是哮天犬。」

「沒聽說二郎神騎哮天犬，祂老人家全身二十斤重的盔甲恐怕把狗壓死。」

「韓博士，你憑什麼說神像是三太子？」

「哪吒有幾樣寶貝，民間傳說的包括風火輪、乾坤圈、混天綾、火尖槍、金磚、九龍神火罩、豹皮囊，六隻手抓六樣寶貝，腳踩風火輪，依照傳說，有六臂一定有三頭，哪吒當然也可以三頭六臂。」

「如果是三太子，和地震，和小球他們失蹤有什麼關係？」

「線索，我直覺這是條重要的線索。」

「拜託，稀飯撿到一個木雕，是不是神像還成問題，不過我逃出塔塔加的時候聽到有人在我耳邊說，我聽得很清楚，我・才・是・太・子。」

一陣沉默後煙突點起新菸，「我也聽到。」

「聽到什麼？」

「我・才・是・太・子。」

賀若芬與煙突同時將視線轉向跪在神像前的韓希元。

「韓希元，你說。」

「韓博士，在塔塔加你聽到什麼沒有？」

韓希元不甘願地起身拍拍膝蓋，「我說就我說，聽到了。」

「聽到什麼？」

「**我・才・是・太・子。**」

阿里山派出所那晚上出奇安靜，山上每家飯店住滿觀光客，空氣帶著初秋的涼意，從三十度高溫城市來的遊客竟無人出外散步享受新鮮空氣。停車場擠滿車，訂不到房的旅客睡在車內，緊閉車窗關住打鼾聲。

打從中午即起霧，從嘉義開上山的森林火車停在奮起湖，改以巴士轉運乘客。園方臨時決定下午時起停駛巴士，大門前掛出車位已滿禁止進入標誌。

林務局與嘉義縣的森林與水土專家開了五輛車停在山腰過夜，他們原訂明早進入東埔線視察臺北嚴警官提報的土石流災情，看來要延後了，車隊開到中途不能不就地過夜，霧濃得車速不到二十公里也看不清路面。

內政部與農業部連夜就拍到的衛星照片，研究阿里山塔塔加段走山嚴重程度。林務局調派人手上山幫忙，秋天是山區觀光旺季，阿里山的樹葉快紅了，千萬不能出意外。

警政署公關部門加班模擬明天的記者會，他們設計三套說詞解釋學童失蹤案，大家傾向於第一套，沒有失蹤案，因為男童皆安全返家。至於失蹤過程，因涉及男童受法律保障的隱私權，警方不方便公開。大家又擔心第一套說詞容易被挑毛病，萬一記者找上失蹤學童的家長，證實確曾報案失蹤，警政署掩藏真相會被罵成吃案。

第二套，詳細說明真實狀況，有貓頭鷹、無臉人、開進深山的捷運列車、男童具預知地震能力，長官認為怪力亂神，至少做為科學辦案的警察單位不宜這麼說明。

第三套則否定外界傳說的男童失蹤案，警方從未接獲報案，抵死不認帳的意思，反正沒有傷亡，媒體追不出內容，過兩天出現某政治人物和非老婆的女性進出汽車旅館，男童失蹤案立刻被扔進馬桶。

第二套猜測必然引起媒體窮追猛打，到時山區全是記者，警政署公關室和沼平的派出所沒有好日子過。第三套過於強硬，警政署長不能說謊，萬一被記者堵到，相當難堪。總之，雖無定論，不過有第一線的煙突，上級計畫把案情推給煙突，「目前嚴警官已赴阿里山現場了解之中」，煙突則躲進新高口站，派出所主管可以說：「嚴警官已深入傳聞中之事件現場，不久當有確切消息。」要是記者私闖封鎖線找到煙突，他可以說：啊，尚未掌握充足證據，一旦有證據，會由警政署公關室一併對外發言。

聽起來是完美的危機處理辦法，苦了煙突罷了。

賀若芬睡得香甜，累了兩天，兩手兩腿幾乎抬不起來，阿里山又找不到推拿、按摩的。下鋪的小球睡成大字形，賀若芬登上鋪前看了一眼，她有點明白為什麼三太子神像雕成三頭六臂，網路上寫的，哪吒八歲那年死亡，後來成仙也始終維持八歲模樣，和小球一樣是孩童，看小球的睡姿，兩手向上，兩腿大字形，窗外混成一團的霧影樹影映在他枕頭，的確像三頭六臂。說不定哪吒神明形象來自古早前一個睡像很差的男孩。

煙突趴在電腦前睡著，一頭兩臂加一碗公菸蒂。他的報告僅打了三行，桌上的酒杯意外地還有四分之三的酒，他累得忘記喝乾，不介意在杯內養金魚。專案小組的軍警長官通知明早若霧散，搭直昇機進阿里山，要是霧太濃，開視訊會議。上級迫切想知道塔塔加發生什麼事。煙突解開「臺柱」之謎，證據為韓希元從山裡帶回來的三太子神像，可是想不出三太子和失蹤案乃至於地震有何關聯，總不好說三太子生氣引發地震。

韓希元沒睡，他繞園區柏油路快走，對了，這晚唯一仍出來散步的就他一人，在見不著方向的大霧裡快步疾走，口中不忘念經，像歐洲中世紀苦行僧以自殘贖前世今生的罪孽。一隻鳥掠過他耳邊，已能辨識叫聲，褐林鴞又來了，太暗，看不清牠有幾隻腳，說不定此刻阿里山罩在成千上萬的鳥陣當中，只是夜太深、霧太濃，他無法求證罷了。

那尊木刻神像留在派出所的拘留室內，小球床旁的摺疊椅上，露營用布製的摺疊椅，因而當深夜神像開始微微顫動時，未發出聲響，也就沒人注意。

地震那樣，神像左右搖擺，再前後搖擺，不久之後圓弧狀晃動，陀螺那樣。

第二部
五營將軍的奮戰

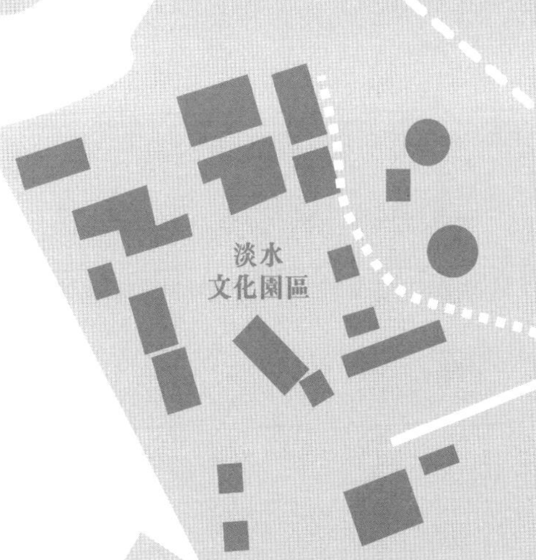

中天雨露恩澤廣布於鄉
壇站光輝神靈保佑我庶

新營太子宮正殿對聯

1

「稀飯，你有陰謀。」

「我？我們道士不求名利，哪來的陰謀。」

「不跟我們回臺北，你去哪裡？」

「朋友，嘉義的朋友找我下山泡茶。」

「三太子像呢？不是交給小球保管，你說的，三太子喜歡小朋友，突然神像自動搖晃，你又討回去？」

「暫時保管，研究祂搖晃的原因。」

「一下說喝茶，一下說研究，去哪裡研究？大家一夥，不方便公開嗎？」

於是韓希元不得不坐煙突開的警車下山，他們這車四人，主要任務為護送小球至高鐵站由守候在那裡的女警帶回臺北。賀若芬理應搭同班高鐵，煙突得孤單老人再開警車回阿里山，靜候長官通知，以便匯報塔塔加地震始末。

「說，三太子為什麼搖不停？」

韓希元縮在後座左邊聚精會神看著手掌上的三太子神像，太子仍然搖擺中，順時鐘方向規律地搖擺，黑色臉孔不帶表情注視著前方，金袍下的黑馬也扭頭看同一方向，說也奇怪，不論怎麼搖，馬克杯大小的神像就是不會掉出手掌，不倒翁效應一般。

賀若芬非公職人員，小球是學生，煙突卻是腰間配槍，腰後掛手銬的刑警，既不吼韓希元，也不說接下來該怎麼做，他萎了，被各級長官指導兼責罵，未來光明的前途是調臺灣最高派出所：合歡山上的昆陽派出所，標高三千零七十公尺，每年下幾天雪享受亞熱帶難得的零度以下氣溫，警界內號稱天下第一涼缺。煙突對涼缺不感興趣，他喜歡溫度，車子開出阿里山遊樂區不遠，忽然回過神似地用力拍方向盤，並一拉手剎車，車子原地轉九十度橫在路中央，輪胎磨出混進大霧裡的高溫。

「你幹什麼？」韓希元尖叫。

煙突轉過身，拔出電擊槍，

「女性和兒童請閉眼，以下動作不適宜你們觀看。」

「救命啊，你想幹什麼，我是納稅人。」

「你幫人抓妖收驚開過發票?拿來我看看。姓韓的，你逃漏稅多年，罰起來會叫你脫內褲送當鋪。鼓起勇氣當一回男子漢，被電個幾秒，放心，要不了命，而且沒傷痕，你拿不到驗傷單告我傷害，說不定你被電得爽，上了癮，回家沒事口水舔手指往插座裡塞，滋——不花本錢。」

「賀若芬，妳作證，他這樣停車，萬一大卡車過來，霧這麼濃。」韓希元看著閃著藍色電光的凶器，「刑警還公然刑求老百姓。」

「臭道士，三太子的事，不准隱瞞，不准加料，老實地說。」

「無量壽福，我說就是了。」

哪吒的原形來自印度的「哪吒俱伐羅太子」，也稱「那羅鳩婆天」，起源於波斯神話，佛教引入變身為毘沙門天的子孫。

毘沙門天為佛教護法之神，也被稱為多聞天王，意謂他無所不知，精通佛法，率夜叉與羅剎住須彌山。哪吒是他第三個兒子，少年天神，擁有非凡神力。既為佛門護法，又是夜叉之神，因而祂有天真可愛的一面，也有猙獰的一面。哪吒進入佛教後被稱為那吒俱伐羅太子，道教奉祂為太子元帥。十世紀末宋太宗下令編篡的《太平廣記》裡寫道他衛護僧人有功而成為神。明末的通俗小說《封神演義》、《西遊記》使哪吒家喻戶曉。

《太平廣記》搜集的多為唐朝的故事，判斷哪吒至遲在唐代已被官方認可為道教的神明之一。

「哪吒和我們茅山宗關係很深，宋朝的書上寫茅山道士以哪吒火球咒擊退山精，所以祂和火有關，驅邪降魔是祂拿手本領。大陸四川有個地方據說埋了哪吒的肉身，以此推理，祂尚未被神話成三頭六臂之前，就是降魔大師。明朝時，本教出版《三教源流搜神大全》集合各方各教說法，實乃神明出處可信之調查，足堪納入國中小學教科書。書上寫哪吒姓李，為道教神明。」

「你們茅山宗的三太子綁架小球？」

「同學，妳太激進，別栽贓我教，三太子是正神，不幹偷雞摸狗下三濫事情。本教考證，哪吒為北俱蘆洲毘沙宮輪轉聖王李靖之子。就歷史說歷史，從波斯到印度再到中國，哪吒的父親毘沙門天也有了中國名字叫李靖，可見李靖是毘沙門天的變身。他妻子懷胎三年生出哪吒，這部分被引用進《封神演義》，出生那天是農曆九月初九。」

「和我同一天生日？」小球叫。

「懂了。」賀若芬神祕地點點頭，「你一開始就對小球生日好奇，其他失蹤男生也同一天生日，所以你早知道失蹤案和三太子有關。嚴警官，他知情不報，刑法第幾條？算不算偽證？韓希元，你七年以下有期徒刑。」

「道士，你在刑警面前隱藏了不少祕密，可疑，小球是不是你綁架的？同夥在哪裡？目的是贖金還是戀童癖？」

「別這樣，我不是都說了嘛。」

哪吒集正邪於一身，由護法天神到夜叉之神，經過民間傳說與作者的添飾，為人熟知的是祂在海邊玩水時誤殺了海龍王的兒子，父親李靖所在的毘沙宮被海龍王大軍包圍，李靖怪兒子闖禍不願出手和龍王翻臉，哪吒見父親沒有維護祂的意思，拿刀割自己身體，自磔而死，死前高呼削骨還父，割肉還母，不愧父母。意思是從此和父母一刀兩斷，一心禮佛。佛祖接受了祂，引哪吒靈魂至蓮花復活。從此哪吒成為佛道二教的護法，抓妖降魔表現神明的正義，祂卻與父母無緣，甚至和老爸李靖翻臉，不孝，對儒家社會而言，過於猙獰。信奉哪吒的信徒很多，到元朝時已演變為三頭六臂二足的造型，忽必烈建大都，設計即來自哪吒的神像，東邊與西邊各三個城門，象徵六臂，南邊也三座城門，象徵三頭，唯北邊二門，指的是哪吒的兩隻腳。

「根據本教的《三教源流搜神大全》，哪吒征服了牛魔王，不是孫悟空打敗牛魔王和鐵扇公主，是哪吒。其他鬼母子魔、番天魔、五百夜叉、七十二火鴉諸多妖魔都被祂降服。玉皇大帝封祂三十六員天將的第一總領使、元帥天領袖，永鎮天門。由此判斷祂以降魔為專長。本人主要攻讀上清派的《大洞真經》、《茅山真經》、全真派的《龍門心法》等經典，未多涉獵其他神明，以致於未即早查明三太子與男孩失蹤案的關係，慚愧。」

「道爺，別說神話，講點人話，你偷三太子神像做什麼？」煙突不喜歡聽故事，他要破案線索。

「三太子神像和案情有什麼關係？」

「你本來不跟我們下山，想去哪裡？」賀若芬不客氣再補一槍。

「同學，不管妳看不看得起宗教博士，我們做學問講究證據，不能漫天胡說對吧，去找證據。」

「去哪裡找？」

「臺南的一間廟。」

「什麼廟，做什麼？」

「問小球。小球，你念過《封神演義》還是看過卡通、電視？」

「看過漫畫。」

「太棒了，讀書一定有用。哪吒是三太子，祂的哥哥呢？」

「祂爸爸是托塔天王，大哥金吒，二哥木吒。」

「接下來請教嚴警官，你們刑警拜關聖帝君，也拜玉皇大帝對不對，拜玉皇大帝一定拜過哪吒，除了三十六員天將的第一總領使、元帥天領袖，祂更有名的封號是什麼？」

「哈，韓博士考我，誰不知道哪吒是中壇元帥，統領五營神兵。」

「對，臺灣到處都拜五營將軍，千歲廟、玄天上帝、媽祖廟、廣澤尊王宮，不論哪位神明的宮廟前面多有間小廟供奉五支旗子，那叫五營將軍，東南西北四營，中營就是中壇元帥的三太子哪吒。南部農村，不蓋廟的在農田四個方位插旗子，青旗代表東營，五行裡的青龍；白旗代表西營，白虎；黑旗代表北營，玄武；紅旗代表南營，朱雀。中營是黃旗，哪吒坐鎮。即使新的宮廟延續傳統，也配祀五營將軍，以靖地方，你們說哪吒和臺灣信仰的關係密不密切。」

其他三人聽得張口結舌。

「五營將軍和其他天神不同，率領的不是天兵，是陰兵，所有陰靈歸祂們統領，專門對付邪魔惡鬼。是不是令你們聯想到毘沙天門率領的夜叉、羅剎？」

「魔戒裡面亞拉岡去登哈洛找亡靈大軍幫忙打魔多的半獸人大軍，五營將軍是亡靈大軍的將軍。」小球搶著支持韓希元理論。

「差不多意思，從南到北，鎮壓臺灣陰間不守法亡靈的是五營將軍，以哪吒為主帥。」

「不要再神話，講白話。」

「嚴警官，移移車好不好，被卡車撞到我們都變成惡鬼。」

「宗教博士怕鬼。」煙突將車開到路邊，「大霧，警方已經封路，一路上你看過來往的汽車嗎？

放心，沒人會撞你。」

「無量壽福，貧道被嚴警官玩了。」

「到底去哪間廟？能提供線索？」

「嚴警官，我來開車，我路熟。能用警示燈嗎？」

韓希元未必路熟，邊開邊看手機的導引，「我在塔塔加找到這尊三太子神像，小球，捧好。我說三太子騎馬，你們三位堅持哪吒踩風火輪騰雲駕霧對不對，為了追查這尊神像，我想到臺灣第一，臺灣唯一供奉騎馬三太子的廟，不遠，想去尋找線索。」

下山後警車往南走進省道，不久開進農田間，再轉幾個彎進入一個小廣場，警車大剌剌停在廣場正中央。他們面前是座被雨蓬遮去大半的宮廟，不過仍可看到中央三個大字：慶福宮。

韓希元領頭進廟，所有人被神壇上供奉的幾十尊神像嚇了一跳，不分大小、披金袍或戴金冠，無不騎白馬、黑馬。

「全臺唯一的騎馬太子在這裡，一六六一年三太子金身隨鄭成功大軍來臺，騎黑馬三太子就留在臺南下營區的這裡，先民建了一進三房的中壇元帥廟供奉，日後再擴建為慶福宮，意思是先民到此『慶得福田』。」

正殿中央後方是三尊神像，韓希元解釋：「本來只有騎黑馬的三太子，一六七一年廟方獲三太子神諭，再塑騎白馬的大太子金吒、騎紅馬的二太子木吒。」

「老弟夠意思，得意時不忘老哥，有飯大家吃。」煙突對神明不敬。

「下面這排都騎馬的是分靈，各地信徒敬奉的。」

「你認為在山上燒香拜拜的人拜的是騎馬三太子，從這裡請去的？」賀若芬懂韓希元來慶福宮的原因了。

不等答案，煙突已手持電擊槍進辦公室找廟祝討個說明。

賀若芬不常進宮廟，更從未到過全是哪吒像的廟，束髻童子造型的、戴冠將軍造型的。

「小球，拜拜，你和三太子同一天生日。」

小球誠摯行叩拜禮。

「以為三太子和孫悟空一樣能飛，祂騎馬，比較像將軍。」小球對騎馬太子的評語。

「神明多種面相，騎馬代表祂征討四方。」韓希元指著馬，「中壇元帥率大軍對付各地妖魔，夠氣魄吧。」

廟內香煙圍繞，神像與梁柱、匾額也被燻黑，顯得莊嚴。

這個位於臺南市下營區的小鎮以慶福宮為中心，一旁發展出市場，對面發展出麵攤與糕餅店，後面則是香燭紙錢店。

煙突拿手中紙張逕自走到廟外，點著菸瞇著眼看，「有線索，這是廟祝抄給我的名單，最近一年內來慶福宮請三太子分香的名單：三個單位、兩間宮廟，一間私人的，我把韓道長找到的神像給他看，不是慶福宮分出去的，看木頭與雕工，判斷百年以上歷史，清朝的。廟祝說他幫我問其他宮廟看哪家遺失這種小尊的三太子像。不管怎樣，眼下只有這個線索，先從名單查起。稀飯道長呢？」

韓希元跪在三太子前擲筊杯，擲得他臉色鐵青。

「你問什麼？」

「問綁架案與三太子有關嗎？」

「太子怎麼說？」

「擲不出聖杯，太子不回答。」

「誠心不足，再問啊。」

「擲了三次，都笑杯，笑而不答。」

「宗教博士，你心不誠。」

「好吧，為了向賀老師證明，我念咒招請三太子，要是出現什麼異象，你們別怕，神明不會傷害你們死老百姓。」

韓希元兩手捏訣閉目低聲念了一會咒，突然提高嗓子喊：

「威猛哪吒，三頭九目。飛石揚沙，烈火燒空。火部靈官，烏鴉先鋒。丁甲靈官，縛鬼銷熔。金磚金鎗，火馬火龍。金光燦燦，黑霧盤旋。統領吏兵，萬萬千千。來臨壇下，降魔握權。上帝有令，不得延誤。急急如虛皇天尊律令。」

正念著，聽到叩叩聲音，往神壇上看，所有的神像竟然緩緩地左右搖擺。

「地震。」小球喊的同時已戴上安全帽。

神像搖得幅度愈來愈大，由左右而順時鐘方向圓弧狀擺動，令人費解的是排得密集的神像既未碰撞也未傾倒，祂們只是持續畫著圓弧。

這天花蓮外海發生震度六點五的強震，全臺受影響，臺南三級，未傳出人員傷害。人體對地震的感受不到十秒，不過十秒後、一分鐘後、五分鐘後，地震停止的十分鐘後慶福宮眾太子卻未停止搖擺，弧度時大時小，直到煙突一行人離開仍集體一致畫弧。廟內發出低沉，有如來自地心，帶著回音的嗡鳴。

臨去前，廟祝緊鎖眉頭送行，對駕駛座的煙突說：「嚴警官，從沒這樣過，三太子百年來鎮守我們鄉里，陰魔不生，說不定最近要發生疫疾、瘟疫。」

「請廟祝替我們祈福。」

兩名留同樣平頭、同樣灰白的中年人緊緊握住手，說不出怎麼地，他們緊握的手也畫起圓弧，韓希元上前念了咒再用力一拍才分開。

回臺北途中無人開口，小球手機上的新聞已播出慶福宮三太子如起乩般搖擺的新聞。專案小組傳來訊息，塔塔加附近深山聚集的鳥群已散，留守人員拍到影片，看起來各類鳥飛不同方向，一批學者已在內政部協助下從臺北出發南下考察。

「都是稀飯害的。」小球找到地震原因。

「稀飯，是不是你念咒的關係？」賀若芬給韓希元上訴的機會。

「剛剛念道教混元派呼喚哪吒的咒語，以前我沒念過，不過三太子神像在阿里山就晃動，我念的咒是召請三太子降魔，慶福宮一派安祥，沒有妖魔，不明白三太子神像怎麼也晃動。」

「很恐怖，我沒見過這種事。稀飯，你以前喚過神明捉妖嗎？」

「茅山宗，我們幹的就是這行。」

「是不是念咒就有神明出現，你看過祂們抓妖怪嗎？」

「同學，別追問，職業祕密，現在我需要時間思考。」

到臺中前賀若芬被一個突然出現的念頭困住，哪吒是李靖的三子，老么一向受疼愛，把哪吒寵壞了吧。當哪吒鬧龍宮出事後，李靖又不幫兒子出面，任由哪吒從天堂跌到地獄，這位父親的親子教育大有問題。換韓希元開車，煙突打了幾通電話，好像每個人都準備了一個壞消息給他。他詢問近年請騎馬三太子分香的宮廟，都說從一個小時前，三太子像沒有原因地抖動，敲得神壇桌面叩叩叩作響，抖個不停。小球將他手機伸到賀若芬眼前，建於康熙年間的高雄三鳳宮上了新聞，廟內大小太子神像全如慶福宮，畫圓弧地搖晃。

三鳳宮奉祀的主神也是三太子。

2

地震新聞超越了全球氣候暖化，一天內發生三起超過震度五的地震，與以往不同的，分布於各地，一起於花蓮，另兩起出現在臺南和彰化。陽明山的硫磺谷每天吸引上萬的遊客，整個山谷被濃煙籠罩。專家集中焦點於臺北的大屯山，過去一年小規模地震頻繁。按照他們的說法，大屯山底下根本是個岩漿庫，臺灣唯一的活火山，二十萬前曾爆發過，最後一次較大規模活動是六千年前。

專家表示最令人憂心的是大屯山，相隔六千年，不會選現在爆發吧。

回臺北後煙突忙碌，偶爾傳個短訊給賀若芬，內容無非：賀老師，我們沒有進展。賀老師，妳再問問小球。

韓希元則人間蒸發，廈門街的公寓仍如以往不鎖門，可是人不在家中，叩他手機也無回應。

賀若芬的人生並未因地震或三太子受到干擾，她和小球變成常見面的好朋友，不過她壓力漸大，因為小球於下山後對自然科學和宗教充滿好奇，每次談論不外乎太陽、月亮與地球的相互關係，或神明產生的原因，和賀若芬過去所學的南轅北轍，常被小球問倒。

「賀老師，慶福宮騎馬三太子還在震欸，你問煙突警官我們要不要再去一趟，說不定有新的情報。」

小球已經「請戰」了。

「賀老師，臺灣幾百間宮廟都拜三太子，臺北附近有沒有，你跟我爸媽說帶我去動物園，我們偷偷去拜三太子好不好。」

無法討論太陽月亮，賀若芬只能帶小球去三太子宮，上網搜索，社子島的坤天亭名氣不小，去吧。

——三教源流搜神大全

哪吒本是玉皇駕下大羅仙，身長六丈，首帶金輪，三頭九眼八臂，口吐青雲，足踏盤石，手持法律，大嗽一聲，雲降雨從，乾坤爍動。

「一丈幾公尺？」

「一丈等於三點三三三公尺，六丈快二十公尺。」

「哇，說不定比哥吉拉更高。你們以前不是說三太子三頭六臂，書上寫的怎麼變成三頭八臂九眼？」

「神仙一個頭三隻眼睛，三個頭就九隻眼。至於八臂，下次你問稀飯。」

「為什麼三隻眼睛？蘋果手機的鏡頭啊。」

「嗯，你問稀飯。」

稀飯變得重要。

社子島居民在清朝時信奉哪吒，建廟供奉中壇元帥，近年擴大為坤天亭，廟前一尊腳踏風火輪，手持乾坤圈的三太子，水泥做的，站得很穩，不搖不晃。還沒進廟，見舉香排隊的人群，猜得到太子顯靈了。

「看到了。」

果然廟內太子神像無不同一旋律搖擺，有如投幣即會轉動並發亮的電動玩具。

小球看到的是韓希元，他一身道袍與另兩名同樣裝扮的道士盤腿坐於神壇前閉目誦經，一旁幾名年輕道士敲鼓、擊磬、鳴鐘。和以前的韓希元比較，不同的兩個人，見他一手捏訣一手執拂塵，神情專注，不受手機閃光燈、遊客驚訝叫聲影響。賀若芬拉起小球的手往前擠。

「找稀飯，不能讓他跑了。」

法事結束，韓希元屁股才離開蒲團即被小球抓住，「稀飯，你見到三太子了喔？」兩手捧住小球的臉孔，他卻看著賀若芬說：「同學，不會這麼巧吧？」

「就那麼巧，問你幾個問題。」賀若芬兩手插腰盯著面色疲憊的道士。

「能不能路上問？窮道士最近生意好，很忙。」

「發三太子財？」

「志工。」

「去哪裡？」

「三芝。」

所以賀若芬莫名其妙坐上也是青衣青帽道士開的九人座休旅車，她應該送小球回家，不過韓希元保證五點前送小球到家。

去三芝做什麼？沿途後座的三名道士仍持續敲磬念經，賀若芬頭皮快炸裂。目的地是三芝圓山村的北極真武殿。

「真武殿，拜哪位神明？你不是到處找太子？」

「貧道不是說過臺灣宮廟幾乎沒有不拜三太子的？真武殿也有。」

「出什麼大事？」

「廟祝今天早上做了個夢——抓緊。」

年輕道士開車夠猛，山道上也甩尾。四十分鐘後，賀若芬忍住腸胃絞滾，車子終於離開蜿蜒山路停在一處廣場，迎面一塊巨大石碑刻著「玉旨敕令北極山北星真武寶殿」，對面則是石雕的龜蛇二護法。

真武大帝指的是臺灣民間信仰的玄天上帝，與南極仙翁並稱南北二帝，最初可能是先民於海上辨識方向對北斗七星的依賴而演變為人形的神明，專司降妖伏魔，凡有「玄」的宮廟都供奉他，如鎮玄宮、真玄宮、受玄宮、玄聖宮等等。據信玄天上帝是在十一世紀由宋真宗冊封為神，稱祂鎮天真武靈應佑聖真君，經過歷代皇帝加封，十三世紀末元成宗時加封為元聖仁威玄天上帝，到十五世紀明成祖時，更加封為北極鎮天真武玄天上帝，從此定型，以上帝之姿接受信徒膜拜。

上帝一詞最早出現於四千年前的甲骨文，人間君王祭祀的神明即為上帝，有昊天上帝，昊天指的是蒼天、青空，以天為神，日後轉變為玉皇大帝。古代君王自比紫微宮，就是北極星，代表北斗七星的玄天上帝就與昊天上帝平起平座。

「我們來看玄天上帝，和哪吒有關係？」

「上帝不是妳多年不見的老朋友，同學，我們抱虔誠之心去膜拜，不是看。」

韓希元步上臺階，走向正殿，「玄天上帝由單純守護皇室紫微宮的神明幾經變化，到了明朝已經是抓妖怪的老大，三十六天將護法，以溫、李、馬、趙四大帥居首，猜猜這位李元帥是誰？不猜算了，就是中壇元帥，李靖的兒子哪吒。」

「原來如此，兜好大個圈子。哪吒兼職這麼多，斜槓大將軍。」

「別開神明玩笑，貧道讀了四年，鑽研各大宗教才拿到博士學位，請容許在下稍稍表現一下專業素養。」

正殿跑出一名慌張的道士，邊跑邊喊：「韓道兄，後面，後面。」

來不及回頭，耳邊轟隆隆巨響，腳下劇烈震動。不會吧。賀若芬用力將小球拉進懷裡蹲下，往後偷眼一瞧，晴空萬里，震動之後不知打哪兒落下一道刺眼的閃電，無巧不巧擊中正殿左前方的一座小廟，頓時冒出大火。

消防隊早埋伏在外面等閃電引發火災嗎?警笛聲從四面傳來，不是消防車，來了四輛警車，攔住真武殿左右兩個出入口，煙突步出汽車看著起火的小廟。

「韓博士，奇怪了，不管你到哪裡，哪裡就會出事。小球也來了，賀老師好，再次證明，帶賽的是妳同學小韓。」

韓希元沒理會，其他道士幫忙救火，他則跪下念經。

「誰的廟被燒?」賀若芬驚魂甫定。

「無量壽福，真武殿的五營房，玄天上帝屬下，由中壇元帥統領的五營將軍。」

「哪吒當中壇元帥率領的五營鬼兵?」

「是。」

「等等。」賀若芬拉住要罵人的煙突，「你說真武殿也有哪吒神像，在五營房裡面?」

「是。」

「閃電打在五營房，燒掉哪吒和其他四營將軍的神像?」

「對。」

「不管警方緝捕誰，綁架犯和三太子脫不了關係，他到深山拜三太子，弄得三太子成天旋轉，今天他用閃電燒了三太子的小廟？我頭昏了，稀飯，你說清楚。」

「回去說，韓希元，你涉嫌於真武殿放火燒五營房，我以現行犯逮捕你，少廢話，不然上手銬。」

韓希元不再毛躁，他摸著下巴看向火光中的五營房，小廟一旁的火中依稀可以看到馬童拉白馬的雕像。廟雖被燒得水泥發黑，令人不解的是裡面供奉的四名將軍與中間持乾坤圈踩風火輪的哪吒，除了被燻黑外，依然完好。韓希元認真地看，彷彿青蛙在路上遇到蟾蜍，不知哪裡不對勁的困惑。

3

專案小組辦公室內，煙突脾氣不好，他得通知消防隊查明真武殿五營房失火原因，得送小球回家，得打電話向賀媽媽請示借她女兒至警局幫忙可不可以，最後領證人賀若芬與嫌犯韓希元回到警局已經晚上七點半，證人受驚，她說排骨便當有安慰作用，並迫切需要咖啡，嫌犯則堅持非素食不吃，他不喝咖啡，要茶。煙突曾對親友說過，警察是服務業，還不能收小費。

白板上寫了很多字，畫出上下縱橫的線條，紅筆標識的是三太子：

塔塔加韓希元找到與香梗有關的三太子木雕神像，騎馬的三太子。

臺南下營區慶福宮的騎馬三太子在老道擲筊杯後不久開始搖晃，原因不明。

接著全臺各地太子神像都搖晃，科學家仍在探討無動力旋轉的原因。

四名男童都說他們在夢裡聽到一個聲音說：我才是太子。

從塔塔加起，凡勘驗小組所到的地方都發生地震。

煙突拿起筆再加一行：

三芝真武殿火災，燒掉五營房，韓希元在現場，目擊者賀若芬：閃電。

上面空白處寫了「稀飯」，並連出紅線到上述的案情記要。再以藍線將「稀飯」與幾個空洞的名詞連結：

動機？

傷亡？

嫌犯？

「白板上寫的夠清楚吧，韓博士，說實話。」

「我沒說過假話。」

「你在小球事件之前，去過臺南、板橋、花蓮找前三名失蹤的男童，專案小組刑警拿你的照片給家長看過，指證確鑿，是你。說，找他們做什麼？警方未發布消息，你怎麼知道他們失蹤？」

「專業管道，不便透露。」

「稀飯，你去找過其他三名男童？」

「賀老師，警方辦案中，請等我問完妳再問。我們進塔塔加，遇到地震，別人沒找到三太子神像，偏你找到？」

「神明眷顧。」

「換個角度，你並非找到三太子神像，你是取回，我這樣說，沒錯吧？」

「什麼意思？」賀若芬沉不住氣了。

「韓博士，要我明說嗎？在山裡燒香拜三太子的人是你，把神像藏起來的是你，當警方大隊人馬進入塔塔加，你怕我們找到證物，趁地震假裝順手一抓抓到神像，根本你去過塔塔加，神像放在某個地方，你怕警方起疑，藏起來。」

「你的意思是？」賀若芬張大嘴地問。

「你帶賀若芬老師、小球到三芝山上的真武殿，那裡夠偏僻、夠荒涼，有何居心？為什麼放火燒掉五營房，銷毀證據還是製造情境，把四名男童失蹤案歸罪到神明頭上？」

「明明閃電，我親眼看到。」賀若芬搶著回答。

煙突當賀若芬不存在。

「韓希元，請看這張照片，刑警跟蹤你拍的。」

牆上映出一張照片，韓希元穿道袍戴道士的方巾站在一間宮廟前。

「是你吧？再看專案小組在同樣一張照片用點什麼狗屎電腦軟體做出的效果。」

牆上照片變成黑白，對比加強，像是站在強烈陽光下的一個陰影。

「韓道長，是不是你？小球看到的無臉人穿大衣，其實是你的道袍，這年頭沒人穿道袍，小球沒見過，誤以為大衣。小球說他看到的無臉人戴無邊的帽子，是你束起頭髮後戴上的方巾對不對？」

「是你？稀飯，你完蛋了。」賀若芬吃驚地看韓希元。

「你於事前不知用什麼方法給四名男童吃了迷幻藥、安眠藥，他們神智不清，任你帶進深山，當他們恢復意識時看到故意離開的你，夜晚，光線有限，他們仍處於半昏迷狀態，燈光在你身後，背光，誤以你沒有臉，誤以為坐捷運、坐臺鐵，坐到林務局森林火車廢棄的車站。」

「韓希元，你裝神弄鬼到底想幹麼？」賀若芬顯然接受煙突的推理。

「近兩三年臺灣地震多，你們這群宗教狂熱份子以為大自然變化是鬼神發怒，想吸引大眾注意力。嘿嘿，道教式微多年，拚不過法輪功、太極門，你們要振興道教？綁架四名男童形成社會恐慌，加上三太子神像原地打轉，哇，神明下凡，宮廟增加香油錢，三太子氣憤信徒快速流失，神威震大地，就頻頻發生地震，這下子拜的人更多，你計畫當教主斂財，找個地蓋廟，從此當稀飯活佛、稀飯上人？」

「原來如此。」賀若芬懂了。

「幾件事我想不通，你們怎麼搖三太子神像，搖得像真的一樣。恰好碰到地震還是你們知道用什麼方式引發地震？你還不說，稀飯，引發地震是國安罪，調查局說不定明天接手案子，他們沒我警察好說話，更沒有素食便當。」

煙突刁起長壽，牙齒在濾嘴上又搓又咬，他一煩一急便找香菸出氣。

「從你住處搜出幾樣證物。」

牆上換了照片，十一尊大小、姿態不同的三太子像。

「你利用這些神像打算製造更多神鬼傳奇？」

再換一張照片，從電腦螢幕翻拍下來的，四名男童的資料，包括小球的。

「你電腦裡的，早挑好這四名男童，因為他們都農曆九月九日生，搞懸疑？要不然綁架案事後做的比較，你比較什麼？要不要說說你買通哪位公務員弄到他們四人的農曆生日？費那麼大手腳搞成男童失蹤案，不勒索金錢，未對男童施暴。好吧，你想藉此傳達訊息，要社會大眾尊神敬天，為什麼不把失蹤案傳給媒體，鼓動信徒打金牌、送香油錢，好讓你悶聲大發財。唯恐天下不亂。你不傳給媒體我傳，我不是好警察，他媽的我對記者說你有戀童毛病，騙男孩上山，故弄玄虛叫三名男孩噤聲，不敢對父母說出受害經過。沒想到第四名的小球跑了，你慌了，想盡辦法騙賀老師讓我答應你加入專案小組，到了塔塔加恰好遇到地震，你老小子逮住機會，摸出懷裡的三太子像，再不知用什麼方法轉起神像，連我都差點被你糊弄。說，豬鼻子老妖道，要是不說實話，我送你進看守所，請關聖帝君揮青龍偃月刀打出你原形，打你到十八層地獄。」

賀若芬先感覺到，「地震。」

垂在天花板的一盞吊燈輕微搖晃。

「不怕，我們大樓防震度七的地震。韓希元，你們藉地震賣宗教，說，還有多少同謀共犯？」

地震僅維持十幾秒，不算大。

「我同事追蹤到一個宗教團體以三太子為主神，他們計畫成立太子門，你和他們什麼關係？教主？」

有人敲門，「長官，淡水消防隊傳消息來，初步判斷真武殿五營房遭電擊而引發火災，現場找不到人為引火的痕跡。還有，局長下令，本大樓全員進行避震，請到地下停車場集合。」

煙突不受地震和長官命令的影響，「我有權留置你二十四小時，剛才純老朋友聊天，現在開始計算二十四小時，你要找律師嗎？最好找信基督教的，不然你利用神明，哪個臺灣律師願意接你的案子。賀老師，辛苦了，早點回去，警車送妳，不然賀媽媽又要去警政署申訴。我送妳出去。韓道長，好好思考，和我合作保你下半輩子心安理得，晚上睡覺不怕哪吒祭乾坤圈打破你家大門。」

煙突叫了警車，送賀若芬上車，他總算點著菸，「賀老師，妳這個同學問題大了，查過畢業記念冊沒，不然問妳母校，他本名不是韓希元，入大學前叫魏無忌。當道士和繼承父志無關，更和茅山宗沒牽扯，從頭到腳，這位師公無處不是謊。」

「他是騙子？」

「幫個忙，從同學間多打聽他在校期間行為，妳是我最有利的證人。」

「你們已經認定他是男童失蹤案的嫌犯？」

煙突吐口漫長的煙，「大致上。」

「我和老同學很少聯絡。」

「有一位，電話記錄顯示妳前陣子和位女同學通過話，我們拜訪過這位同學，她說妳問韓希元的事。別不高興，絕不算侵犯妳隱私，檢察官同意的，四名男童失蹤，小朋友欸，拜託能幫忙就幫忙，警民一家。」

「不要臉，偷聽我電話。」

「公務所在，敬請包涵。」

4

賀若芬一肚子氣，但她責任感強，不然不會從英文系轉社會系。她跑了學校一趟查畢業紀念冊，拜訪三位韓希元同學，進道教公會，在煙突幫忙下進區公所看了韓希元的戶籍與更名經過。

至於韓希元，留置偵訊二十四小時內未發一言，未請律師，吃掉三顆饅頭一罐豆腐乳，罪證不足被釋放。據跟監警員回報，他一直待在家中未去任何地方。從對面以望遠鏡頭監視，他翻書架找出十多本書，從此日夜不分讀書做筆記，打過幾通電話給同道和宮廟討論經書，沒有與案情相關的交談。

距第四個三星期只剩兩天，賀若芬進了著名富商魏家大門，沒想到臺北鬧區的忠孝東路高樓中間竟藏著這種庭園，四代八十多年以來他們一直以此為祖厝，保留日式的木屋，後面蓋了四層高安裝現代化電梯空調的透天厝，木屋前則是佔地百坪以上的庭園，小橋流水與日本的石燈籠、櫻花樹，混搭中式四角亭子。她被領進客廳內坐了十分鐘，請託三次，管家恭謹地進去詢問三次，拒絕三次，魏家不願意談魏無忌的事。

要賀若芬遇阻礙即放棄太難了，她守在魏家後門，晚上七點多一名自稱葉媽媽的女傭下班，賀若芬纏上去，與她談了許久並承諾保護消息來源。

她叩煙突，下午三點約好在韓希元住處前見，兩人爬上堆滿書的樓梯，淨身後向元始天尊行過禮，賀若芬難得溫柔地喊：「稀飯，我們進屋囉。」

韓希元坐在兩排書架中間，看也不看煙突只向賀若芬伸手，果然，他得到一顆甫從微波爐內加熱出來燙手的飯糰。

這次他未熱心招待咖啡與茶，煙突自備，旋開保溫杯蓋子喝口他號稱去油保肺五穀養身茶，發出「啊」的聲音。賀若芬好整以暇往書架旁放妥大包包，取出一大疊資料坐在韓希元對面的老位子，「魏無忌，你說還是我說？這樣，我先說，你隨時更正。嚴警官，我們聊天，你聽，如果想說話，等我們聊完再開口，不准插嘴。」

煙突看看手機上的數位時鐘，點點頭。

韓希元最初姓韓，母姓，人生前十二年只知有母親，模糊記得有位叔叔偶爾來，每次兩手提滿玩具、蛋糕，因而他的童年就物質而言，比其他孩子富足，例如《星際大戰》電影的千年鷹號模型、五歲起老師來家教的鋼琴、Polo名牌童裝、天母的私立小學、國賓飯店的麵包甜點。韓媽媽未工作，專心照顧兒子，韓希元雖然缺少父親，卻未缺少愛。

按照片，韓媽媽氣質優雅，雖然看不清楚五官，賀若芬卻認得出她身上套裝、手中皮包、腳上高跟鞋是哪家名牌廠商的高級品。

韓家母子在金錢上沒有壓力，生活上也很難看出太大的波折。

人生轉變發生在十二歲夏天，韓希元將升進國中，暑假母親為他排滿活動，學游泳、鋼琴、數學，叔叔和他接觸的時間增加，有時叔叔開很大很亮的汽車單獨帶他去吃飯聊天。他對叔叔的感覺不很強烈，也不抗拒。

七月三十一日，警方提供的資料顯示，十二歲的韓希元在中山北路六段路邊等叔叔接他去吃中飯，以往都母親接，這天她有事，由叔叔來接，母親提醒，中山北路不好停車，叔叔說不定晚幾分鐘，但一定會到，千萬別亂走。

沒等到叔叔的大賓士，一輛廂型車停在韓希元面前，司機探頭出來問，小朋友，你叔叔叫我來接你。

小韓希元當時仍停留在鋼琴課的琴鍵音符持續狀態中，未多想即上車，二十多分鐘後被關進一間空公寓的空房間。

賀若芬停下喝水，煙突放下他的保溫杯，

「賀老師口乾舌燥，徵求同意，接下來可以由我來說嗎？我沒參與韓希元綁架案，不過結案報告看了三遍。」

九個小時後韓希元的母親接到綁匪電話，索取現金二千萬。當時魏克敏陪在旁邊，也就是韓希元口中的叔叔。警方並未接到韓或魏的報案，魏克敏怕警察介入壞事，寧可請朋友幫忙處理，這位朋友兩年前被選為臺北警友聯誼會會長，社會人脈複雜，政商關係良好，私下找前陸戰隊少校綽號大熊的熊立武當保鑣，陪魏克敏按歹徒指示去付款。

歹徒的計畫是魏克敏開車停在北投大度路往淡水的第一個紅綠燈前，紅燈時歹徒騎機車至車旁拿走裝錢行李袋，隨即迴轉往承德路，魏的車子因紅燈無法迴轉也就無法追蹤。

意外的，大熊認得來取款的歹徒，從後座伸手抓往歹徒安全帽，竟把歹徒拖進車內，綁架案變成反綁架案是此案轉折的重點。

綽號小呆的取款者曾於陸戰隊服役，大熊帶過，而大熊一向以體能見長，操起新兵沒有尺度，小呆被抓住車內，見是熊教官，心存畏懼不敢反抗，乖乖說出歹徒計畫，並領魏克敏與大熊去藏匿處，綁匪武裝力量有限，沒有槍枝，僅尖刃刀兩把，和赤手空拳的大熊略發生打鬥，主犯檳榔仔被打成腦震盪，一眼視網膜脫落，他的女友可可失去兩顆門牙，亦被打得面目全非。

大熊撞開門救出韓希元，魏克敏拍拍韓希元的頭叫他聽大熊叔叔的話，即開車離去。不久警方接獲大熊報案電話趕抵現場，救出韓希元，逮捕檳榔仔、可可與小呆，宣布破案。

一是被綁者非名人且是兒童，二是破案過程沒有可以寫上三千字的內容，此案未被大幅報導。熊某自稱受韓希元母親之託去救人，沒想到綁匪攻擊他，基於自衛和救人，難免動了拳頭。傷害罪部分以不起訴了結，韓希元母子團聚。

韓希元於被綁的十二個小時內受到什麼樣的傷害？警方結案報告僅寥寥數語：

韓童曾遭可可毆打，臉部的手腳多處剉傷，未進食、未飲水，無大礙。

「十二個小時，不好過。可可是毒蟲，只曉得吸毒，打你的是檳榔仔，可可頂罪是吧，她沒前科，判刑有限。大熊之後跟了魏董，當起魏家保全總管。小韓，不知你有這段經歷，以前對你不太客氣，別放在心上。我翻檔案室找出綁架案的資料，看到你的口供，衝進你房間的是魏克敏，抓住槓槨仔猛打的是大熊。小韓，魏克敏身價這麼高，不顧安全親自救你，令你感動吧。換我喝茶，賀老師，請。」

魏克敏擔心韓希元母子的安全，幾經考慮和家族開了會，雖然有人反對，魏克敏一家之長，把反對的三房罵得狗血淋頭，於是無異議通過。中間再發生一些變化：韓希元母親，韓芸芸女士不肯進魏家，考慮兒子安全，同意魏克敏接韓希元至魏家認祖歸宗，週末與週日則回母親家。

韓希元由魏克敏領養，改名魏無忌，意思大概是要這名經歷綁架驚恐的小兒子日後無所忌、無所畏地面對人生。

戶籍資料記載，更名與遷戶口的日期為八月十九日，因而猜想這天小魏無忌由變成父親的魏克敏領著步進魏家。

「我媽帶我回去。」韓希元說話了。

「韓媽媽了不起。」賀若芬握住韓希元擱在書本發抖的手。「對不起，你想說就說，不要勉強，別理嚴警官，反正證據不足，不能把你抓回去。」

「不是見不了人的緋聞，我說。」

前一天理髮、買新衣服，聽母親叮嚀他明天起得叫叔叔為爸爸，到爸爸家見其他親戚，記得懂禮貌叫每一位長輩。就這樣叔叔變成爸爸。

韓芸芸之前，魏克敏認可的妻子共三位，大太太生有兩個兒子，二太太早逝，未留下子女，三太太那年不過三十一歲，生下一個五歲的女兒，兩位妻子都住在魏家。這棟宅子一共十二名住戶，除魏克敏這支六人外，尚有老邁的父母、離婚後的老七和他兒子、未結婚的么妹老九、喪夫後住回娘家的魏克敏阿姨。

母親一反過去的習慣沒開車，坐計程車到魏家門口，一般的獨棟四層樓房子，不過有扇黑色大門。按了門鈴，大門沒開，開的是旁邊小門，迎接他們進去的是大熊叔叔，以前大熊叔叔習慣摸摸他的頭，這天他只對母子說：朝裡走，穿過客廳，他們在後面庭院等兩位。

好像走不完的長走廊，右邊是很大的客廳，牆上掛滿畫，天花板垂下一盞像太空船的水晶燈，燈下的桌子擺了細長水晶花瓶，插了好幾枝百合花。接著經過餐廳，一條長桌能坐十四人，中央一盆三種顏色的玫瑰花。桌面已經擺好十四人份盤碗筷子刀叉，也掛一盞水晶燈，比客廳的小一點，還是很大。後來知道長桌是因他的加入新換的，魏克敏堅持全家老小一起吃晚飯，如果他有應酬，其他人也得遵守規定，這是他祖父，也就是魏無忌曾祖父定下的嚴格家規。老人家於昭和年間從日本留學回來開業行醫，不久買下這塊土地蓋日式房子與庭院，到魏克敏父親時代再加蓋四層樓的透天。

再往前是廚房，擦得晶亮的廚具與冰箱，來自德國的不鏽鋼製品，三名穿圍裙的女傭守在門口對他們微笑。

終於走完，來到一扇菱形鑲嵌玻璃的門前，母親用力握握他的手，小元，等下你會看到阿公阿嬤和其他很多人，昨天晚上教過你怎麼稱呼他們，別喊錯。

門打開，他握著母親汗溼的手進入時空隧道似的，踏進陽光底下的綠色庭院，一片綠，栽滿不同的樹，草地中央有條石塊拼出的小徑，穿過小徑，就在榕樹後面，他未來的家人或坐或站圍在四角亭內外。

父親走來，從母親手裡接過他的手，和母親的不同，是隻乾燥巨大的手。他記得這個人，這天第一次喊他爸爸。魏克敏的回應是在握兒子的手上略微用了點力，以後父親對他的嘉許也是握手，也是用力握，直到後來躺在病床、罩在氧氣管子裡沒有氣力為止。

改由父親領他走進四角亭，那時大哥已經在魏氏企業上班，穿西裝，身旁妖嬌的女人是他未婚妻，半年後他們結婚，阿公要求的。

阿公仍是一家之主，講究一堆規矩，之前便為新增住戶很不高興，當韓芸芸表明不住進去，只韓希元去，住戶增至十三人，阿公認為十三這數字不吉祥，會帶來不幸，但阻止不了魏克敏的決心。

阿公年紀大，頭腦該清楚時比誰都清楚，要求長孫儘快結婚，這樣家人數字可以增至十四。二哥穿牛仔褲與白襯衫，將在一年後去日本念醫學院繼承曾祖父的志業，阿公再要求長孫夫妻務必於弟弟去日本念書前生孩子，以新添的孫子填補二哥赴日後留下的空位，再扭轉十三為十四。

「長大才知道我的出現令老人家傷透腦筋，你們了解魏家多高傲了吧，不因增加一個孩子高興，只在乎數字。」韓希元提高音量。

魏家沒人開口對魏無忌說話，他們的眼神卻冷冷指責，魏無忌，你是我們家不吉利的十三。

還有個穿蕾絲裙的小妹妹，不過她始終認為自己是魏無忌的姐姐，理由為她先住進魏家。

在魏克敏引領下一一見過長輩，每個人都摸他頭或捏捏他的臉，一人例外，大媽，就是魏克敏的元配，戶籍上被認可唯一的魏太太。她面無表情，水果店送來西瓜請她檢視那樣地點點頭。

儀式尚未進行完，魏克敏拍拍手說吃飯。

看護推阿公阿嬤的輪椅先進餐廳，其他人按順序跟著，魏無忌由魏克敏牽著最後進去，他看見母親站在餐廳與客廳中間，略朝右邊扭腰對他揮手。

「那是我人生最恥辱的一天，看見我媽向我揮手，我低頭假裝沒看見。可悲的魏無忌，進魏家第一天，他竟然以人生中最愛他的人為恥。」

煙突未經主人同意，不知什麼時候已抽起菸，但沒人攔他。賀若芬抽出衛生紙遞去，韓希元用它擤鼻涕而非抹眼淚。

餐廳內新換的長條形餐桌擺好十三套餐具，其他人已坐進椅子，包括大哥的妖嬌女友，只剩下兩個空位，站著等入座的卻三人，魏無忌十二歲，大到不能坐大人腿上。魏克敏瞪了大媽媽一眼，指桌尾的椅子，無忌，你今天坐這裡。然後他拉過第十四張椅子放在魏無忌遙遠對面的長桌另一頭，他說，我和芸芸坐這裡。

女傭一陣忙亂，調整餐具、酒杯。魏無忌不敢抬頭，只要抬頭便看到遙遠對面母親的微笑，他覺得從此以後和母親分處兩個不同的世界，中間隔了十一個爸爸說是他親人的陌生人。

那天中飯超出想像的豐富，所有菜由女傭分入每個人盤子，沒人說話，除了魏克敏，他介紹韓芸芸，介紹魏無忌，誇獎魏無忌的鋼琴彈得好。最後一道菜記憶深刻，包了海苔的烤飯糰，裡面是魏無忌最愛的鮭魚。

上烤飯糰之前大媽媽說了句小魏無忌不記得的話，魏克敏一掌拍得桌面杯盤跳動。大媽媽不理會，兩眼看天花板。

午餐結束在看護推走阿公和阿嬤，每個人依序到魏無忌面前摸他的頭，魏無忌得彎下腰讓妹妹摸得到他的頭。

父親帶他與母親到二樓靠外面巷子的房間，這裡是魏無忌日後的住處。他的鄰居包括兩個哥哥與三媽和她女兒。房間內一張床、一套書桌椅、衣櫥，沒有電視。魏無忌的衣物都已運來且整齊收拾進櫥內與抽屜內，嶄新的私中制服擺在床上，以為屋內的主人不久前過世，冷冷的。

母親抱了他好久才離去，她在耳邊說，星期六早上我來接你。

那天才星期一，得等漫長的四天五夜。

大人走了，魏無忌坐在床上不知怎麼辦，大哥進來過，「缺什麼到廚房對她們說。」三媽媽來過，拿了盒巧克力塞進他懷裡。阿姨推開門看了他一眼，沒進來也沒說話，以後的日子她也從未跟魏無忌說過一句話。

快要黃昏，進來的是二哥，像走進自己房間，往地板一躺看向天花板。以前我住過這間，有點懷念。哈囉，小弟，我是你二哥，你不會常看到我，看到的話叫我二哥，還是嗨都可以。現在幾點？魏無忌沒有錶，屋內沒有鐘。二哥撐起身子看手腕的錶，快吃晚飯了。你沒錶？戴我的。他摘下錶掛上魏無忌左腕。我們家準七點吃晚飯，如果你爸不在，不去吃也沒關係，餐廳十一點以前一定有人，她們另外幫你炒飯、炒麵，比裝在大盤子裡涼冰冰的菜好吃多了。幸好你爸一個月在家吃晚飯的次數不超過四次，大熊有你爸行程，問他就知道。今天你爸不在，送你媽回去了，我媽不在，只要我爸不在家，她也不在，她有自己的生活圈子，一群貴婦，逛名品店吃米其林。大哥帶女朋友去夜店，剩下的都是不能不在家吃晚飯的。我不常在家吃飯，功課太忙，今天難得。走，我帶你去吃晚飯。

二哥沒帶他到餐廳，沒去廚房找女傭，帶他到一家從沒去過的餐廳，替他點了一份巨大漢堡和喝到飽可樂。

二哥神出鬼沒，見到面都是魏克敏不在家吃晚飯的時候，他會帶魏無忌出去，每次不一樣的餐廳。他教異母的小弟一件事：

想要什麼就向你爸要，這個家不但人多，錢更多。要之前想好用途，講對了用途，你爸什麼都給你。兄弟，學會花錢是我們魏家的必修學分，沒修完畢不了業。你要修的魏家學分還有和家裡所有長輩維持六十分及格的關係，不要期望他們喜歡你，可是也別讓他們太討厭你。日子是你的，學會過自己的日子。用功讀書，別倚賴魏家，否則失望太大，不容易爬出去。

二哥的話幫助魏無忌撐過許多不知所措的日子，小妹最直接，「為什麼你的房間比我的大。」大媽媽從不正眼看他，對女傭總是說：「外面撿回來那個不吃晚飯就不要吃。」

魏無忌在魏家的小房間住了六年，直到進大學。

「怎麼又改回韓希元的名字?你不是說祖傳茅山道士？」

「賀老師，聽到精彩的故事齣，原來我們韓道長是魏氏集團的小開，失敬。」

「不敢沒事抓我了吧。」韓希元回到當下的現實，吸吸鼻子彈起身，「你們沒茶沒咖啡了，不渴？」

他一轉身消失了，聽到隔壁廚房打瓦斯的聲音、杯盤相碰的聲音。不一會兒提茶壺閃回書架中間。

「沒茶葉了，喝菊花，去火，嚴警官需要。」

喝口茶，他咂咂嘴，

「同學，我不是富二代，是富四代，比富二代多富了兩代，看我窮成這樣。」

「怎麼當道士？」

「還要聽？」

在魏家窩了六年，平常不敢走正門怕撞到據說是我的家人，走廚房那裡的後門。除了我爸在家，一律在廚房吃飯，葉媽媽她們另外為我準備。魏家大小事情在我眼前忙進忙出，阿公補身體一星期吃一次鱉。居然有人愛吃鱉——沒聽懂？雙關語，吃鱉。三媽媽吃珍珠粉養顏美容，她女兒跟著吃，賀老師沒聽過這種補品？阿姨吃冬蟲夏草燉的雞湯，葉媽媽讓我喝過，差點吐。大哥不抽菸，抽古巴雪茄，他老婆不抽雪茄抽薄荷菸，在車上抽，她有輛賓士停在地下室當吸菸室，因為大媽媽討厭菸味。

高二還是高三，有天半夜回家，爸不在，女傭下班了，我從後院翻牆進去，院子裡大哥老婆躺在大賓士引擎蓋瞇著看月亮，渾身大麻味。阿嬤在餐廳看平板念經，三媽媽一絲不掛上二樓，阿公房裡傳出外國色情片女人叫床聲，小妹躲我房間玩我電腦裡的電玩。沒人看我一眼，包括光身體的三媽媽。空氣，我是魏家的空氣，無影無味的空氣。賀老師，妳不懂當空氣的感覺，孤獨可是安全。

考進大學，當了賀同學的同學，我想起二哥的話，對我爸說：既然讀經濟，當然得進場實習，他來父慈子孝那套，賞我一輛車，五百萬現金進場實習，我閒著沒事成天炒股。妳說我開二手的寶馬，錯，魏家哪有二手車，全新的，不好意思張揚，對同學謙虛說二手。

三個月後爸中風，他七十出頭不算老，遺書卻寫好，住院時對我說，由我接他家什麼卵蛋子公司，要我和兩個哥哥好好守住江山。沒想到大哥八百年前早計畫完善，引他好朋友進公司當法務部經理，毀了他爸最新的遺囑，用舊的，妳明白吧，就是沒我的那份。我大學生了，不瞎不聾不白痴，他怕我鬧，找我去商量。

平生第一次進魏家辦公大樓，坐電梯到頂樓進總經理室，大哥菩薩笑容說為他親愛的小弟準備了一千萬信託基金，供我念完大學，念完美國鳥博士。我沒當場跪下磕頭。成長在魏家，成熟得早，蹚過江湖，認得一些兄弟朋友，他們要我拒絕並堅持分家，向法院申請凍結我爸遺產。遇到一位高人，成天騎輛破腳踏車在校園裡閒逛的老傢伙，對，我那輛車就是他的。他給我上了一課，不管怎麼爭都不會滿足，有，必想更有，怕失去；無，就不會失去。

說的好，受用一生。我喝了魏氏集團的麝香貓咖啡，喝了二十三年蘇格蘭威士忌，對大哥真心誠意說，咱，啥都不要。對他一鞠躬，打擾魏家近八年，心存感激，要我簽什麼放棄繼承的文件都行，從此以後我姓韓，和他魏家毫無瓜葛。

大哥很高興吧？不，他找了一群律師研究我什麼居心，搞了幾十份文件要我簽字。

那陣子我沮喪到不行，失去，不僅失去錢，失去七年的習慣，失去廚房葉媽媽她們照顧，提前獨自面對未來——妳要問我媽對不對？我媽比她兒子早幾十年想通我師父說的無，她不嫁人，寧可當小三。好吧，假如她逼魏老公離婚娶她，從老四升到老大，從此她要面對魏老公哪天帶回來的老五老六，得住進大得講話有回音的豪宅，侍候公婆算了，再侍候小叔小姨子，神經病啊。不做限制自己自由的事，何況魏老公太老，家族太繁雜，我國二那年她另外交了男朋友。賀同學當心妳的眼神，別質疑我媽，嚴警官應該聽說韓芸芸大名，十幾年前我媽雖已中年，美麗、高貴、性感、善體人意，追她的富商多的是，挑了個瑞士老先生，和老魏澈底一刀兩斷住日內瓦。母子當然保持聯絡，她每年暑假寄機票來叫我飛去團聚，不過，受夠了，我對鏡子說，韓希元，你不能一個人過自己想過的日子嗎？

沉迷在股市、賭場、酒吧兩年，賺了不少，花得更多，本來無兄弟姐妹，搞得連爸媽也沒。大哥把我當分他財產的賊，小妹覺得我搶了她在家裡受寵的待遇，其他人對著空氣連噴嚏也不打一個。

伸手拉我一把的老先生是宗教研究所的老韓，賀若芬，妳不知道老韓？妳見過，他喜歡朝漂亮女學生按自行車握把上的破鈴鐺。他教比較宗教學，也許有緣，收了我當學生，要我從民俗學起。

若說——對不起，我跩跩文，若說之為人父，老韓遠遠超過我爸，所以我師承自茅山宗老韓，受老韓關愛，此刻我們喝茶的這間破爛房子也是他留給我的，比老爸、大哥慷慨多了。同姓韓，我視老韓為義父，再說道學深奧，一頭栽進去再也出不來。

老韓的一生用一百個字寫完，他討厭浪費，東西太多增加選擇上的煩惱，念書、教書、寫書，心情好，喝兩杯，心情不好，騎車去河邊看夕陽。

幾點了，我餓了。這隻錶就是二哥送的，到現在還能走，從未送修。兩位想吃點什麼，落魄的魏家小少爺請你們吃頓飯不致於破產。

韓希元翻了桌面幾本書，抖出一張沾了油的外送菜單遞給賀若芬，「別客氣，想吃什麼儘管點，對嚴警官不太好意思，全部素的，隨緣即是善緣，佛道莫不如是說。」

「對不起，」賀若芬摸摸韓希元遞菜單的手背，「被煙突影響，以為抓到綁架男童的犯人，害你說這麼多不想說的話。都是煙突，罰他也吃素。」

「吃，我吃全素。道爺，你這兒有素酒沒？」

邊緣亦是緣。小學的作文課，我們老師有點白目，出的題目是「我的父親」，他特別表示不是白目，加了個說明，沒有父親的可以寫「我的母親」，這不是白目可以包容的，百分百白痴。

坐我右邊的林宥雄帥，他一分鐘寫完低頭玩手機，大家交了作文，老師像被水母咬到：林宥雄，你寫什麼！林宥雄的爸媽在大陸，從小由阿嬤帶大，寫的作文是：我的父親林學文，我的母親蔡碧雲。完。夠帥氣吧。老師要他多寫一點，他說，老師，我和他們不熟。老師生氣，問他爸媽在哪裡。他說在大陸賺錢，他才能念這間很貴的私立小學。他爸說的。

我住在魏家比林宥雄更慘，明明有阿公阿嬤，說不到兩句話，阿公老是叫我，那個誰。阿嬤回他，那是阿敏在外面生的兒子。她對來訪的親戚客人都這樣說，要是二哥在，馬上拉我出去吃冰淇淋。我對魏家的感情，只有二哥，可惜他一年後去日本，很少回來，聽說待在風景宜人的九州某個小城當醫生，買房子買汽車就叩臺北的大哥，來點臺幣花花。

我媽以為讓我回魏家認祖，能有輝煌的未來。我爸以為領我回魏家，三個兒子壯大他建立的企業。天真得可怕。老韓的哲理正確，無即無失，人生過得清爽，隨著性子順其自然。嚴警官，素的炒麵配九年蘇格蘭威士忌合口味吧。

距離下個男童失蹤，還有一天又三小時，我和嚴警官一樣，沒有線索，沒有靈感。最早師父老韓說我和哪吒有緣，哪位道長不說男孩和哪吒有緣，老人家說的聽聽就好，不過後來我和神明親近，像為信徒解惑、除邪，問過許多神明，唯三太子有求必應，我漸漸相信老韓的話。

嚴警官問我怎麼知道臺南那宗男童失蹤案，可以說巧合，可以說老天安排，我到臺南拜訪教友，小廟，供奉陳府千歲，也拜土地、文昌與三太子，我見過第一起三太子神像晃動事件是在那裡。神像左右擺，以為底部不平，教友感覺到地震，因為晃的時間不長，我們就把神像晃動當成地震引起的。其他神像為什麼動也不動，就三太子動?那時沒想這麼多，而且幾分鐘後停止晃動，神明下凡又走了。

失蹤男童的舅舅常來教友宮廟拜拜，和教友也熟，外甥不見，他急得到宮廟請求協助，我就向三太子請示男孩不會出事吧，三太子回了聖杯，不會出事。再請示男孩撞到邪了，三太子回了笑杯。後來男孩回來，他不對警方講，卻對家人胡言亂語講了許多，舅舅嚇壞，跑來找教友幫忙，我仍在臺南，見過男孩，沒有陰靈上身，反而帶著淡淡香氣。沒多想，不久板橋宮廟傳來他們那裡也有個男孩失蹤三天才被找到的消息。

宮廟之間彼此連繫自成一個網路，嚴警官不必大驚小怪，道士不搞革命。我又知道花蓮發生同樣男童失蹤案，幾處宮廟找我商量，沒有結論。小球的事我不知道，閉關中，忙論文，沒想到賀同學和小球找來。

「幫我們找個方向，請示你的三太子。」

「嚴警官，這幾天我一直想為什麼三太子神像搖晃，為什麼地震頻率比往年高，為什麼其他神像不晃？以前注重學理忽略實務，鑽回書裡重新研究神明的由來、成長、個性。也花很多時間誦經，如果三太子因為什麼事情動怒，希望平靜祂的心情。那天賀同學來，不巧真武殿的五營遭雷擊。真武殿雖然不大，比五營房大多了，閃電只打五營房，詭異吧。」

「三太子要是顯靈，不會用閃電打自己的廟。」賀若芬想法直接。

「同學聰明，說不定我該換個方向，從五營將軍著手，反正三太子是他們老大，追查到最後躲不開三太子。」

「最後一天，韓道長，別急死老刑警。」

「這樣，用你的車不必付租金？」

「不必。」

「公務車用油不會拿發票向小道請款？」

「廢話。」

「那我們連夜去個地方如何？」

「哪裡？」

「臺南。」

「做什麼？」

「探望五營將軍。」

5

「不恨你爸媽？」賀若芬坐在副駕駛座問。

「有愛方有恨，無愛即無恨。」

「你還是愛爸媽。」

「愛，不欣賞他們處理我的方式而已。」

「當道士是逃避？」

「有罪惡方逃避，無罪無惡何必逃，當窮道士心安。」

「同學，你不容易，解開自己的困惑。」

「謝謝誇獎，大學時大家叫我小元。」

「你可以叫我若芬。」

後座的警用制式黑色休閒鞋伸到前座中間的排檔桿上。

「較拜託，後面有人，活人，很久沒再談戀愛的老男人。」煙突口氣不很好。

「你的師父怎麼走的？」賀若芬看了後視鏡一眼。

「酒後騎車，被汽車追撞。」

「騎自行車的照樣不准酒後騎車。」煙突警察魂變得龐大。

「道士怎麼愛喝酒，不犯戒？」賀若芬當沒聽見。

「重要在心，不在戒律，凡有心，則戒律自然存在。他不喝過量，不喝酒鬧事，他喝酒好睡覺，不料那天追撞的駕駛嫌他騎得不夠直線。」

「你也酒鬼？」

「李白喝酒，是酒仙。我們沒墨水的喝酒，是酒鬼。小喝，喝心情。」

「不打算去看你媽？」

「想，怕打擾她。」

「你是她獨子。」

「瑞士人看到穿道袍、戴道冠、穿布鞋的臺灣道士陪香奈兒母親進餐廳吃法國田螺喝法國Latour紅酒，她大概不容易向朋友解釋寶貝兒子為何旅行帶拂塵，趕蒼蠅嗎？」

「想太多。對了，小元，你覺得小球會不會再有事？」

「小球和我一樣，與三太子親近，若芬，妳蹚嚴警官的渾水幹麼，他們發妳津貼？」

一腳踹駕駛座椅背。

「後座的警官無啥佮意。你有打火機沒？」煙突刁上菸。

「無佮意啥？」

「我們警校出身的都古典派，孔老夫子派，喜歡頭銜，少了頭銜，一輛車裡聽了不舒服。」

「頭銜？」

「嚴警官無佮意太親密的稱呼，喜歡我叫妳若芬同學，喜歡妳叫我稀飯道長。頭銜。」

「我們也要叫他頭銜？」

「叫我綽號就可以。」煙突又踢了椅背一腳。

「假如，我說假如四個男孩真的撞邪，你念經能化解，哪種經？」賀若芬聊到正題。

「好吧，我是宗教博士，又師承茅山宗對吧，研究過經與咒，兩者基本的差別在於經為自己念，淨化心靈；咒，呼叫神明，祈求祂下凡執行正義，另一種咒對抗威脅，使來犯的各方精靈放下仇恨。」

「念個咒來聽聽，我聽過佛經，沒聽過道經。」

「別鬧，咒不能隨便念，不是唱嘻哈。妳善良，腦門一股正氣，紅光沖天，鬼怪不敢找上妳。」

「念念看嘛。」

「好，我念個安全的。解結解結解冤結，解了多生冤和業，洗心滌慮發虔誠。這是藥師佛的解冤結。道教全真派的咒語特別，就是他們的門派譜系，一首詩，道德通玄靜，真常守太清，一陽來復本，合教永圓明。很長，念開門幾句表示小道士區區在下學問能將就，博士不是混來的。上清派名氣大，念出譜系詩，諸鬼卻步，像妳走在街上要是有人找麻煩，妳兩手插腰大聲報，我認識煙突警官，大鬼小鬼馬上嚇出一褲子尿逃命去，意思相同。」

「道士，別扯到我。」

「要是鬼怪不理會呢？」

「每位神明都有他們的咒語，幾個要素，表達身分，如果關聖帝君，第一句可以是赤兔馬上揮金刀，小鬼一聽，糟，來了大咖。表達威望，接著關聖帝君咒的下一句，拘于禁斬龐德水淹七軍，小鬼聽懂，關聖帝君滾過沙場，對付敵人心狠手辣。再表達神力，奉玉旨四方除魔，不得了，祂老人家奉玉皇大帝命令專門捉妖降魔，有派遣令和搜索票的。總之嚇到小鬼投降，離開蠱惑的人體，還人魂魄。如果小鬼不怕關公，沒關係，再請二郎神，念出請二郎神的咒語。」

「最厲害的是誰？我是說小鬼都怕的。」賀若芬對韓希元念的咒不滿意。

「難說，重點在行法事者的道行或他長期侍奉哪位神明。」

「乩童？」

「類似。」

「你能請到哪位神明？」

「道可道，非常道。」

「說說嘛，純聊天。」

「有請腰懸八卦刀，手持照妖鏡的嚴警官。」

「稀飯，你騙女生，不要用我當共犯。」

「嚴警官不行，膽小，他怕長官、怕老婆、怕破不了案。」賀若芬心情轉好。

「最怕賀媽媽可以吧。少情話綿綿，幾點到臺南！韓道長，你追女生的手法，後座的人都吐了十幾次了。」

「忘記行前說明，我們不去延平郡王的臺南市，去臺南的新營區。」韓希元指路中央的路標牌：往新營十二公里。

「不早說，」又一腳踹韓希元椅背，「深更半夜跑去新營喝牛奶？」

「煙突警官，喝牛奶去林鳳營，不是新營。我們現在去新營火車站。」

「火車站有什麼？」賀若芬聽出韓希元替新營加了火車站三個字。

「報告煙突警官和若芬同學，新營火車站建於一九〇一年，本來的站名稱做新營庄，一九二〇年改為新營站，附近是著名的龍聖宮，一樣供奉五營將軍，它的外五營其中一支營旗插在新營車站內，改建時不敢動神廟，仍將中營供在站內。火車站意外事故多，一位站長乾脆去龍聖宮請來其他四營，全臺唯一由五營將軍護持的臺鐵車站。」

「小元，你知道的不少。」

「又怎樣？不早點通報警方，道士就會裝神弄鬼。」

「新營車站除了站內的中營外，北營在往北一點的平交道口，西營在南邊的公園旁，東營在後車站，南營在西營過平交道的對面，維護良好，站方定時上香祭拜。臺灣特殊文化，人神鬼共一家。」

「有這種事，公務單位也迷信？」

「若芬同學，妳可以請教古典派的煙突警官，他們警察局拜的神才多，從關公到土地公、城隍爺。妳挑中元節隨便找個分局假裝報案混進去看看，他們拜得波濤洶湧、狼煙四起。」

「他媽的臭道士，別太誇張。我們真的去新營車站看五營將軍？」

抵達新營車站已凌晨三點，通勤列車尚未行駛，一長列夜行貨車剛離開，站內只剩昏黃的燈光，透過售票窗口看得到滑手機的執班人員。

小城睡得正沉，站前沒有排班計程車，連打地鋪的遊民也不見人影。摸黑來到平交道口的北營，紅磚牆約一百六十公分高小廟遮蔽在大樹下。柵欄式的廟門鎖住，煙突不能不跪在廟前將手電筒的光柱照進去。一面分不清顏色的旗子居中，兩旁是淡紅色常明燈，案前香爐與三盞酒杯。

北營沒事。

折而往南經過公園到西營，同樣一間小廟也在大樹下，鐵柵廟門沒鎖，敞著，裡面依然是長年累積風霜、灰塵而分不清色彩的旗子，三人跪在廟前行禮，賀若芬先發出驚呼，又地震。

大地輕輕搖晃，神壇上的旗子慢慢張開，被風吹得飄舞，可是外面明明無風無雨。在常明燈的光線下，小小的白旗全部展開，拍打空氣發出虎虎聲。

「西營，白旗，白虎。」賀若芬輕聲念。

震度增強，樹枝上下擺動，突然一陣狂風從每個方向吹來，風勢大到能拔起路樹，吹得三人趴倒在地。

「抓住我的手。」煙突喊。

他兩手各抓住一人。

風中夾著湯圓大小的雨滴，驟雨無預警撲頭撲臉襲來，兩扇鐵柵小門被吹得脫離了西營廟門，險些打中賀若芬。

「躲進廟去。」煙突叫。

「不能進廟，撐不住了，趁現在風小，跑回車站。」

風一陣一陣，風頭一過，韓希元一馬當先拉著賀若芬往回跑，煙突跟在後面。離車站還有二十公尺，大風再起，吹得他們快飛上天。

「抱住椅子。」

路旁有座水泥砌的長凳，煙突滑壘般滑過去兩腳勾住長凳，再伸手往雨點中撈住賀若芬的小腿，連拖帶滾，三人抱住水泥凳死不鬆手。

「低頭。」韓希元抱住賀若芬的頭。

一座小廟連屋頂帶水泥底座被吹得飛向對面民宅。

「南營被吹跑。」韓希元判斷。

風勢轉小，他們起身快跑，在另一陣狂風來襲前僥倖躲進車站南側的廁所，這次三人看得清楚，一道閃電如巡弋飛彈精準地掠過樹幹、樹枝，擊中西營廟頂，隨轟的巨響冒出火光，著火的白旗被大風捲上漆黑天空。

「怎麼辦？」

「去中營。」

中營在車站內，一般人進不去，由站內鐵路局人員供奉，韓希元猛敲售票口窗戶，煙突將他的服

務證貼在玻璃上，

「刑事警察執行勤務，快開門，我們要去中營。」

慌亂的執班站務員帶他們奔去中營，倚於車站牆壁也在一棵樹下的磚造小廟，與其他二營不同的，稍微大些，不用鐵柵門，看起來沒有門。風尾滾進廟內，代表中壇元帥的小黃旗鼓得有如挺在北海岸海岬的燈塔。

「你們躲到廟後面。」

韓希元匆忙下完指示，快速鑽進廟內，面對太子的黃旗盤腿而座，兩手捏訣念起咒語。

「拜讀太乙真人來，傳送龍珠子投股，花胎母腹來分娩，日期足滿生哪吒。」

他聲音更大，和風較勁：

「哪吒令，哪吒靈，哪吒出世展威能！」

風來得更急更猛，道袍被吹得快脫身而飛。

「神兵火急如律令，哪吒太子。拜請哪吒三太子，太子出世無人形。」

韓希元右手食指往上一指，

「弟子一心專拜請，哪吒太子降臨來，神兵火急如律令。」

煙突不能不做選擇，他捨下小廟內的韓希元，與站務員護著賀若芬逃進站內，地震更強，執班室內的物品紛紛落地。

「小元怎麼辦？」

他們看向窗外的風雨，聽見風中夾著韓希元的吼叫：「神兵火急如律令！」

地震持續近五分鐘，風雨漸歇，而後大地停止搖動，站務員探頭出去看。

「廟塌了。」

中營垮了，磚塊、水泥塊被吹得一地。

煙突衝出去，「韓希元，韓希元。」

賀若芬追出去，「小元！」

一堆磚發出抖動聲，韓希元從磚塊裡爬出來。

「小元，怎麼樣？」

韓希元露出笑容，小心從懷裡舉起被吹得破了幾個洞的小黃旗。

電力恢復，站外彷彿沒事維持平靜安詳的夜晚，在站務員領路下他們兜了車站外一圈，南營壓根不見了，北營與西營垮了，東營的屋頂被吹走，中營剩下瓦礫，五營僅存韓希元手裡的黃旗。

「現在我們該做什麼？」賀若芬驚魂甫定。

「小韓，說，為什麼五營將軍出事？就算你那套神鬼陰謀成立，陰靈敢和三太子作對？」

韓希元取出羅盤踏七星步走了幾圈，「嚴警官，天亮前我們要再趕去一個地方。笨，我怎麼忽略了那裡。」

「哪裡？」

「不遠，也在新營，太子宮。」

6

臺灣最早的太子宮一說是左營天府宮。鄭成功率大軍趕走荷蘭駐軍之後不少福建居民移居來臺，其中柯春行等一行人為祈求渡過黑水溝的平安，在泉州府請了中壇元帥沿途保庇，來臺經太子爺指示，於左營蓮池潭畔設壇祭祀，從此三太子在臺落腳。

那是一六六〇年，清朝順治十七年，明朝永曆十四年。

施琅征服鄭氏後，更多移民渡海而來，先民到哪裡必會帶兩樣東西，禾苗以種田謀生，神明以保佑百姓平安。康熙二十七年，一六八八年，一批先民在新營定居，集資募工建造太子宮，主祀金吒、木吒、哪吒三位太子，到民國年間，已是臺灣最大的太子廟，各地的太子廟多由這裡分香出去，民國八十一年再完成新廟。

「我們看到高高的太子像是——」

「太子宮新廟建的神像，要參拜得進廟，不過我們先去舊廟。」

天色漸明，離開新營火車站不久即看到不遠處立於廟頂的高大金黃色三太子像。車子停在舊廟前，低矮卻潔淨的白牆紅瓦閩南式建築，中間的香爐後面是拜廟亭，掛豪邁四字匾額「其盛矣乎」。煙往內是正殿，兩側各一間偏殿，中央神壇供奉金吒、木吒、哪吒三位太子，配祀福德正神和虎爺。突三人未進殿就聞到終夜不斷的香氣，可是從木柵門外往內瞧，嚇了一跳，神壇空的，香火如此盛的太子宮不可能沒有神像，難道三百多年歷史的太子像被偷了？

喊了幾聲，不見廟祝，煙突一夜未睡再經歷地震與風雨，火氣大，「進新廟去看看。」

隔一條馬路就是新廟，原來人都在新廟前的廣場，到少十幾條人龍百餘人等待開廟門，穿一式練功服的、休閒服的、穿出來旅行兼進香便服的，最前面的道士、道姑無不手捧太子神像，每座太子無不在他們手中搖擺。

韓希元指鐵架棚上的兩排字：歡迎全國友宮蒞臨，新營市太子宮指導，「看樣子各地來的分靈都搖晃，大概不知怎麼處理，回到祖廟尋求太子爺降臨的原因。」

分靈是由宮廟內請出去的神明，像臺灣幾處大的媽祖廟，媽祖像來自於祖廟的福建湄洲媽祖廟。分香定期回祖廟據說有進修、恢復功力的效果。

廟雖未開，廟祝與志工已經守在廟門前，攔住熱情又慌張的信徒，說明時間未到，敬請等候。煙突的服務證表明不想等候，他們面有難色讓進三人，難怪廟方謹慎，一如其他宮廟，神壇上大小哪吒無不同一方向、同一節奏的晃動。

廟祝回答煙突幾個問題，晚上的確發生地震，的確大風大雨，忙得他們徹夜未休息守住每尊太子爺，生怕被震下摔到金身。舊廟的太子爺早幾天已移進新廟，昨晚冒出一股火光，幸好未釀成災害。

五營將軍呢？

廟祝指指廟外，青紅白黑四隻大旗插在外面迎風招展。哪吒的黃色帥旗立在神壇最裡面的太子神像後面。廟內無風，旗子卻扯直飄擺發出虎虎聲。

韓希元繞了一圈回到正殿，「從慶福宮的神像晃動起，太子宮廟方備戰多天，雖然向神明請示得不到答案，相信不好的事情正發生中，昨天晚上太子爺神像搖得手裡乾坤圈、火尖槍快飛出去。白天晴空萬里，連續好幾天到了半夜忽然狂風大雨，維持的時間不久，問氣象局沒得到答案。怪。」

說著他往外走，鞭炮響起，太子宮開門迎接各地分靈返回祖廟，每一隊伍由高捧太子像的道士領隊進宮、過火、參拜。

韓希元看得出神，賀若芬叫醒他，「看出究竟了？」

「什麼？」

「我的觀察，如果你們茅山宗說的沒錯，什麼鬼怪挑戰三太子，不然其他神明不晃，金吒、木吒不晃，就哪吒晃。」

「我講段哪吒的故事，祂生下來第五天到東海玩水還是泡澡，《西遊記》說祂拿混天綾當毛巾玩水，東海的龍宮被搖得險些塌了。其他更早的記載，哪吒玩水，兩腳踩得水晶宮搖晃不止，意思一樣。龍王一怒之下率領水族大軍向哪吒挑戰。祂出生的第七天而已，一人大戰龍王部隊，殺死九條龍或某條叫九龍的龍。老龍王兵敗，氣憤難平，上天要向玉皇大帝申訴，哪吒算計到，先奔到天門攔阻，與老龍王大戰，殺死老龍王。不知什麼原因再射死石記娘娘的兒子。石記娘娘民間稱為石磯娘娘，沒聽過？不用自卑，很少人聽過，道教的說法祂是邪惡的化身，妳把祂想成歐美的魔鬼、撒旦、路西弗好了。哪吒殺石記娘娘兒子可能受天庭命令，祂是降妖除魔的大師對吧，當然找大魔頭，祂以如來神箭射死石記娘娘兒子後，做媽媽的大怒，召喚諸魔反攻，哪吒偷了父親李靖的降魔杵和石記大軍交戰，殺了石記娘娘。」

「真結了不少仇。」

「對吧。神話也許不能當真，可是神明確有撫慰人心的力量，科學家以為不知鬼，何來神，反過來說，既有神，必有鬼，不然神明信仰怎可能幾千年來從未間斷，香火一年比一年旺。看那麼多宮廟，信徒只老人嗎？年輕人不少。」

「這次哪個仇家找上哪吒？」

「說到重點，若芬同學，想不透的就是這點。三太子奉天命掃除妖鬼，各地邪魔歪道見到祂，地遁隱身駕雲開超跑逃命，誰腦細胞打結到各地向三太子廟挑釁。說不通。」

「我們要探究的是祂為什麼生氣。」煙突問完廟祝過來，「廟方說三太子生氣，以前生氣也搖晃，這次特別嚴重，已經是憤怒了。」

「小元道長，你的專業。你說，我們該去吃早餐還是到下一間宮廟？」

「我昏了，警官，給我時間想想。」

「男童都在傍晚搭軌道車輛失蹤，下午五點左右。我們距離即將失蹤的第五名男童剩下十個小時。長官來電訓示，壞消息是媒體打聽到小球的事，已經在網站披露，記者到處找小球，目前由臺北市偵查隊護衛他們一家暫時躲到不宜讓你們知道的祕密基地。」

「沒人想知道。」

「若芬老師，我再公布好消息，上級被三太子、無臉男搞得神經錯亂，做出一個他們百般不情願的決定，請妳的小元道長指引辦案方向，由我協助，並授我調動全臺保安警察的大權。」

「保安警察幹什麼的？」

「我幫煙突警官說明，他現在手上有兵符——太複雜。他有尚方寶劍，哪個警局不聽他的，殺無赦。」

「衰尾道人，今天晚上破不了案，我不用尚方寶劍，用警槍斃了你。說，往哪裡去，抓誰？」

「從哪裡來，往哪裡去，人生無非從生到死走一遭。無量壽福。」

7

他們往南去高雄，當地通報一名男童失蹤。車子開到岡山，解除警報，男童被老爸罵成天打電玩而離家出走，在同學家找到，打電玩中。煙突可能遇過同樣問題，嘆氣說電玩真是妖魔。

車子下交流道停在路邊，煙突拔出小號尚方寶劍，「衰尾道人，接下來呢？」

韓希元陪煙突下車抽菸，面色凝重問：「不肯說小球一家在哪裡？通個電話呢？」

「不行，機密。」

「如果我說小球是破案關鍵呢？嚴警官用尚方寶劍打電話給長官，說你務必和他通話，請他們轉接。」

「小球有答案？」

「不試不知道，試了包你想尿尿。」

煙突摸出手機走離汽車。

「為什麼？」賀若芬從車窗探出頭。

「小球接收得到深山裡的訊息，這幾天說不定有新的。」

「長官回話，」煙突回來，「派了專人照顧小球，如果他有什麼感應，專人一定回報，到現在為止沒有。」

「不然讓賀老師和小球通話，你們對賀老師總該放心吧。快，我們沒多少時間，辦完事我請吃早餐。」

上級有了善意回應，車子駛回高速公路，煙突開車，刑警公務車輛超速，開不成罰單。一個多小時車程，手機收到兩次政府發布的地震警報，震度不強，可是連日來密集的程度頗不尋常。

幸好他們跑了這趟，南投中興新村的招待所，位於以前省政府大樓內，一排廂房供出差公務員使用。省政府架空多年，很多臺灣人說不定忘了這個地方，夠隱蔽，前方運動場可供直昇機起降，逃命方便。

進去前得交出隨身每一樣電子產品。小球跑來迎接他們，急得講出不用標點符號的話，連續幾天他做的夢，大致夢境相同，他一個人走在樹林裡，白天，樹上一隻打瞌睡的褐林鴞，不記得一隻腳或兩隻腳。踩著鐵軌走到盡頭是棟紅色房子，香菸盒那樣長方形，後面有棵很大的樹，枝葉遮住大半的屋頂。

「房子的特徵，再想想。」

小球咬著嘴唇，看得出來他用所有氣力想。

「紅色的牆，不是很紅的紅。」

「紅色的磚？」

「對，紅磚。窗戶和門，窗戶圓的，中間一條一條，百葉窗的樣子，下面是木門。」

「大同的同？」賀若芬在她的筆記本上畫，「同樣的同。」

「有點像，不過上面是圓窗，不是一橫。」

韓希元看賀若芬寫的「同」，不以為然地說：

「上面的一橫如果是圓的，倒像本教的斗姥星君，四頭八臂，頭後面是太陽。」

賀若芬當沒聽見，「小球，鐵路長什麼樣？細軌、粗軌，有沒有枕木？」

「不記得。鐵軌旁邊的樹林裡還有一樣的紅磚房子，破掉的。」

「倒塌的？」

「一半的牆不見了。」

「還有呢？」

「很多人講話，不是以前那個聲音，很多人嘻嘻哈哈，有個女生說幫我拍照，另一個女生說一起自拍。」

賀若芬看了煙突一眼，「不是深山，觀光景點。」

「遊客、鐵道、紅磚房子、大樹。」煙突轉著眼珠，「條件不夠充足，臺灣這種地方太多了。」

制服警員進屋喊煙突出去接電話，賀若芬見韓希元蹲在角落不知想什麼？

「小元，幫得上忙嗎？」

「紅磚房子，我們朝紅磚房子想。長方形，中間圓窗，下面一個門，誰會住這種地方？說不定是車站的棧房、倉庫。林鳳營車站外面種一棵大樹，以前的鐵路道班房保留下來，修路工人的宿舍和放工具的房子。道班房和車站中間有幾棟坍塌的房子，磚蓋的，一間長了樹，大家叫它樹屋。」
「是它。」賀若芬激動得挺直腰。
「可是沒有圓窗方門的長方形房子。」他食指敲太陽穴。「我記得站外一棟磚房破敗得沒有屋頂，正面二樓是扇長方形木窗，一樓左側為上圓下方的門，右邊方窗以磚塊砌成柵欄。」
「破牆紅磚房，有門有窗。」賀若芬語氣激動。
「一門二窗不像小球說的『同』。」
「就是它，也在臺南，離新營遠不遠？」
「真巧，在新營太子宮和下營區的慶福宮中間。」
「更是。」
「我再想想。他們能不能把手機還我們，不然怎麼上網找資料。」
煙突進來，韓希元正要開口抱怨，他伸手遮住道士的嘴。
「第五名男童確定失蹤，瑞芳國小放學，他搭平溪線回十分的家，同學見他上了車，不過到現在為止仍未回家。查過瑞芳站的監視器畫面，他背書包上車，十分站的畫面沒有他下車的。」
「生日。」
煙突認真看向韓希元的臉，「農曆九月九日。」
韓希元洩了氣直接坐在地面。
煙突打開電視，新聞記者持麥克風站在十分車站前，從小球失蹤案說到瑞芳國小蔡明義小朋友下課未回家。

「手機，手機。」韓希元一個勁叫。

「用我的吧，不准洩密。」

韓希元接過手機便埋首進網路。

「看樣子媒體到明天會追出其他四名小朋友，傷腦筋。小球想出什麼嗎？」

「嚴北北，我也在想。」

「肚子餓嗎？若芬同學，這裡只有泡麵。」

「我還好，怕小元道長餓了。」

「我去弄幾碗來。」

煙突正要離開，韓希元突然跳起來。

「有是有了，不過得帶小球一起去。」

「為什麼？」

「印證我找到的地方和他作的夢一不一樣。」

8

這次開得久了，從南投到臺中上高速公路，往南到新營下交流道轉林鳳營，抵達車站就看到一門二窗破敗的房子。道班房經過改建，煥然一新，作為展覽館。鐵道、破房子、樹，但樹太稀疏。

「是這裡嗎？」煙突問小球。

「不是，沒有褐林鴞。」他回答得乾脆。

煙突不甘心，急得帶小球四處看，

「這間樹屋是不是？破爛紅磚牆和一棵樹。」

「不是。」

韓希元拉住激動的煙突，「嚴警官，這裡沒有森林。」

的確，站前一片空曠，這裡是嘉南平原。

車子再上高速公路，煙突累了，換韓希元開，一路向北，下重慶北路交流道，經大度路，竟然開到淡水。

一路上幾乎沒人說話，小球睡進賀若芬懷裡，韓希元一下交流道就盯著手機不放，滑過一個頁面再滑下一個。

抵達淡水捷運站前逆向左轉停在一堵牆前，這時已過午夜三點。

「這是哪裡？」賀若芬睜開眼。

「淡水文化園區。」

「這裡？」

「一八九四年，清朝和日本簽馬關條約的前一年，淡水還是北臺灣最重要的商港，英國的嘉士洋行從臺灣買了茶葉出口，租下碼頭周圍的土地建倉庫，一八九七年再由殼牌石油租下建了紅磚造的倉庫和油槽。」

「鐵路呢？」

「他們修建很短的貨運鐵道接淡水線，一九四四年美軍轟炸臺灣，油槽和倉庫被炸毀，從此廢棄。淡水捷運通車，國旅熱門，淡水重修倉庫，稱做文化園區，腹地不算大。」

「廢棄的鐵軌？」煙突問。

「有。」

「紅磚房子？」

「有。」

「樹林？」

「幾百棵樹，有。」

「小球來過這裡玩沒？」

小球醒了，看著外面路燈下昏暗的房子搖搖頭。

「走。」煙突抽出他的尚方寶劍替代品，大型手電筒。

「等等，大家戴帽子。」小球戴上他的安全帽。

踩著落葉找到幾十根枕木鋪成的路面，手電筒搜索一陣子，三棟紅磚房子，長條形的倉庫，改裝為文創館和廁所，不像「同」。賀若芬在雜草裡找到鐵軌，比臺鐵如今使用的更細。他們順軌道前行，沒有路燈，沒有月光，低垂烏雲籠罩河口，兩條鐵軌交會在他們腳下，光線掃到前方一堵牆，紅磚砌的，上半部不見了的牆。光線謹慎地往右移，看到一扇木窗，接著看到一扇木門。

「這裡？」

「好像是。」

煙突將光線釘在紅牆：「沒錯？窗在左，門在右，怎麼看都像明朝的『明』，不是大同的『同』，你沒認錯？」

「我剛才說好像。」

「小球，」韓希元捏住小球肩膀，「夢裡環境和真實的不太一樣，說不定和夢裡的恰好顛倒。」

「我明明夢到『同』。」

「再看看。」

手電筒圓形地掃射，一個黑影掠過。光線追逐它。看到，瞪大眼睛，黑框大眼睛的褐林鴞。

「是不是這隻？」

他們走進兩步，光線聚集在褐林鴞的腳部，一隻腳，是牠，新高口的褐林鴞。

「好傢伙，跑馬拉松，一路從阿里山飛來不累。」

褐林鴞拍拍翅膀起飛。

「追，」韓希元往前跑，「牠在帶路。」

他們追著往前跑，手電筒發出的光線上下起伏，左右晃動，忽然光線停住不動，褐林鴞站在一根樹枝，枝葉發抖般顫動。手電筒掃向周圍，照到一排枕木鋪的小徑。踩枕木往前走十來部，看到黑瓦屋頂一角，看到掉色紅色磚牆，看到紅磚拼成的圓窗，不是百葉窗，由上而下木條拼成的圓形氣窗。往下也是紅磚，再看到木框，木門的木框。

長方形接近正方形的紅磚房子矗立在他們眼前，像盒子一樣的房子，也許手電筒光線的緣故，房子如巨人陰森地站在樹林中間。

「倉庫。」韓希元喊。

「你們看，我說的『同』吧。」小球說。

「的確像『同』。」賀若芬同意。

「更像麻將的二筒。」煙突的口吻透著疑慮。

「小球，這是你夢到的房子？」韓希元摸小球的安全帽。

沒有風雨，靜得有如空氣被抽光的太空，四個人站著不動，他們不敢動，隱隱感覺腳底的土地向左向右輕微地、流水那樣地滑動。聽到從腳下遙遠的深處傳來躲在棉被內發出的吼聲。

打破寂靜的是褐林鴞，牠張嘴咕咕咕叫，然後樹動了，風起了，一隻隱形的手用力抓皮膚癢的大地，房子、樹、天空，所有的東西逐漸上下左右抖動。

「坐下。」韓希元率先坐下。「坐在我後面。」

小球抓著他的腰坐下，賀若芬抓著小球的肩膀坐下，煙突抓著賀若芬的腰坐下，韓希元抽出背包內的木劍，口中喃喃有詞，劍尖指向紅屋，他們坐成一條線，最前面是木劍，像弓箭的箭頭。

一陣狂風颳過，每個人瞇著眼睛，他們看到褐林鴞揮舞翅膀垂直上飛，不是驚慌，倒像時間到便起飛。隨著風而來的是冰雹，彈珠大小的顆粒雨點般落下，紅樓往上延伸，籠罩它的樹也一下子長得很高，樹枝如巫婆的手舞動於有限的光線裡。紅樓的影子籠罩住坐在前面的四人。

「小球，舉起三太子神像。」

小球高舉木雕的騎馬三太子，神像在他手中，在風中雨中快速大弧度搖晃。

韓希元一手捏訣一手持劍，發出高低揚抑的誦經聲：「謹請哪吒三太子，太子七歲變神通，哪吒令，哪吒靈，哪吒出世展威能，哪吒太子百萬兵，百萬兵馬排兵起，起馬排兵到壇前。三太子哪吒在此，何方妖魔敢張狂。」

夾帶碎石、枝葉的颶風以火的溫度掃來。紅樓升高到切開夜空，圓窗是它的獨眼，木門打開，露出噴霧的大嘴。韓希元更提高音量：「我護持佛法，欲攝縛惡人或起不善之心者。我晝夜守護眾生，相與殺害打淩，如是之輩者，我等哪吒以金剛杖刺其眼及其心。」

他吼：「跟著我喊，弟子一心專拜請，哪吒太子到壇前。神兵火急如律令，神兵火急如律令！」

包括煙突，其他三人齊喊：「神兵火急如律令！」

又一股風襲來，兩股風絞纏，每個人上衣衣襬被吹到腋下，煙突的手電筒被捲到半空，白色光線有如一尾蛟龍在風中翻騰。大地的搖晃變成抖動，千軍萬馬踩踏而來震撼每寸土石，紅磚房子左右長出好幾隻粗壯的手，獨眼泛出紫色光芒，晃動的人影在紫光中張手舞足，一個一個舞過紅樓牆面，蓬頭散髮揮砍長矛的、飄動彩帶的，人影如風形，萬箭如雨下。一道閃電照亮四周，空中飄出五面三角旗子，由小而大快速擺動，對抗撲去急著吞噬它們的紫霧。

風聲裡仍聽得到韓希元吼叫：「謹請祖師急發兵，祖師急急發兵行。發兵並發符，發去東營軍西營將，南營軍北營將，中營軍五營將，五營兵馬點兵共點將，兵盡發，馬先催，扶隨弟子腳踏五營房門草扇開，驅陰辟邪救良民，神兵火急如律令！」

火光從紅樓後方冒起，爆裂的巨響從地心傳出，巨雷打在韓希元的木劍，將木劍打成碎屑，紅樓朝他們一步步走近，腳步踩得山搖地動。

「三頭六臂！」小球喊。

紅樓晃動出另兩個屋頂，屋簷下各一隻大眼睛，舞動的樹枝影子凝成臂膀，每隻手各持一樣武器，認得出尖槍和大刀，方形巨石從天而降，大黑影罩住四人。韓希元起身一手抱小球一手拉賀若芬喊：「跑！」

煙突跟在後面，四人沒命地跑，火球落在腳後，斷裂的箭矢、刀槍碎片追殺他們前後左右的影子，巨石轟隆砸到地面，震得賀若芬一個踉蹌跌倒，韓希元回身要拉她，卻見十幾公尺高的煙霧如浪濤打來，他向前撲倒，抱緊賀若芬閉眼念咒，可是他的聲音被另一個稚嫩的聲音壓倒，是小球。他抬頭看到小球高舉騎馬的三太子神像擋在他和賀若芬前面，無所畏懼面對襲來的霧浪。

「神兵火急如律令，神兵火急如律令！」小球大聲喊。

五面分辨不出顏色的三角旗飛舞在小球前面，它們被刀槍刺穿出許多洞，從不同方向擠壓來的狂風試圖將它們搓成粉屑，但三角旗依然在霧浪前閃出五種顏色的光芒。韓希元抱起賀若芬，拉小球，「快走。」

來時的路很短，此時變得漫無盡頭。跑了不知多久，忽然風雨消失，冰雹的炸裂聲換成警笛聲，他們見到光線，韓希元停下腳步，捷運站出現在眼前，中正東路上兩輛消防車拉著嗚呀嗚的警笛往老街奔。

「小球沒事吧？」煙突問。

「好驚險。」

賀若芬喘著大氣撫摸小球汗水溼透的脖子，小球最愛的安全帽已裂得快變成兩瓣。

「衰尾道人，到底發生什麼事？」

韓希元沒說話，扶著大腿往路邊坐下，「太子咒、五營將軍咒對紅樓裡的鬼怪竟然沒用。」

「稀飯，魔鬼也三頭六臂，和三太子一樣。」小球精神還不錯。

「謝謝小球。」賀若芬摟小球進她懷裡。

「再大的惡魔也不是三太子的對手。」小球懷裡的三太子神像速度放緩卻照樣搖晃。

「找哪吒的爸爸來啊，你不是說毘沙門天是魔鬼剋星？」煙突也倒下。

「不對勁，我好像搞錯了。小球說的對，對方三頭六臂，使多樣武器，你們看到風火輪、乾坤圈沒？」

「它的眼睛，那個大圈圈的窗戶，是不是乾坤圈？」

「不對勁，澈底不對勁。」

「道爺，我們到處遇到什麼——靈異現象？」

警笛聲不停傳來，韓希元向中正東路張望。

「老街發生火災？嚴警官你能不能問問哪裡起火？」

煙突從口袋拿出手機，卻拿不穩差點掉落。

「小元，你還好嗎？」賀若芬總算平靜情緒能開口了。

「哎，堂堂茅山宗今晚踢到鐵板，有愧先師。」

「衰尾仔，你不會相信。」煙突收起手機，「認識你以前，打死我也不相信會發生這種事。」

「快說。」賀若芬幫韓希元開口。

「失火的是老街五營將軍廟。」

「不會吧。」賀若芬掩住嘴。

「我搞錯了。」

「搞錯什麼？」

「對方不是妖不是鬼，恐怕是——」

「他媽的是什麼？」

「恐怕也是神明。」

第三部
消失的太歲殿元帥

唵吽吽。歲君猛吏，總領眾神。黃幡前引，豹尾後隨。七十二候，二十四炁。惡煞當先，凶神翊衛。黃鉞誅妖，金鐘擊祟。五方使者，疫毒威靈。九州社令，血食之兵。上帝有命，疾速降臨。助吾大道，掃滅妖精。敢有拒逆，斬首來見。玄都律令，驅瘟急降殺鬼無停。

疾疾如北極紫微大帝律令，敕召地司太歲大威力元帥殷某速降。

——天心地司大法

1

沿海邊一排商店，這是淡水店租最貴的地方，觀光客密集，一個小巷口藏著間歷史相當久的小廟，遊客經過並不留意，倒是廟門前砌了間膝蓋高黃頂紅牆充滿童趣的廟，就在步道邊，吸引不少人拍照。兩名鑑識人員在警戒線內採集火災線索，煙突一手橫過胸部一手摸下巴冷冷看著據說被雷打中的廟。因為小而低，屋簷遮去大半的視線，除非蹲下身才看得到門楣寫著「五營將軍」四個字。沒有廟門，二十公分高的鐵柵圍住，防的不是人，大概防寵物闖入，右側表情猙獰的石獅盯著過往嘻笑旅客，要是誰亂丟垃圾，牠擺足咬死你的氣勢。

膝蓋受過傷，煙突蹲不下去，撩開風衣下擺直接跪下。廟內五隻酒杯、一座歪倒的香爐，往內，五仙插在木桿尖端武將打扮的尪仔頭，後面一塊令牌與五面三角旗。外牆雖被火燒得焦黑，廟內倒完整倖存，代表五營將軍的五仙尪仔臉孔像抹了墨汁塗上灰，再用沾滿樹梗、小石的竹掃把上下左右刷出戰後的疲憊，五面低垂旗子則帶著經歷火災的痕跡，布滿洞和殘留的星火、灰燼。

被警方找來的老廟祝在消防隊警戒線外舉香膜拜，嘴中念著：

五方兵將通，營前護街坊。

更虔誠跪在廟前的是煙突身後的道士，韓希元兩手捧著抖動中的三太子像一再磕頭。

煙突找來警車送大家回臺北，沒人肯上車，受驚嚇後，氣血流動快速，他們想知道答案。賀若芬和小球坐在步道長椅喘氣，韓希元背著手快步來回走動思索。

他們期待什麼人能說明紅屋冒射紫光裡跳躍的巨大黑影是何方神怪。案情真相有如已在面前，卻怎麼也抹不去橫亙於中間的迷霧，得吹散霧、將光線透進去，才能看清真相長得什麼模樣。煙突不得不找了旅館，大家輪班守著淡水文化園區內廢棄鐵道，按照過去的間隔，他們會在兩天後的凌晨見到第五名失蹤男童，他來自瑞芳，平常搭公車或走路上下學，這天不知什麼原因搭上臺鐵平溪支線。監視器錄影人像清晰，九歲蔡明義背著哆啦A夢圖樣背包步進車站登上北上通勤列車，當時是下午四點三十二分，而後沒見到他下車，到高雄站為止的每一站都找不到他人影。

父母等找到天亮才報案，這次派出所不敢怠慢，電話直接打進臺北的專案小組辦公室，專案小組再通知煙突，四十分鐘後兩輛警車停在園區前。迎接他們的是煙突，第一輛車的警員當場交付煙突長官指定要的阜杭早餐，以慰勞辛苦奮戰一夜的韓道爺。第二輛車下來三線三星直轄市警局長階級的大長官，聽完煙突報告，進園區走一趟，花了幾分鐘進出紅磚房子，不遺漏任何角落仔細查看，問了站哨的執勤員警問了園區管理員，面無表情上車離去。

天亮後園區一如往常，陽光普照，軌道找不到昨晚激戰的遺留物，不說沒有霧，連冰雹融化後的水漬也沒。和往日最大的差別，警員多過觀光客，拿相機和錄影機的鑑識人員茫然地不知該拍什麼。

四人坐在園區一間空置的庫房內吃早餐，甜鹹豆漿、燒餅油條、飯糰、蛋餅，估計八人份，被老小掃得精光。

煙突特別指示飯糰四個，不是一人分一個，韓希元一人吃四個，他餓壞了，灌下豆漿散步消化再步入昨夜戰場，拿羅盤一步步走每個方位設法感應昨晚的記憶，孤傲漠然的斷牆在朝陽下閃爍歲月的蒼桑，鐵軌無言地忽視踩在它身上的汙泥鞋底。他抬起腳，鞋底確實是昨夜冰雹摻和塵土的泥，為什麼在園區內找不到昨晚的痕跡？

長官巡視時曾這麼問他：「確定你不是做夢？」

煙突站在「同」狀的紅磚庫房前，它縮小了，小得像間廁所，從木門上半部的玻璃望進去，裡面堆放清掃工具，屋旁鐵牌上寫「工具室」。再檢視其他三棟長條形倉庫，兩名工作人員打開其中一棟的木門，飛出無數飄於光線的浮游物。

「道爺，我領頭你領頭？」

韓希元沒空回答已一腳邁進去。

庫房內無數道穿過屋頂縫隙的金黃光柱，縱橫交錯成蜘網狀，裡面空的，空到韓希元什麼也接收不到。他掏出懷裡八卦鏡照向各個方位，空無的空，八卦鏡不會說謊，師父老韓的遺物，燒過香、貼過符、念過咒，不懼怕從黑暗裡突然跳出來的陰靈。

他和小球聊，和賀若芬聊，對著縮小的獨眼紅屋思考，逢人必稱大哥和搜證人員聊，甚至背著兩手以老友態度和煙突聊，步進紅屋內抬頭看低頭看，他與園區工作人員聊，不明就裡的人也許以為穿道袍便衣刑警是臺北市派來的專案小組召集人。

他是著急人，想從其他戰友口中找出午夜之戰遺漏的每一細節，紅磚屋門打開過？小球聽到另一男孩的聲音？霧浪撲來時的浪頭多高，什麼氣味？五面旗子何時出現在狂風中？煙突說他下回記得開槍。不，不能開槍，開火徒然激怒對手，傷不了任何神鬼。

巡完他回旅館睡覺、念經，再進園區巡一次。

煙突對韓希元已到了自動停罵三字經的地步，

「賀老師，妳的小元同學有當刑警的潛力，耐心巡察現場、問遍所有目擊者和關係人。我們刑警的第一教條就是無論多聰明搞怪的凶手一定留下線索。」

「凡走過必留痕跡。」

「妳愛這樣文謅謅講，也可以。」

煙突沒問昨晚的事，他親眼目睹。還有兩天，他等待。

兩天裡，一次一次巡視，警方使用熱源感應器、金屬探測器，地面與地下皆無反應，煙突對外宣稱建設局重新丈量土地，以警戒線和員警攔阻企圖進來參觀的遊客。長官體諒，不召喚他回警局，兩天上午均專程到現場以黑白無常的表情一再要他重新述說當夜經過。長官當然懂刑警另一教條：疲勞偵訊能使嫌犯的口供出現矛盾處，那就是突破心防的關口。用這套方法訊問刑警，表示上級對煙突的說詞不打算採信，對煙突口沫橫飛褒揚五營將軍深夜苦戰不知什麼敵人的激戰過程，存疑。

確定失蹤男童蔡明義將在這裡出現？

憑什麼確定？那個道士說的？哪裡來的道士，他的證據呢？

既然確定，為什麼不在蔡明義出現之前找到他？

園區多大？我調人馬，手拉手搜索，不放過一寸土地。

要無人飛行載具嗎？我請中科院支援銳鳶戰術ＵＡＶ，方圓二十公里二十四小時空拍。

紅磚工具室？找到線索了？裝監視器，每個角落都裝，屋子外面也裝。需要什麼儘管開口。道士如果功力不行，請和尚。

送走長官，煙突逛到韓希元面前想提和尚的事，覺得何必討人厭。韓希元正忙，頻頻看手機。

「各地宮廟的三太子還在搖晃，不論怎麼擲筊杯，神明不回答。」

到淡水山上海邊各宮廟巡查的警車回報，除了三太子神像搖擺，別無異樣，和往常的每一天一樣，唯一例外的是臺北市大同區天水路瞿公真人廟有尊神像不知什麼原因表面被高溫融化，淌出一神桌的金漆。

瞿公真人廟？

「衰尾仔，這位瞿先生不夠意思，大家忙成這樣，祂非湊熱鬧、蹭知名度？上級指示偵辦要秉持滴水不漏的態度，臺北市大同區，去看看？」

「無量壽福，瞿真人乃本教前輩。」

煙突領韓希元趕去，建於民宅一樓的小廟，供奉的是天額飽滿、地額方圓、面貌慈祥的瞿道人。

廟祝說明，光緒年間劉銘傳出任臺灣巡撫，祂率領的湘勇進駐臺灣警戒即將入侵臺灣的法軍，士兵從湖南請來護軍之神瞿真人，祂是醫神，具安定軍心作用。原廟建於北門外的滿清機械局旁，幾經遷移，九二一地震後搬遷至天水路現址。

「瞿真人是誰？」煙突好奇。

「南明抗清的忠臣瞿式耜，一六五一年護衛南明最後一任皇帝桂王，不幸兵敗陣亡，第二年明將李定國率軍反攻清兵佔領的桂林城，傳說瞿真人英靈一馬當先領明兵殺進清將孔有德府邸，逼得孔有德自焚而死。另一說法，神明本名凔苓，生於明萬曆年間，七歲出家，清順治八年，真人參透人生真諦，於河邊誦經自焚坐化為神。」

「清朝皇帝封瞿真人為神嗎？」

「皇帝老頭氣度小，不肯封明朝的忠臣，沒關係，民間尊崇祂，所以祂沒有皇帝封的神號，只稱瞿真人、溥護真人。」廟祝回答得略帶火藥味，「你們哪個單位，來查瞿真人戶口？祂一八八四年來臺灣，有意見嗎？」

「不查戶口，我們來上香。原來是位不講究門面、頭銜的神明，失敬。」煙突表達他的尊敬。

韓希元未參與煙突與廟祝的對話，他站在神壇前對失去金身露出木頭本色的配祀神像發呆。

「道爺看出怎麼回事了？」

「中間這尊是本教瞿真人，」韓希元兩手合十禮拜，「祂確是明末忠臣，道教前輩，你看祂一手拂塵一手捏訣，我們道家風範。不過祂曾受耶穌會教士艾儒略影響，受洗為天主教徒，為人謙和，不在意門派，只談學養。」

「天主教教徒當了道教神明？」

「海納百川，嚴警官何必自限門戶。」

「說說掉漆的這位老哥。」

「瞿公真人廟淡雅而清明，你看祂老人家左邊福德正神，照應一方百姓的土地公，右邊這尊金漆融化的神明──咳咳，不是老哥──一手持日一手持月，按照我的知識，應是本教斗姥元君，又有點不像。」

「誰？」

「北斗七星知道嗎？祂老人家是北斗諸星的母親，從佛教的摩利支天菩薩信仰轉變而來，和西王母並稱天后，相傳祂四張臉孔，每臉三隻眼睛，八隻手，握太陽、月亮、寶鈴、金印、神弓、長矛和戟。這尊六隻手拿五樣神物，黑臉，和我見過的斗姥元君不太像。」

「道兄，學問不夠少開口，不是斗姥元君。」廟祝一口TNT噴來。

「不是斗姥元君？」

「是上清三界游奕司北帝御前掌管天星地曜統煞雷王都天百解太歲至德武光上將大元帥殷郊。」

「安太歲的太歲？」

「是。」

「好長的頭銜，你能記得住，厲害。」煙突對廟祝比拇指。

廟祝對著陽光看煙突名片，

「不長，嚴警官的頭銜若以全稱來說應該是行政院內政部警政署臺北市警局刑事警察大隊二線三星警監二階偵查隊長。」

「道友說得好，我們嚴警官的頭銜果然更長。」

「沒想到，」煙突忍不住拉起嘴角，「原來我的名片得用Ａ4紙印才夠。」

「捲筒式衛生紙更長。」韓希元加了一句。

他們看著剩下手臉棕色，其他部分只沾著若干金漆痕跡的無亮度神像。

「太歲頭領的殷郊？」韓希元對神像行禮。

「總算答對。」

「昨晚發生什麼事？」

「床鋪搖動，我以為地震嚇得起床，最近不是各地宮廟三太子神像停不住地搖晃嗎，進廟一看，殷元帥也搖得凶，手上的扶塵和劍掉到神桌，幸好後來停了，可是漆不知怎麼回事融化了。」

「看樣子神明災情擴大，從三太子到其他神，搖的神像增加，兩位是專家，講得出原因嗎？」

廟祝搖頭，「從沒見過這種事。」

「貴廟不供奉三太子？」

「我們不趕時髦，建廟時就以瞿真人、土地公和殷郊元帥為主，從沒改變過。」

韓希元拍自己後腦，「殷郊，太歲星君的統領，祂和斗姥元君一神兩面，都統領六十名太歲。有意思的神明。」

手機響，上級派了一組專家守在淡水文化園區門口，預計再過幾個小時，到了第三天的凌晨第五名男童理應出現。

「萬一他不在淡水，出現在別的地方，我小警官的信用破產。」

回程車上煙突顯得不安，不時講手機詢問淡水園區狀況，也接到長官來電，他變得保守：「韓道長每天勘察現場，請示過神明，他認為第五名男童蔡明義將出現在淡水。」

韓希元不想吐煙突槽，當公務員不容易。

「抱歉，情非得已，借你大道爺的名字用一下。淡水，沒錯吧？」

「我也不敢說，拐到淡水清水祖師廟，我再向神明請示。」

煙突一路超車，鑽進老街，抵達廟前停下。

「嚴警官，我說去清水祖師廟，你開到淡水福佑宮。」

「不講清楚。」

「請示媽祖一樣。」

福佑宮主祀媽祖娘娘，韓希元與煙突誠心上燒禮拜，擲出三次笑杯，媽祖不願意回答男童失蹤案。

既然來了，禮多神不怪，兩人從媽祖拜到關聖帝君、文昌帝君、城隍爺、土地公、虎爺與排列整齊、面貌各有特色的六十位太歲星君。

「沒見到殷郊元帥。」煙突在神像群裡找了又找。

「臺灣供奉殷元帥的宮廟不多，斗姥元君的多。」納悶歸納悶，韓希元找了個解釋。

大批警車與媒體車輛擠滿園區的停車場，現場架起強力探照燈，醫護擔架守在入口，失蹤男童家長聞風趕來，由女警安撫至旅館內休息。賀若芬與小球未徵詢煙突同意，放學後一起搭捷運敲了韓希元房門。

小小的房間內掛滿道教旗子，燃燒的檀香味溜出門縫，賀若芬和小球聞香而來，見韓希元身穿道袍，一手持劍一手搖鈴踏著小球說是青蛙步他說是練功者的七星步喃喃念咒。

失蹤男童會不會在淡水出現，考驗韓希元的道行。

考驗韓希元的還有警政署請來了一批道士，他們未穿道袍，未持拂塵，外觀邋遢到和臺北車站前過夜的遊民差不多。外貌不決定內在，三人彬彬有禮站在園區內看著「同」字形紅磚屋。陪同而來的刑事局主任祕書既未叫煙突接客，更未驚動韓希元，他跟在三名邋遢道士後面繞了園區一周，上車離開前才見到煙突在停車場抽菸，不能不打個招呼。

「這三位是副署長請來幫忙的。」

「是，三位先生來自中科院？」

「不，中科院的仍在阿里山。」

「那是國防部的？」

「國防部的在新營太子宮。」

「臺灣大學哲學研究所的？」

「他們在圖書館。」

「那麼？」

「煙突，保密，對誰也不准說，三位是全真派的。」

「啊。」

稍後煙突忍著到口的祕密，用盡隱晦的語氣詢問韓希元：「你們道教派別不少？你是茅山宗，其他呢？」

「幹麼？」

「全真派的怎麼樣？」

「和天主教的苦行僧相當，講究自我修行，不太理會人間俗務，專注在經典和煉丹。嚴警官對道教有興趣了？」

「隨便問問。茅山宗和全真派哪個厲害？」

「不是七龍珠，沒辦法比戰鬥力。信仰一樣，執行信仰的方法不一樣。」

「說說。」

「你看得到茅山宗，看不到全真派。我們茅山宗抓妖降魔，全真的追求羽化成仙，聽懂了沒？」

「全真派不抓妖魔？」

「化解，他們修練到某個境界，能和妖魔好好溝通。用天主教比喻，我們茅山的是大法師，抓鬼，好萊塢電影，看過吧，全真派是天使與魔鬼裡的修士，裡面有個白子修道士拿鞭子抽自己身體當修行，看過吧。」

「你當道士，看過不少電影？」

「入世與出世的差別。」

「很難懂。」

「如果兩句話你就懂，我苦讀拿到博士，讀假的？」

淡水文化園區不大，一側自行車道，一側淡水河，面對捷運站，後面是小樹林和軍方基地，據說此基地二戰時為日軍水上飛機的機場，現在駐有數目有限軍隊，和對岸的八里與沙崙的防空飛彈營組成淡水河口東岸防衛網。

經過協調，一支武裝保安警察隊伍進入陸軍營區往園區方向搜索，另一支在兩側埋伏，他們布下天羅地網包住中間韓希元認為會出事的紅磚屋，十幾座高畫質攝影機鎖住園區，遙控偵察機停在軍營內空地待命升空，水上警察快艇巡弋河面並視狀況檢查來往船隻。

更特別的，一組地震偵測人員選擇園區中央有限的空地安置器材，凡男童出現的地方皆有地震，對科學而言，太不可思議。除了救人，各單位更想查明到底怎麼一回事。

煙突請賀若芬與小球吃站前的潛水艇三明治，而後躲過媒體從渡輪碼頭搭小艇從水面進入園區，警局局長陪身著戰鬥服裝的軍方代表坐在「同」屋前的行軍椅，他們不怕驚走鬼神，一副篤定等綁架者出來談判的姿態。韓希元覺得這樣不好，挑釁姿態明顯，經過煙突幾番往來溝通，最終說服兩名大長官在紅磚屋前上香，向神明說明他們急欲救出男童的責任，祈求神明賜與神力，逮捕不法歹徒。

白天的「同」屋變得出奇的小，嗅不出它神鬼威脅力，局長與將軍都是無神論者，勉強點，他們祭祖先。局長拜媽祖、關公，拜心安；將軍姓馬，祖先是穆斯林，祖父母上長老教會做禮拜，父親不進教堂，母親是北港媽祖的忠實信徒，將軍則堅持只拜忠烈祠。因而韓希元費盡唇舌也無法使他們相信有位叫殷郊的神明可能涉案，而另一位叫哪吒的神明可能被牽連進此案。將軍說：

「韓道士，我軍校時讀過《姜太公兵法》，小時候看過《封神演義》，知道殷郊和哪吒，不過你的說法太小說，太虛構。」

話不投機半句多，反正韓希元有事得忙，巴士載來他向道教協會求助而來的援兵，二十一位道友，紅磚屋前的廣場不大，他們擠擠還是排出七星陣，鼓、磬、鑼就位，黃昏時集體朗讀《茅山真經》。

秋天的溫度日夜相差十度以上，淡水河口是北臺灣氣溫最低的地方，即使如此仍達到十六度，涼爽而非冷冽，夏天的離去採取依依不捨方式，不乾不脆拖個白天熱氣至夜晚仍難散去的尾巴。煙突奉召陪長官，簡報兼聽訓，兩名武裝員警看管戴警用防彈盔的賀若芬與小球，煙突極力說服局長，韓希元終於拿到巡檢四方的欽差大臣級通行證，捧八卦鏡四處走動、勘察。

他們面對許多不同層級、不同責任、不同次元的考驗，為防男童未出現在淡水，警方另外安排林務局配合當地派出所巡邏各廢棄森林鐵道，以免疏漏。如果男童出現在淡水，警方得伺機逮捕綁匪；如果警方找不到綁匪，他們的備胎是煙突警官以人格保證的韓博士，憑其神祕宗教力量制服伸手進陽界的陰靈。

大部分長官對韓希元本事抱著看著瞧的冷漠，少部分存心看熱鬧。

「要不要準備雞血、狗血、童子尿？」煙突抽空探望韓希元。

「你小說看多了，準備豬血糕拍你長官馬屁比較實在。」韓希元壓力沉重。

「你請哪位神明？」

「三太子。」

「對三太子有信心?要是請錯神了呢?」

「不會，萬不得已，我師兄弟念北俱蘆洲毘沙宮輪轉聖王李靖的請神咒。」

「李靖的降魔杵夠威力，父子一起上陣，讚。」

「小道盡力。」

「建議大道長，你要不要再請金吒、木吒，和老爸、小弟四位神明守住玄武、朱雀、青龍、白虎四方位，張開天網，妖魔敢來，抓他個四腳朝天。」

「嚴警官學得快，不過說話未免風涼。」

「閒著也閒著，聊聊。」

因此過了午夜，過了凌晨兩點，當埋伏在三面草叢內的保警打起呵欠，戒菸二十年的長官向煙突要根菸時，只有小球留意一個黑影飛落至他身後樹林，褐林鴞咕咕叫兩聲，小球輕輕推睡著的賀若芬，「來了，賀老師，褐林鴞來了。」

賀若芬推煙突，煙突低聲朝對講機用氣音講了兩句話，抬頭四處找韓希元。不用提醒，茅山宗傳人韓希元已站在紅磚「同」字房前小徑，兩手捏訣，任由風吹得他袍襬刮刮刮發出巨響。他領師兄弟朝東念出咒語，朝西念，朝北朝南念，幾十隻警槍悄悄向中心的紅磚屋聚攏，當韓希元舉起木劍喊出「神兵火急如律令」，所有探照燈同時打開，照得「同」屋的紅磚面色慘白。在場的人都看到褐林鴞振翅狂叫穿過強烈光線掠過紅磚屋，飛進臨河的木麻黃樹林。

光線裡，一個小男生跑進槍口中央，他背印了哆啦A夢的書包，穿滿是泥濘球鞋，韓希元的長袍袍襬垂落至小腿，風停了，小球手裡三太子神像慢下轉動速度。一個女人尖著嗓子喊：「馬麻在這裡，寶貝，這裡！」

男童身子一軟倒下，韓希元健步上前抱住，他喊：「人出來了。」

眾道士鼓磬鑼齊鳴，誦經聲孤立於呼叫聲外。

韓希元預測正確，失蹤男童於三天後走進淡水文化園區廢棄的殼牌石油公司廢棄小鐵道。

男童平安回來暫時滿足媒體熬夜守候，警方卻益發慌了手腳，上百人搜遍園區內外，無人飛機來回穿梭，什麼也沒找到。韓希元沮喪，為男童念了驅邪咒，燒了符紙，將恢復意識的男童交到母親手裡，他轉回庫房前，意識到運作中的大腦裡有個不比大芝麻大的黑影，他看不透黑影，卻隱約聽到地底傳出由遠而近的雷鳴，他張口要呼喊，地震來得更快，紅磚庫房左右搖晃，大地上下彈跳，四面八方盡是驚叫。

2

長官見到第五名男童，從山區的瑞芳出現在河口的淡水，驚訝得說不出話。見到飛過探照燈強光的褐林鴞，見識了地震，對煙突說了兩句，面色凝重登車離去。

獲救男童無法接受偵訊，送進醫院不發一語達三十六小時，好不容易開口，殘存的記憶十分有限，他坐上火車，忽然火車駛進隧道，他在暗黑樹林下車，濃霧裡藏著恐怖怪獸追他，沒別的想法，拚命往外跑，被樹藤、石子絆倒好幾次，一隻貓頭鷹飛過，他跟隨貓頭鷹朝前跑，突然變回白天，無數個太陽照得他張不開眼，來自遙遠的人聲響在耳鼓深處：

告訴他們，我．才．是．太．子。

沒人敢再指稱小朋友神智不清滿口夢話，專案小組各方來的專家平心靜氣閉門開會後，嚴正要求警方擴大調查，大家必須認真看待失蹤孩童的證詞。地震研究中心的人員交來一張震幅偵測表，震度二，震央就在紅磚屋正下方，幸好深度三十公里，影響有限。

淡水文化園區解除封鎖，擠進大批媒體，一臉無辜的「同」屋被電視臺、網路、雜誌、報紙的鏡頭拍了又拍，淡水區公所不得不再拉出警戒線，派員警看守，外面一批排隊的觀光客鼓噪不安，他們看了電視新聞，某位主播請了專家討論案情，專家語出驚人地認定「同」屋是異次元入口，能進入另一時空。

韓希元打著哆嗦回到警車，賀若芬遞給他熱水，兩手用力搓他背心。

「怎麼凍成這樣？」

「說不出來，一陣寒風吹得我幾秒間快被凍結，祂來過又走了。」

「誰？」

「絕不是陰靈。」

煙突鑽進車廂，「照你吩咐派人到淡水大小宮廟打聽，里長幫忙，打聽離這裡不遠，無極天正興宮發生怪事，身體挺得住？」

「可以。」

無警用識別符號的小車避開擠在入口媒體轉播車往新市鎮駛去，不到十分鐘，繞進小巷，猛然見到一處廣場和巍峨廟宇。

兩根蟠龍石柱後面是三扇廟門，中央的印著八卦圖形，兩邊的分別寫國泰、民安。執拂塵的廟祝恭立於門前。

「賀老師和小球留車上休息。」煙突體貼。

「不行，小球的感應比我強。小球，捧穩三太子神像跟著我。」

四人下車跟著廟祝快步進廟，拜過三清天尊，他們朝左手的偏殿趕去，鏡框內的黃紙吸引韓希元停下腳步。黃紙中間：太歲星殿殷郊元帥值年太歲星君，兩旁寫六十名太歲的頭銜與姓名。

「六十年一個輪迴，每年一名太歲值年，懲惡揚善，統領所有太歲的可能是斗姥元君，也可能是殷郊元帥，說法不一。有的宮廟以斗姥元君為尊，殷郊與祂弟弟殷洪為輔，有的就以殷郊為帥。」

「犯太歲就是犯祂們？」

「差不多這個意思。太歲和希臘神話裡眾神有些相同之處，祂們雖守護眾生，可是也有凶惡的一面，我們得敬天畏神，不要太親近。太歲所在之處必凶，黃曆上說不宜蓋房子、搬家。人生有起有落，得意時不能忘記流浪時，沒落時也不必妄自菲薄。值年太歲提醒我們謙卑，運氣不好低頭走路，忍耐，等候時機反轉。」

「說安太歲不就好了，我們刑警不是白痴。」

廟祝開燈，光亮的殿堂內是六十名太歲神像，最裡面神桌上供奉著青面獠牙神祇，底座刻著「殷郊元帥」。

和瞿公真人廟融漆的神像不同，這座殷郊神像綠得閃閃發光，兩顆瞪圓的眼珠炯炯有神，頭頂散出一股淡淡紅煙。

「祂也有第三隻眼睛。」小球看到了。

「兩眼看人生，第三隻眼看前世來生。」

神像紅髮、綠身、金袍，若非供奉於宮廟，會被誤為妖魔。三頭、九眼、六臂，兩隻上舉的手如瞿公真人廟的殷郊，一手持日，一手持月，中間兩隻手持三尖槍與斧，另兩隻手一隻舉在胸前持印，一隻彎舉持鈴。

見到神像，韓希元什麼也未說便拜倒在地。

「殷郊？道爺，說明一下。」

韓希元恭敬行完禮，起身朝煙突嘆口氣，

「我搞錯了，帶走孩童又放回來的不是鬼怪，是六十太歲星君統領，至德真君殷元帥。」

「神明怎麼幹起綁票的勾當？你說。」

關於殷郊，《三教搜神大全》裡記載祂原是商紂王的長子，母親到郊外踩了巨神留下的足印而受孕，因而祂自稱殷郊。出生時是個肉球，和哪吒的傳說相同。祂是名正言順承繼王位的太子，可是父親商紂王受寵妃妲己迷惑，殺了正宮妻子，派人追殺兩名兒子殷郊與殷洪，幸好仙人救走，日後殷郊隨周武王伐商，立了大功。殷郊本事大，受封為神，斬殺許多妖魔，也和哪吒的傳說相近，玉帝封祂地司九天遊奕使、至德太歲殺伐威權元帥，根據各種宗教史籍記載，祂保持孩童模樣，梳兩個髻。和哪吒一樣，也是元帥，也是孩童。

明朝時根據《三教源流搜神大全》改寫的《封神演義》，殷郊成了與哪吒篇幅相當的重要角色，祂在刑場被仙人救走，學習道術，周武王起兵發紂，師父要祂下山協助武王向妲己報殺母之仇。機緣已到，臨行前殷郊到山上採藥，誤服神奇果子，頓時痛苦得在地上亂滾，沒多久，由可愛男孩變成三頭六臂凶神惡煞模樣，師父並交給祂兩樣法寶，打遍凡間、仙界無敵手，一是翻天印，一是奪魂鈴。

救祂的仙人是廣成子，與周武王軍師姜子牙為師兄弟，《莊子》一書提到廣成子，住崆峒山的石室，黃帝求教於祂，當場被罵走。黃帝閉關三月清心寡欲再去問長生不老之術。廣成子回答，即修身養性也。

廣成子派殷郊下山幫忙，不料赴周軍軍營途中，殷郊遇到幫紂王的申公豹，詰問祂身為紂王兒子，怎麼不幫親生父親，反幫敵人攻擊自己父親，大逆不孝。殷郊被說服，反而投入商朝陣營，打敗姜子牙手下諸多能人，師父廣成子下山，與其他仙人聯手以法術陷殷郊於魔幻陣法喪失神智，被犁耕而死。

武王克商後，姜子牙封神，殷郊的魂魄受封為值年歲君太歲之神，意思是率領值年歲君的太歲頭子。封神的文告裡提到殷郊犯下的錯，要祂從此坐守周年，管當年之休咎。

「好人還是壞人？」小球顯然聽不太懂。

「好人，可憐的太子，母親被父親殺死，祂該為母親報仇呢，還是保護被周朝大軍攻擊的父親，多困難的抉擇。」

「原來神仙不像我想的沒煩惱。」賀若芬聽懂了。

「所以殷郊出現兩種模樣，一是文弱秀才樣子，沒有三頭六臂；一是服下丹藥後變形為綠臉綠身三頭六臂的怪物。我們看到瞿公真人廟的殷郊：棕臉，成年人的模樣。古籍上書的：金臉，孩童臉孔。這裡：綠臉，惡魔面貌。一是祂受封神之後，一是祂孩童時候，一是祂吞下藥丸變身出戰時。殷郊一直是面目不清的神祇。」

「像綠巨人浩克。」

「小球說的好。殷郊不可能因為民間作家於宋朝寫的書、明朝寫的小說而被當成神，祂成神在宋朝以前，《三教源流搜神大全》的作者才將祂收錄進書，最遲唐朝已經受人祭拜。成為神有其過程和必要的考驗，想到商朝一個人和他的遭遇類似，商紂王時的確有這樣一位太子，名叫武庚。」

三千多年前，周成王時代的青銅器大保簋留傳到現在，簋是當時用來盛穀物的食器，圓形或長圓形，鼎盛肉，簋盛穀。上面刻有一段銘文稱為「王伐錄子」，大意是周成王攻打叫錄子的人，中途生病而回師，改派大保率兵平定錄子，一戰成功，周成王親自迎接大保班師，並且將一個名為余的地方賜給他，大保特地做簋，刻上銘文以示對成王的感激。

周成王是攻打商紂王的周武王兒子，當時年紀小，由叔叔周公旦輔政，而派大保平定的錄子，這位錄子就是武庚。

武庚從小好學，原來深受父親紂王喜愛，但繼母妲己討厭他，排擠他。周武王攻進商朝首都朝歌，紂王自焚而死，妲己也上吊自殺，商朝滅亡。當時仍處於部落時代，周武王即位後為了避免商人作亂，特別封武庚在殷，現在河南安陽，統治原來的商民。周公旦掌政，擔心武庚叛亂想復國，封三個兄弟管叔、霍叔、蔡叔於周圍就近監視，史上稱為「三監」。

三監不滿哥哥周公旦一手掌握大權，聯合武庚起兵奪權，最後當然被上古智慧人物代表的周公旦削平，這位大保大約是周公派去平亂的將軍，武庚兵敗被殺。

有人主張三監鼓動武庚一起叛變，也有人說武庚見機會難得，挑撥三監起兵反抗周公旦。

武庚的人生波折，三國時代蜀國的姜維學過他，成都被魏將鄧艾攻破，孤軍守劍閣的姜維向另一魏將鍾會投降，挑撥鍾會與鄧艾的感情，企圖形成魏兵內亂而復國，不過也失敗被殺。

「無論殷郊還是武庚，都是上古時代悲劇人物，可惜被歷史和文學忽略，殷郊的封神，表面上看起來境遇還不錯，我的研究，其實代表的是商民對商朝念念不忘，而將武庚神格化，變成殷郊。商朝在中期一度遷都到叫做殷的地方，用殷為姓不足為奇。殷郊大約在宋朝之前應該就已經是中國北方相當受到敬重的神明，不然《三教源流搜神大全》不會花大篇幅寫殷郊的故事。」

「神都是人變的喔？」

「對，小球長大一心向善，說不定幾百年後仍被人感懷，蓋了廟祭祀你，又因為你的靈魂繼續幫助人，消息傳到總統耳朵，在地方民意代表、地方首長請願下，他就發塊匾額封你為神。」

「我叫什麼神好？」

「調皮搗蛋傷透腦筋大魔神。」

「稀飯又亂說話。」

「殷郊也是太子，」賀若芬摟著小球，「哪吒也是太子，小球夢裡聽到小孩的聲音說我才是太子，殷郊幾歲？」

「七歲時得知母親被殺而力志報仇，隨武王攻滅商紂應該不超過十四歲或以下。」韓希元不很確定。

「是小男生，其他神明還有太子嗎？」

「最有名的是金吒、木吒、哪吒三位太子，因為祂們的父親李靖是托塔天王，前身為佛教的多聞天王，兒子被稱為太子不為過。要不是發生男童失蹤案，我還忘記殷郊元帥也是太子，商紂王排名第一的繼承者。學無止境，我得回去閉關念書了。」

哪吒和殷郊有相似之處，或者相反之處，哪吒從小是叛逆孩童，四處闖禍，仇家找上門，父親李靖責怪祂，不肯救祂，哪吒乃自殘讓父親好向龍王交代。祂削骨還父，割肉還母，死後靈魂受到神明憐憫，而折菱為骨，藕為肉，絲為筋，葉為衣，將祂魂魄寄養於蓮花之中得到重生，從此一心除魔。哪吒自小進佛門，從未得到父母之愛。殷郊的母親早死，受父親疼愛，沒想到繼母作梗，使祂由天堂跌到地獄，經仙人收養，得到法寶與神力，再面對該為母報仇而與生父作對或幫生父打敗姜子牙的矛盾處境。

經過歷練回到正途是成為神明的條件。

「現在呢？」煙突回到正題，「假如誘拐兒童入深山的是殷郊，祂的動機是什麼？總之祂犯了刑事罪，我該怎麼將祂緝捕歸案？」

韓希元苦著臉，

「嚴警官說的有理，不過你期望我小小道士去抓神明嗎？」

「別理他，小元，小球，我們回家。抓綁匪是刑警的事。」賀若芬處理事情方法簡單明快。

「賀老師，事情不能這麼處理，萬一再三個星期又有一名男童不見了，我逢廟就扣押殷元帥神像？道爺，太子啦元帥啦的事情你懂，幫幫我。」

「化解。我們想個方法和神明化解。」

「說。」

「他只是道士欸，什麼都靠他，真是的。」小球也幫韓希元撐腰。

「廟祝道友可有看法？」

一旁穿道袍拿拂塵不說話以示待客恭敬的廟祝沒想到被牽扯，嚇一跳。

「我侍奉神明，別叫我抓神明。」他露出捉狹的微笑，「除非警官向警政署、地檢署請領到拘票、搜索票，要不然發通緝令，說不定我可以祈求元始天尊幫忙勸誡殷元帥投案。」

「你要通緝令？」煙突的大臉快壓上廟祝鼻尖。

「我們請示神明也要有——有冠冕堂皇的理由，至少讓我有向神明請示的動機吧。」

「動機。等等。」

韓希元一人到大殿跪下閉眼默念，好久他才起身，

「神明不會無故打擾凡間，假設殷元帥為一樁事動怒，偏偏這件事不能以神明間的方式處理，

採用變通方法誘使男童進深山再放回來，目的大概是傳話給我們凡人，有件事我們做錯，對祂傷害太大，殷元帥才生這麼大的氣。而且不要忘記，祂和哪吒都是孩子，不管被封多威多猛的神，畢竟是未成年的孩子，難免孩子氣，耍脾氣。」

「聽起來有道理。」

「殷郊留下線索給我們，祂帶走的男孩農曆生日都九月九日，都未成年，都搭軌道交通失蹤，獲救是在廢棄鐵路，難怪我怎麼念咒，三太子就是不回應我的請示，對手不是鬼妖，與三太子同為神明。」

「殷郊犯案動機為驚嚇世人，提出警告，但警告什麼？目擊證人，這位小球同學被祂綁架三晚，是證人。在動機未明前，殷郊至少犯下刑事的脅迫罪。」

「跟我講沒有用，我們茅山宗降魔捕妖，不能抓神。」

「你是警方安排在神明圈圈裡的線民，提供情報。」

韓希元急得抓頭搔耳，「我又是線民了，要命，當警察的線民找神明的麻煩，吃裡扒外，違背職業良心。」

「關你三天三夜看神明救不救你。」

「若芬同學，救命啊，這位警官不講道理。」

賀若芬站到韓希元前面，指著煙突罵：「剛才廟祝說的有理，你拿通緝令來我再叫小元去抓。」

通緝令向誰申請，怎麼寫，上面的照片用哪間廟的殷元帥模樣，個人資料寫生於耶穌前一千零二十幾年？

3

媒體不會因第五名男童獲救而寫五千字社論贊揚警方破案有功，他們每天追加五千字獨家新聞外加專欄，礦工精神挖出整起事件的真相。

電視報導之前四名男童曾發生過類似離奇失蹤案子，警方未對外公開，涉嫌吃案。網路上寫出哪吒三太子是本案令人意想不到的關鍵人物，某間宮廟私下透露三太子的搖晃是生氣，神明搖成這樣表示將要有所作為。媒體再找到阿里山一案上山探勘的專家，得知於山中尋獲一尊三太子神像，當天晚上這尊神像即開始搖晃，進而引發全臺三太子的搖晃。

一本週刊拍到韓希元與一群道士在紅屋前誦經作法，判斷宗教博士韓希元與案情有關，經追查，韓希元身分曝光，加深此案神祕性，這下子韓希元有家回不得。

「我找間偏遠派出所的拘留室給你當避難所。」煙突表達善意。

「如果你不嫌我媽囉嗦，不怕肉味，到我家住幾天，還有空房間。」賀若芬展現同學情誼。

「住宮廟啊。」小球覺得道士還是該住進廟裡。

「嚴警官叫我坐牢，若芬叫我住她家被她媽管，和坐牢差不多，小球要我住宮廟比較有道理。」

「哪間宮廟？」煙突拿出手機，「我得隨時找得到你。」

「警方有沒有預算，我協助辦案，你們提供我住旅館，到處找宮廟借宿太花時間，我們時間有限。」

「可以。住哪間？五星級的，有牛排、龍蝦Buffet的？」

「我吃素。還有交通費。」

「幹麼？」

「全臺跑一趟。」

「騎你的腳踏車，現在流行自行車環島，警方不提供汽車。」

「殷郊如果涉案，我得拜訪全臺供奉殷郊的廟。」

「聽起來有道理，臺灣的寺廟密度全球最高，你計畫拜到哪個世紀？」

「不多，供奉殷郊的廟不多，比哪吒的、玄天上帝的、土地公的少多了。頂多十幾間。」

「你覺得有用？離下一名男童失蹤只剩下兩星期又三天。」

「儘量。」

於是煙突同意下，韓希元失蹤了，媒體找不到他，狗仔隊盯在他住處門口拍到三樓王媽媽一天出來買三次菜，她愛新鮮的食材。這些挫折不能阻止新聞火辣辣發展，網路開始嗅出味道，集體拼湊案情得出全案的輪廓，標題嚇人：

警方破不了案，找靈媒協助。

三十年前的確有些高階警官找過靈媒，破案後，民間無從得知究竟警方以警察手法破案，還是得到神明指示找出線索而破案。

這起新聞和其他的緋聞、貪瀆案不同，有其時間的特性，媒體算出五名失蹤男童事件相隔三星期，像去富霸王吃豬腳，菜單上列出腿庫、腿節、豬蹄，絕不會有牛筋、牛肚、牛肉一樣，點菜容易。

煙突必須科學辦案，五名男童的農曆生日都是九月初九，和三太子同一天。請內政部協助調查這天生日的男性孩童。

五名男童都不超過十四歲，和殷郊被師父派下山協助周武王打商紂王時差不多。十四歲以上農曆九月九日生的剔除。縮小調查範圍。

現場均在廢棄鐵道，請林務局和臺鐵將這類鐵道呈報並列管，定時巡邏。警方重組專案小組，加進宗教人士，探訪每一廢棄鐵道沿線，留意是否遺有神像和香梗。請新營太子宮幫忙了解最近一年是否發生對三太子不敬的事件；請正興宮幫忙打聽各地供奉殷元帥宮廟出現過不尋常現象嗎。

用刑事縮小涉案者範圍的消去法，不過，男童出現在廢棄鐵道、失蹤一天變成三天、綁架未提出贖金要求、男童均未受到生理傷害，唯一說得出道理的是位茅山宗道士，實在無法向媒體公開。該涉案道士堅持嫌犯為太歲殷元帥，像話嗎？全臺宮廟的三太子繼續晃動與祂和殷郊元帥鬧脾氣有關，像話嗎？

煙突忙得沒有日夜，組織許多個小組於各地監視廢棄鐵道，原本計畫組織宗教小組監視各地供奉三太子、殷郊太子的宮廟，公文被上級打槍：

請該員務實辦案。

不得不再次和韓希元打商量，好不容易聯絡上，他提出申請，賀若芬加入他的團隊，「這幾天我想通一點，哪吒和殷郊都是孩子，即使成仙仍是孩子，我搞不定小朋友，若芬老師可以，她是專家。」

「兒童心理專家多的是。」

「你找來呀，不怕鬼神，不會大嘴向媒體洩露案情的，你敢找，我當然敢隨便和哪位專家搭檔。」

想不出反駁理由，煙突只好去停車棚用除臭藥水噴了西裝、長褲、鞋子，並咬牙閉眼噴了全身，買好禮物正式拜訪賀媽媽。

「歡迎，我們家幾十年從沒警察來過，嚴警官是第一位，蓬蓽生輝。請問查戶口還是擔心我老人家被女兒謀殺？」

煙突雙手奉上禮物。

「老天祿的滷味？好東西，送若芬的吧。送我？嚴警官，我這把年紀啃鴨翅膀，你出錢幫我換新假牙？白蘭氏雞精，補元氣，你可能不曉得，我怕雞的味道，反胃。」

煙突當沒聽見，偷眼往室內看看賀若芬在不在家。

「小嚴，既然你是我女兒朋友，叫你小嚴不過分。你打算什麼時候離婚，幾個小孩，要是離婚了，他們怎麼辦，小孩無辜呀。」

煙突清清嗓子打算說明，沒抓住機會。

「我明理，不要求喜酒五十桌，可我朋友和親戚算算至少五桌跑不掉。不准找什麼婚宴廣場，又貴又難吃，找間好點的館子，就挑米其林三星賣烤鴨那家，不然兩星、一星湊合也行。」

煙突想掏香菸，覺得掏槍較實在。

「有房子嗎？做人基本條件是同理心，你的房子該留給前妻，不然她帶孩子住哪裡。聽說你們警察外快多，到處收保護費，電影裡拍的雷探長身價幾億，你是刑警，當賭場、妓女戶的保鑣外快多，有錢買新房子吧。不必信義區，臺北市門牌，不過河不過橋的都可以。」

煙突決定不浪費脣舌澄清電影裡的雷探長是香港人，決定不解釋如果他收賄款不會帶妻子兒女住電梯老故障的國宅，決定不說明刑事警察不是管區警察，賭場妓女戶連招待券都不會給一張。決定忘記造謠他和老婆離婚的誹謗，決定賀媽媽愛不愛吃鴨翅膀、喝不喝白蘭氏雞精、存心找警察麻煩都不關他的事。他找到機會開口了：「打擾，賀媽媽晚安。」

賀若芬坐在紅屋牛排館，對面是另一位博士，年紀像她爸爸，看菜單像看銀行寄來的信用卡帳單，說起話像在警察局偵訊室由煙突錄口供，拿刀叉切牛排像打仗，點兩杯葡萄酒像搶他皮夾。

「我沒結過婚，一直忙工作，錯過黃金歲月。」

那麼他現在處於廢鐵歲月，想找女人嫁他吃鐵鏽？

「林太太介紹，她是我多年鄰居，做人古道熱腸，我們那棟樓四十年了，陽臺漏水、水管換新什麼的，她都出面主持，花的每一塊錢寫得清清楚楚，所以她介紹，我馬上答應。林太太和伯母是牌友？」

賀若芬被當成待修電梯、當成老舊自來水管？而且要不是林太太，這位博士絕不想認識女人，他是不是該去追林太太？

「生活規律，六點半起床，多年養成的習慣，到公園快走三十分鐘、打拳拉筋，回家自己弄早餐，八點半準時進學校。賀老師可以看我名片，我兼行政事務，總務長，忙。中午吃校外三家館子，輪流，牛肉麵、自助餐、魯肉飯。也是習慣。我怕突然發生的事，喜歡習慣。」

進牛排館，打破了他的習慣。喝紅酒，看樣子也打破他的習慣。對他說謝謝晚餐，以後不必聯絡，想必不會打破他的習慣了。

「妳看。」

他遞手機來，螢幕上顯示的是十幾排數字。

「我剛做完健康檢查，沒有紅字。」

辛苦拿到博士，他染上強迫症，愛上藍字。

「賀老師學兒童心理，打算再念博士班嗎？念到碩士不念博士，行百里半九十，最後十里相當重要。我支持妳。」

辛苦念完博士，每天八點半上班，每餐外食，不知道怎麼和女人交談，養成一堆一成不變的習慣，溫良恭儉不讓，真好。

「我的房子雖老，在木柵區，這個月重新裝潢。鄰居發現白蟻，一戶生白蟻，到處亂竄，威脅其他住戶，嚇得每戶忙著敲地板、拆櫥櫃殺蟲，設計師說我家的工程要花三個月，暫時搬回我媽家。沒有停車位，我不開車，兩條腿走路。你看我手機上的計步器，每天一萬兩千步，只多不少，數十年如一日，關節、骨質比四十歲的人好。」

林媽媽為什麼不介紹個機器人來，更好。

「閒暇時間除了走路，在學校社團和學生一起練太極拳，學《易經》。妳念過這本書沒？我認為二十一世紀地球面臨危機，老莊思想將大紅特紅。」

賀若芬忽然想到稀飯，該不該去幫他？成天和不同的博士相親，人生比安藤忠雄的清水模更單調。她一刀切下牛排送進嘴細細咀嚼，再叫杯酒吧。

「不抽菸，不喝酒——嘿嘿，今天破例。不打牌，喔，我說的是不打麻將不賭博，倒是和幾位好同事假日玩玩橋牌。賀老師也打橋牌？」

「橋牌？我習慣熬夜上網打梭哈、比十三張、玩德州撲克。小姐，再給我一杯紅酒，那半瓶都給我們好了。」

她切一大塊牛肉，恨死相親，迫於母命，她認命，再喝一大口酒作為補償。

距離第六名男童失蹤，剩一個星期又五天。有時她想既然男孩三天後自然安全返家，就由他們深山走走古老的鐵道不也很好，當作成長必經過程，提醒家長培養孩子野外求生本事，天氣變化大的季節多穿點衣服，打疫苗一樣，學習和無法控制的大自然和平共存。

「地震。」博士叫。

許多客人兩手扳住桌子、縮脖子拿空盤遮頭頂、服務生貼牆失神看著搖晃的燈，博士則喊「快出去」，話未落定，人已然跑出餐廳避難了。

賀若芬當然也有習慣，她習慣地震，習慣啃完牛排喝完酒免得浪費。再喝一大口酒，不能不重視男童失蹤案，伴隨他們的是地震頻率比起去年忽然上升兩倍，說不定解決失蹤案也同時降低地震發生率。

大自然的事沒人說得上話，但哪吒和殷郊算不算大自然？小球說的平行空間裡的大自然。

博士回來了，「賀老師不怕地震？這樣的態度不太科學，可以不怕，卻不能不做安全措施，最好的處置是躲到桌下。」

賀若芬看著剩下的半瓶酒，她從不瓶底養金魚，不過容忍度到底了。

「謝謝招待，我媽年紀大，該是回家的時間了。」

「才八點半。」

「我是早班的灰姑娘。」

4

煙突與賀若芬收到韓希元傳來的照片，第一張是殷郊元帥，戴高聳華麗將軍冠，右手舉方天畫戟，左手持翻天印，腳跨綠尾麒麟，沒有三頭和六臂。放大看他臉孔，圓潤光滑沒有鬍子，嬰兒肥，男孩的臉。和瞿公真人廟棕面長鬚的不同，和正興宮青面獠牙的不同。

第二張是哪吒三太子，穿布袋戲戲服，光頭梳髻，更是張孩子的臉，持乾坤圈，踏風火輪，臉與頭部因長期香火而燻黑。前面的其他四營將軍也都黑面，衣服部分燒焦。

韓希元寫著，找到哪吒與殷郊同廟受香火的宮廟，臺南市安平菜市場旁的伍德宮，主祀唐肅宗年間出生於金門的蘇家五兄弟，均為當代名醫。也奉祀其他千歲爺和中壇元帥、五營將軍、殷郊太歲。

他聞得出五營將軍透出火燒過焦味，廟方說以為哪家小朋友玩火不慎星火飛至神壇造成。

「當然，三太子還在晃，殷郊不晃，和瞿真人廟相同，金漆融化。」隨後的通話中他說：「兩尊神明像打過仗，宮內到處硝煙味。」

煙突沒耐心打字，三方通話，韓希元仍希望賀若芬去幫忙，他面對難以解開的難題：「殷郊和哪吒很多方面太像了。」

根據十六世紀成書的《三教源流搜神大全》，紂王的姜皇后踩到巨人腳印而受孕，生下一顆肉球，妲已藉此攻擊姜皇后「產怪」，生下怪物，紂王聽了她的話把肉球扔在小巷子裡，說也奇怪，牛馬見到不敢踩，繞道過去。紂王下狠心把肉球扔到城郊，烏鴉集聚保護它，連陽光都被遮住。白鹿跑來餵它乳，直到神仙經過看出是仙胎，剖開肉球果然是個活潑可愛小男生，交給奶媽扶養，直到七歲殷郊得知身世，要為母報仇。

神仙師父說祂年紀小，除非取得寶物，否則沒復仇的能力。殷郊膽子大，獨闖寶洞，取得兩項寶貝：黃鉞和金鐘，鉞就是斧，比斧更大，商周時代天子賜給臣下的神聖武器。金鐘可能日後變成奪魂鈴，和翻天印一起在明朝的《封神演義》中出現。

為了考驗殷郊，師父再叫祂去降妖伏魔，果然收服鷩神和鴉將，鷩是凶惡的大狗，鴉將則指修煉成精怪的烏鴉。又殺十二名強盜，沒想到是十二喪門哭鬼骷髏神，殷郊砍下十二個骷髏頭掛在頸項，敲擊時發出鬼哭神嚎的聲音。

祂參加周武王的隊伍攻打商紂，紂王自殺，妲己被俘，武王下令斬首，可是派去的監斬官、劊子手被被妲己媚人的性感迷惑，下不了手。殷郊動手，舉斧砍死妲己報了殺母之仇。

「故事裡我們看到殷郊從小就和常人不同，率軍燒死生父，親手殺死繼母為生母報仇，可是照樣封神，地司九天遊奕使至德太歲殺伐威權殷元帥，很不儒家，《封神演義》把祂改成支持生父紂王對抗周武王，這樣比較合乎忠孝節義，卻難逃叛離師門的死刑。」

哪吒則是玉皇大帝見世間太多妖魔，派祂下凡降魔，托胎至李靖妻子的肚皮內，出生後七天殺死龍王，祂用了兩項神器，一是玉帝的如來弓箭，射死石記娘娘之子，一是父親李靖的降魔杵，殺死石記娘娘，李靖見石記娘娘是諸魔首領，得罪不起魔界，哪吒才自殘還血肉給父母。

「記載裡祂未得到命令，小孩子貪玩，隨興上了玉帝的天壇，順手抓起玉帝專用的弓箭射死石記娘娘兒子。未向父親稟告，偷拿父親的降魔杵打死石記娘娘。故事裡只說石記娘娘是諸魔之長，但祂母子既未得罪哪吒，我也沒找到石記娘娘作惡的實證，哪吒任意玩玉帝的兵器打死人家兒子，不知悔改，再殺來為兒子討公道的母親，為此付出代價而自殺。」

「博士，你到底講什麼？」煙突不喜歡不能當證詞的神話故事。

「我是說，殷郊像不像叛逆少年，到處打架練出膽子，一心想替母親報仇，父親紂王自焚而死祂未處理後事，倒是一斧砍死妲己。哪吒又像不像調皮搗蛋的小男生，拿大人的武器玩，闖出禍事。後來寫書的都是儒家出身的讀書人，他們沒讀過希臘神話，得用儒家尺度修改神明的任性，到了《封神演義》殷郊非死不可，否則不知如何處理這名為母復仇而逼死父親的叛逆兒子。哪吒也得死，祂捅的漏子太大，儒家不怎麼在意父慈，在意子孝，哪吒給老爸鬧出可能滅門的麻煩，居然還成為神明，只好讓祂也死一回，並從此信奉佛祖，學周處除三害到處抓妖。用嚴警官的標準，殷郊該留級五年好好念論語，哪吒，直接送少年感化院。」

「我沒這種標準。」

「你們覺得是不是需要兒童心理專家對祂們做心理輔導？」

「這兩位是神。」賀若芬不喜歡做超出她能力的事。

「妳可以為我分析神明的心理。」

就這樣，賀若芬由煙突專車送到安平，他們看著韓希元在伍德宮燒香祈願擲筊杯，看得眼珠快掉出眼眶。

一擲，請問殷郊元帥，男童失蹤是不是您幹的？兩枚杯落至地面跳也不跳，一正一反，聖杯。是。

二擲，請問殷郊元帥，是不是衝哪吒而來？同樣聖杯。是。

三擲，請問殷郊元帥，還有第六名男童失蹤？聖杯。是。

三人坐在伍德宮的臺階悶得一語不發。怎麼結案？對上級說綁匪不是哪吒，是殷郊？而且殷郊玩上癮不打算罷手，警方只能傻愣愣等失蹤男童的父母報警再等三天，自然結案？殷郊犯案動機是對哪吒不爽，最佳處理方式莫過於和哪吒打商量，與殷郊握握手化解不知什麼的不爽。

「怎麼請三太子向殷郊元帥道歉？」賀若芬的問題。

「三太子什麼地方得罪殷郊？你茅山宗大道爺忙了多少天找不出原因，我們小刑警乾著急，於事無補。」煙突的問題。

「小男生之間會為什麼吵架？」韓希元看向賀若芬。

「原因多了，罵對方是胖子、搶對方的球、老師改錯考卷。」

「改錯考卷？」

「一位老師以為考一百分的是A，誇他半天，其實那是B的考卷，老師講錯名字。B一氣，下課就罵A，兩人打成一團。」

「該扁老師。」煙突的判決。

「哪吒的老師是佛祖，殷郊的老師是仙人，嚴警官想扁哪一位？」

「想到一個辦法，我布置錄影、錄音設備，由神通廣大韓道爺念咒請出殷元帥，我質問祂。」

「寫成筆錄？」

「其他是警方的事，你別管。」

不是辦法的辦法。

就在武德宮，同一神桌供奉哪吒與殷郊，化解恩怨最直接。

下午三點，煙突打開設備，影音同步傳輸至停在市場停車格內的大型警車電腦裡，電腦前坐了負責操作的警員外，三名刑警與遠從臺北來的刑事局長監看畫面。

市場人潮已散，剩下少數洗地、收拾攤位的民眾，冷鋒到來，街道上沒有行人，武德宮鐵門深鎖，韓希元坐在神壇前的蒲團，一手拂塵，一手捏訣，賀若芬與煙突跪在另兩個蒲團，手中持香默禱，聽見韓希元念起咒文：

「歲君猛將，統領眾神。黃旛前引，豹尾後隨。七十二候，二十四炁。惡煞當先，凶神翊衛。黃鉞誅妖，金鐘擊祟。五方使者，威猛通靈。上帝有敕，疾速降臨。助吾大道，掃滅魔精。敢有抗逆，斬首來呈。玄都律令，煞鬼無停。急急如北極紫微大帝律令金闕玉皇上帝敕。」

韓希元提高音量：

「唵吽吽靈魁聻攝。」

狂風驟起，吹得鐵柵門吱吱作響，三太子神像搖得更快，快到陀螺初落地的速度，殷元帥背後將旗也冒出股股紫色煙霧。

韓希元搖起鈴噹再念：

「陰為陰兵神，陽為陽兵神。陰陽氣象交，日月復羅列。惟有鬼難當，犯令須令滅。四維及八表，扶桑及咸池。崑崙天地機，斗罡并神靈。乾坤天斡轉，我道日興隆。令行三界內，出火化風塵。」

紫霧瀰漫廟內，透著股香氣，賀若芬不自覺陶醉在香味之中，剎那間失去體重，身體離開蒲團隨紫霧飄浮。若不是霧太濃，監視車內的刑警應該能看到賀若芬真的飄浮，不僅她，煙突也大字形飄在神桌前，像小時候夏天去家附近的小溪玩水，俯起臉，腳不打水，任由水的浮力托著他往下游滑行。

唯一仍坐於蒲團的韓希元揮起拂塵喊：

「急急如北極紫微大帝律令敕。」

狂風捲進廟內，捲起紫霧，所有神像開始搖晃，外面天空頓時黑雲密布，廟內窗戶外框搖得幾乎脫牆而出。

雷聲一聲接一聲，閃電有如打在壇前三人的腳前。

「有請殷元帥，有勞殷元帥。急急如北極紫微大帝律令敕。」

賀若芬與煙突聽得到咒語，卻無力抬起手腳，他們仍飄在半空，風繞著他們轉，霧從頭到腳纏著他們每寸肌膚。

喚醒三人的是車內趕來的刑警，他們衝出車，衝進風，衝進宮廟，一人抱起一人往回拖，因而當韓希元等人醒來時，發現躺在車內地板，而車子已停在延平郡王祠前。

發現廟內狀況有異不是因為監視器畫面見到紫霧，見到狂風，而是突然畫面消失，耳機內除了韓希元念咒語的聲音，還有其他的雜音，彷彿來自遙遠，某個很深很空的洞穴，回音夾著回音，一個字撞一個字。局長喊「不對勁」，兩名刑警隨他跑到伍德宮，三人都躺著，賀若芬和煙突睡得很香甜，韓希元卻歪斜躺在神桌前，臉色金黃，布滿汗珠，額頭上方淌出鮮血。

神壇上的殷郊神像跌落地面到處打滾，軟身的五營將軍燒得焦黑，嚇得局長忘記保存現場，抱了人即跑。

警車載了三人逃離安平，直到延平郡王祠才停下。

外面無風無雷電，賀若芬醒來覺得冷，煙突醒來急著下車抽菸，韓希元掙扎起身跪在孔廟宮牆前發抖，抖個不停。

情況不妙，就近送醫院。

院方當天做了各項檢查，警政署長來電話，特別指示不計代價搶救脫水嚴重的韓博士。

局長被喚出病房，不久領一名穿西裝的男子回來，說這位也是醫生。長得瘦高戴黑框眼鏡大約四十多歲未穿白袍的醫生看了檢查報告，對守候的煙突與賀若芬點頭示意，「兩位放心，我姓魏，和這家醫院很熟。忘了說，我是韓希元同父異母的二哥。」

來的是魏家老二，去日本學醫的那位，不是坐鎮辦公大樓天天想法子賺錢的老大。

「我從日本回來，打聽小弟下落，七前年他到日本看我，要當道士，我以為他腦袋壞了，一時胡思亂想。這次回來，聽說他真當了道士，到處找，總算找到他住處，門沒關卻沒人，以為他暫時出去，坐下看書等，兩名警察進來指我私闖民宅帶我到警局，副署長聽說我是韓希元二哥，請我喝茶聊天，聊不到幾句，他接到電話，我就趕來臺南。」

「韓希元怎麼樣？」

「沒事。」二哥打量賀若芬，「妳是賀老師，他一醒就問妳。我說的沒事是他身體經過檢查，一切ＯＫ，不過其他方面有點事，他不記得為什麼昏迷，失去一段時間的記憶，頭痛。吃過藥休息中，睡醒大概可以出院。現在我請教兩位發生什麼事？」

賀若芬看煙突，煙突看局長，她不知道怎麼對魏醫師說，煙突更不知道該不該對長官說。

5

「很多張臉孔在我面前一下子出現一下子消失，不同的聲音和人影混在鑼鼓聲裡。」韓希元打著點滴說。

「穿黃袍戴金冠的小孩子跑過去，我追，追不上，他停下來等我，我再追。不論我怎麼追總追不到他，追得我快喘不過氣。」二哥餵他一口水。

「變成很多人追他，沒人追得上。其中一人拉起沒氣力的我再追，終於我們跳上一輛火車。」

「你和小球一樣坐了火車。」賀若芬握住他的手。

「火車開進森林，樹木茂密得遮住陽光，遠方一盞微弱的燈，我想到小球說的車站。」

「不要告訴我你看到褐林鴞。」煙突咬著香菸濾嘴。

「褐林鴞飛過我那截車廂，沒有車頂的車廂。我不能到終點下車，怕出不了森林，我往車外跳。」

「老天。」賀若芬看著韓希元額頭的紗布。

「摔到地面，大霧從樹縫間向我噴來，我找不到可以逃開的路徑，可是我知道一定得跑，我滾。」

「慢慢說。」二哥摟住他肩頭。

「滾也沒用，霧裡傳來重重的聲音，像巨人踩步伐向我走來，每一步很重，地震似的。」

「看見車站嗎？」賀若芬問。

「沒看見，霧已經包圍我，我看不到自己的手，霧裡有股氣味，檀香味，我沒有氣力，快倒下去，忽然帶著清草味的大風襲來，看到飄在風裡的五面三角旗子，我知道得救了。再醒來，警車裡。」

「難怪你下車吐成那樣。」賀若芬拍自己胸口。

「恢復記憶，很好，再睡一下，養足精神。各位，我們外面喝咖啡。」二哥起身。

「老三剛到我們家那幾年，沒人有興趣理他。我爸意料之中，不期待我們，交代三位女傭照顧他起居，所以其實如果他能像我這樣想開，可以活得開心，沒人管多好，各位同意吧。」

他們坐在中西區窄巷內一棟三層樓屋齡超過四十年的透天厝一樓。房子雖舊卻整理得清爽：磨石子地面，中間一張原木桌面的長桌，後面廚房內一位阿姨忙著不時送來咖啡、茶、水、糕點。

「不能說我心好，不喜歡那個家罷了。有時帶他出去吃飯，他話少，不是不想說，懼怕，我爸那麼大房子裡住的人見面不是酸言酸語就是故作冷漠，尤其我媽，不過她是我媽，我能幫老三說什麼？比起來，我媽又算好的，這種事她見多了，懶得理睬。三媽最尖酸，說老三是派進來搶遺產的，搶她女兒的份。我爸由最疼小妹變成最疼老三，你們可以想像三媽多恨老三。也不能怪她，明明三媽年輕漂亮，可是她生的是女兒。我爸對男女一視同仁，阿公不一樣，他眼裡只有孫子。也不能怪他。你們看，生長在誰也不能怪，誰又不願主動表達愛恨情仇的家，累。」

外面天色已黑，阿姨打開燈。說燈，就天花中央一盞花瓣形狀的嵌燈，光線微弱昏暗。收走桌面的杯碟，換上五道菜和一大碗湯。

「老三在學校裡闖了不少禍，高中差點畢不了業，我去幫他擺平。我大哥比他大二十歲，我比他大十六歲，拿我哥名片進學校領他回家，一些瑣碎小事和同學打架。我對他說，這個家有好處，有的是錢；有壞處，大家滿腦袋想的都是控制錢的權力。如果不想壞處，日子好過多了，想辦法用錢念書、建立自己的人生。他聽懂，高中最後一年開竅念書了。」

一行人回到魏家在臺南的老房子，二哥阿嬤娘家留下的，多年前阿舅一家搬去臺北，房子便空著沒用，每月請鄰近的阿姨幫忙打掃，如今的阿姨是前任阿姨的女兒，與丈夫在不遠處開麵店，抽空來清潔、開窗透氣。

房子多年沒人住，又處於小巷，溼氣重，工人送來兩臺除溼機，阿姨幫忙拆箱，分居兩個角落，除溼機開始運作。雪白的機身處於昏黃未隔間的室內顯得突兀，不過舊房因此而多了新的氣氛。

「去日本念書前和我大哥吃飯，我講得很白，家裡事業我沒興趣，都他的，不必成天算計他老弟。我呢，在日本讀書要花錢，帳號在他手裡，裡面不准沒錢，讓我過好日子，又不損他一根毛，犯不著弄得彼此不開心。大哥聽懂，從此，直到今天我帳戶始終不缺數字。因為這樣，我們感情很好，他去日本找我泡湯吃飯什麼的，心裡話對我說。按照遺書，分錢給三媽，由她們去美國，老三的事，這次回來他對我說有點內疚，要我問老三想不想做生意、開店什麼的，他可以資助。」

阿姨收起碗盤，擦乾淨桌面，換上一壺茶和茶杯，並且貼心為煙突擺了玫瑰花邊KENZO菸灰缸。

「沒想到老三說當道士，真當道士。魏家三個男生，死老三，他不明白就他最自在，不必像大哥從小背負阿公、阿爸的期盼，不必像我非得去學醫，避開他們對我的期待。爸老了，沒精神再管教第三個兒子，倒是沒想到他自由到去當道士，這次惹上什麼鬼怪？殷郊？哈，小說裡的人物蹦到真實世界，你們開玩笑吧，各位，我老三居然有本事當英雄救那些失蹤男孩？和我認識的他差距很大，他應該開輛跑車到處喝酒泡女生，怎麼在臺南念咒語。」

外面響起汽車的停車聲，不久木門打開，韓希元笑眯眯進來，「餓死了，有二哥在，不怕沒好東西吃。」

「他愛饅頭、飯糰，不喜歡大魚大肉。賀老師別忙，阿姨替他準備了素麵和芝麻包、泡菜、豆乾，撐死他。」

「你們認識我二哥了，免得我介紹。」

「老三，大哥說他可以投資你，不過看樣子你只對開道觀有興趣，不太容易回收成本。能不能多收點信徒，搞個邪教什麼的大發財？」

「我一直懷疑他的野心就是用宗教騙錢騙色。」煙突接口。

三個男人哈哈大笑。

「謝謝你們，老三一向沒什麼朋友。」

「我是刑警，不是朋友。」

「我是同學，還沒決定當不當他朋友。」

「冷酷無情，幸好我有一個小朋友，小球，說不定他肯當我徒弟。」

「你吃飯，我話還沒說完。」

大碗素麵上桌，韓希元不再理人，吃得差點整張臉孔埋進湯裡。

「寧可他當花花公子富四代，不知道怎麼和道士老弟相處，陪他念經呢，陪他抓妖？不過兄弟之間，難得見面就快樂聊聊，道士與醫生，窮鬼和富翁，宗教和科學——」

「神明和鬼怪。」

「老三，專心吃飯。問各位正經事，你們真的非搞定殷郊不可？聽你們說的，殷郊不知什麼事不爽，施法迷小男生到深山，引發地震，目的在通告我們得替祂伸張正義什麼的，他們到現在為止完全找不出方向，變成和殷郊對幹，不太好，老三清楚我是和平主義者。不爭不奪不氣不恨。」

「二哥比我像出家人。」

「老二不能不如此，得捧著老大，哄著老三。悲情的老二啊，個性被你們磨光。」

韓希元放下碗，發出打嗝聲，但他沒停下筷子，撕饅頭當點心，夾泡菜當甜點，開始飯後的腸胃娛興節目。

「想出來了，我們得先找到殷元帥，我說的是遷臺第一尊殷元帥神像。」韓希元顯然吃飽了。

「怎麼找？」

「臺灣的太歲星君大部分奉斗姥元君為首，不過殷郊明明受封為地司九天遊奕使至德太歲殺伐威權殷元帥。我查了資料，斗姥元君原是佛教摩利支天菩薩，到中國被道教敬奉為北斗眾星之母。東晉許真人所著的《玉匣記》記載，九月九日也是斗姥元君的生日。咦，你們怎麼不驚訝，不哇？」

「哇。」其他人喊。

「其他經典寫祂老人家，四頭八臂，中天人相，身披青雲錦法服，首上雲髻有黃金塔一座，共九層。塔頂放曼優缽陀羅尼華。中兩手結印，旁六手，一手托日，一手托月，一手執戟，戟上有旛，旛上有金字，寫著九天雷祖大帝。一手持杵，一手把弓，一手撚箭。我們目前看到殷元帥神像大多一手持日一手持月，仿自斗姥元君，不過也有童子臉孔不持日月的。神明有諸多面相，如果找到最早那尊，說不定查得出到底發生什麼事。」

「最初哪尊？在哪裡？」

「在臺南。」

大規模移民與開墾臺灣始於一六六一年，鄭成功率二萬五千名大軍抵臺攻打荷蘭駐軍，之後隨他來的官、軍家眷，招來開墾的百姓，合計在八萬人以上。各地來的移民奉來各地的神明，例如哪吒三太子便隨軍於一六六一年來臺。那時奉神明而來的多是百姓，經過分靈、一再遷廟，未必了解道教裡各神明的真諦，六十值年太歲星君統領神明斗姥元君與殷郊的形象因此混在一起，都一手持日一手持月。

鄭成功於一六六二年即過世，鄭氏朝廷經過鄭經與叔叔鄭襲的奪權戰爭，鄭經死後再有兒子爭權，其間穩定臺灣局勢的主要是參軍陳永華，他興儒學，建臺南孔廟；尊信仰，建廣澤尊王廟，今天的臺南永華宮。其中他也仿諸葛亮在臺南各地實行屯田制，軍人與百姓分別墾田種稻。

經營之初不免遇到挫折，一六七二年，發生一起不明原因的禍事，歷史記載不詳，大致是一處軍營夜晚炸營，幾百名士兵以為敵軍來襲，睡夢中彼此相互砍殺，雖然事態不嚴重，消息傳到陳永華那裡，他慎重調查事情始末。

調查結果如何隨陳永華在一六八〇年病逝而消失，鄭克塽時代兩大重臣馮錫範與陳永華發生權力衝突，馮錫範假稱老臣該退休致仕，勸陳永華和他同上辭呈。陳永華為人真誠，果然提出辭呈，馮錫範卻未提，反而批准了陳的辭呈，以致陳永華晚年為此事耿耿於懷。

陳永華死後，葬在臺南柳營，不過清朝把他屍體挖出移回福建同安，如今臺南的永華墓只是空墓。

康熙為人謹慎，為掃除鄭氏在臺多年建立的聲望，將鄭成功、鄭經遺體移回泉州，可以理解，為什麼連陳永華也移遷？他退休前的官位是總制，算半個宰相，並非大將，再說他已經退休。顯然陳永華某些才華即使死了也令滿清政府顧忌、畏懼。

還有，從臺南起往全臺擴散，建立中壇元帥與五營將軍信仰的是陳永華。與屯田制度並行，新建設的農莊必有五營將軍。

「重點，韓道爺，我沒聽出重點。」煙突急了。

「此地道友說，中壇元帥與五營將軍的信仰是陳永華帶到臺灣的，請來第一尊哪吒神像的也是他。當下得查出殷郊哪一年被引進臺灣，和陳永華有關嗎？一六七二年發生的炸營事件，鄭成功軍隊都隨軍海上奉媽祖，陸地奉哪吒，有哪吒在，怎麼炸營？我去看看陳永華將軍墓，他集道儒一身，說不定他的墓地能帶給我們靈感。」

「案情到了道士手中，益發撲朔迷離，陳永華是誰不重要，帶給你道爺靈感就夠了。」

6

墓碑上刻著：

皇明贈資善大夫正治上卿都察院御史總制咨議參軍監軍御史謚文正陳公暨夫人淑貞洪氏之墓

沒錯，陳永華墓園，不過韓希元怎麼看也覺得墓太新了。上網查資料，他長嘆一聲，陳永華夫婦的屍體被滿清挖了送到福建之後，原墓荒廢，他的政績隨時光被人遺忘，直到一九二九年被人發現雜草堆裡的墓碑，才重新為他立了墓。當時日本人推動皇民政策，並未在意墓碑曾經代表一位偉人。

如今的墓園幾經改建，看上去雖略有規模，韓希元卻絕不可能在遷移過的墓地找到任何對他有用的線索。

「我有個主意，」開車的二哥安慰語氣，「你不是猜測殷郊作亂，三太子被請出來對付祂，兩位神明大打出手，為什麼不找祂倆的大哥出面協調，消消殷郊的氣。」

「好主意。」賀若芬同意。

「找誰？」

「你是宗教博士，茅山宗的耶，你說。」煙突不吐煙，吐槽。

「降魔大師玄天上帝怎麼樣？」

「二哥，你不錯，懂玄天上帝。」

「我生在臺灣不是嘛。」

周武王伐紂的同一時間，玄天上帝奉玉皇上帝詔令，披髮跣足，金甲玄袍，皂纛玄旗，統領丁甲眾天兵下凡，和六天魔王大戰於洞陰之野，魔王化為蒼龜和巨蛇和天兵大戰，玄天上帝大發神威，腳踏龜蛇，征服魔王，並且鎖了鬼眾送到專門收押鬼的酆都，那是個深奧不見底的地心大洞，從此天下恢復正常民生，祂也受封為玄天上帝。兩句話代表祂日後的權威：

紫極騰輝瑞映八方世界

玄天著德恩覃十部閻羅

「玄天上帝除魔，未必願意處理神明間的糾紛。」

「祂不管誰管。」

「不能凡事找神明，能我們處理最好。」

「假如你們道教敬愛經典，說不定有圖書館藏了陳永華當年平定炸營的歷史資料。陳永華你道友，你難道不知道。」

「若芬的邏輯能力夠強，讓我想想。」

車子開回市區，煙突想下車抽菸，賀若芬肚子餓了，二哥的車上禁菸禁食，他愛乾淨。有了。

「北極殿。」

北極殿供奉玄天上帝，建廟時間在鄭成功來臺後不久，威靈赫奕的匾額出自永曆年間，也就是一六八九年，陳永華過世後九年，鄭克塽當權時期。

「聽說第一任廟祝愛搜集文獻，陳永華的葬禮由他張羅，可惜姓名失傳，但聽說他將搜集到的文獻藏於廟後一間小圖書室，我師父老韓去過。」

當車子開抵民權路二段，他又嘆氣。

「北極殿改建過很多次，圖書室恐怕不復原狀了。」

廟內只有零星信徒上香、參觀，廟祝不在，倒是門口坐了一名抽菸的老人，煙突的菸抽完，上前拿出刑警證件證明自己是好人，能不能借根菸。韓希元領另二人繞著廟內找圖書室時，他與老人坐在門前既抽菸又聊天。

韓希元失望地出來，煙突興奮地迎上去。

「找到了，我有地圖。」

菸盒內錫箔紙背面畫了幾橫幾豎線條。

「跟我來。」

他們繞進廟後窄巷，轉幾個彎見到一間小土地公祠，煙突低頭進去對裡面另一抽菸老人說了幾句，煙突招手，韓希元趕緊上前。

「大哉至道，無為自然。劫終劫始，先地先天。」老人以臺語念。

「今光點點，永劫綿綿。東訓尼父，西化金僊。」韓希元以國語。

老人點點頭，「道友，請。」

韓希元跟著朝廟後走去。

土地公祠的造型不同於一般的，廟的正面低矮，一門。屋頂是簡單的一條龍脊，單殿，無偏殿無兩側護龍，可是更深，後半段長方形，沒有任何廟宇的裝飾，從神壇左邊小門進去是廟祝居處，再往裡走是儲藏室，雜亂不堪，老人移開沾滿灰塵的圓形紙燈籠，原來牆上有扇用木栓的小門，他打開門示意韓希元進去。

廟的後半段和隔壁房子相鄰，通過小門，走了三步不能不停下，暗處一炷香燃著，香後一尊手掌大小的神像，白髮長鬚，身穿道袍。

「這位是本教前輩，和西方宗教比較，先知的地位，師尊姜子牙。」

大家恭敬地上香膜拜。

「沒路了？」煙突問。

「他擋路。」賀若芬答。

「不，姜太公在此，證明後面是本教重要的圖書室，兩位稍安勿躁。」

韓希元思考一下，兩手合十念道：

「百王取則，累聖攸傳。眾教之祖，玄之又玄。」

絞輪的聲音，神像與細高的神壇往左移，讓出側身能通過的空間。

「我進去，你們到外面去透氣，空氣不好。」

韓希元一人往前，面對另一窄門，抬起木栓開門走進同樣陰暗的房間，沒有神像，聞不到香燭氣味，靠兩盞常明燈照明。

四處木頭釘的架子堆滿書冊，初看隨意亂放，稍一專心，書按照年代分，木架上寫著毛筆字，他找到永曆三十五年，翻出一本線裝書，打開手機的電筒聚精會神閱讀。

深夜，韓希元獨自坐在一樓專心看一本淡黃的線裝書，賀若芬拉煙突上樓，此時不宜打擾韓道士思考。

二哥下來喝水，倒了兩杯酒坐到老三對面：

「你做的事，我不懂，不想問，跟著看挺有意思。替大哥傳話，承認當初他太視錢如命，不管怎樣你是我們兄弟，問你願不願意回公司。」他喝口酒，「你當然不願意，已經道士了，大哥辦公室裡總不能設壇拜神。除了這個之外，你想做什麼，說出來三兄弟商量。」

韓希元沒聽見。

「道士能不能結婚？我覺得賀老師對你滿有好感，氣質美女，要不是我年紀大了點，搞不好踢掉你，我去追。喂，道士到底想不想女人？」

韓希元忽然發現面前有酒，一口喝乾。

「找到什麼寶貝？」

「可能是陳永華的日記。」

「解開你的謎了？」

「看不懂，每天短短幾十字，沒頭沒尾。」

「聽到我的話沒？賀老師人不錯，快把握機會，脫下道袍，你愛吃素愛念經你的事，當休閒活動。這趟回來，我和大哥兩人坐家裡十四人的大桌吃飯，他離婚以後不愁沒女朋友，可是回到家，空呀。反正你沒結婚，搬回去住，保證大哥和以前判若兩人，說不定你能說動他修身養性。每天工作應酬，一眼看出身體浮腫，他不承認。」

「二哥，案情他們都對你說了，你旁觀者，殷郊鬧脾氣，原因不明，為什麼我在阿里山塔塔加那麼偏僻的山裡找到三太子神像，而且三太子真的應我召喚率五營將軍和殷郊拚上？」

「我哪知──」

「別思考，直覺回答。」

「五營將軍治得了殷郊囉，殷郊在哪裡鬧事，有人就在哪裡供三太子。」

韓希元的肩膀鬆了，臉上有了微笑，舉起酒杯，「生命自都有貴人，看我們是否把握住。二哥，你是我的貴人，承蒙多年來關心，不材小弟敬你。」

「講起文言文了。」

「二哥，你解開我的大惑，雲開月現，我腦子裡的霧退了，清朗得像初生嬰兒，你是我師父。」

「又武俠小說了。魏無忌，你真的是我三弟？」

煙突下來上廁所，賀若芬找零食，二哥對他們招手，「三弟有了新發現。」

韓希元指著桌面的臺南市地圖：「新營在這裡，我們去過，新營有太子宮，新營車站設置五營將軍廟分守各方。往南一點，這裡是現在的下營區，明鄭時代分上中下營，現在統稱下營區，我們也去過，騎馬太子的慶福宮，廟門掛的匾上面寫中營慶福宮。新營和下營的東邊是柳營，更往南是左營，有供奉太子爺的天府宮，其他還有六甲區的林鳳營，鹽水區的舊營，大多數是陳永華時代推動屯田的兵營，開墾也護衛明鄭首都的承天府，老臺南市中心區。凡有營的地方，都有三太子和五營將軍廟，絕非巧合，陳永華以兵護民，以神護靈。」

「這麼多營。」賀若芬感興趣。

「假設明鄭時期發生的炸營事件和殷郊有關，陳永華趕去平息，不過不放心，就設下五營鎮住殷郊，防止再出事。最近發生什麼事惹惱殷郊，他掙脫當初陳永華下的符咒，五營將軍職責所在當然得困住祂，有些信徒得到三太子托夢，進入深山禮拜三太子神像，就是為了鎮壓殷郊，看來不太成功。」

「你說殷郊的靈還是神像，被陳永華鎮壓的地方在五營中間?我們找到的話就能化解恩仇？」煙突吃完牛肉湯了。

「昨天你找到的書，誰的，上面寫什麼？」賀若芬指韓希元手上的書。

「陳永華的日記。」

「怎麼確定是陳永華的？」

「見過他的筆跡。不瞞各位，陳永華雙修，既是敝教的前輩，也是全真派第十七代，這裡他寫了在全真派的名字，教明。全真派一首詩為譜系，道德通玄靜，真常守太清，一陽來復本，合教永圓明。第十七代，教字輩。」

「也是你們茅山宗的？」

「我看過他畫的符，茅山宗的符咒，筆法蒼勁有力。」

「不管哪一派，日記和我們手上的案子有什麼相關的？」

「其中一段寫：昨夜右衛炸營，乃封印之。」

「接上了。」

「封印，陳永華封了誰？封了殷郊？他用誰封？二哥提醒我是五營將軍，當然，五營將軍是他奉來臺南，可是臺南到處三太子和五營將軍，我們得找出關聯。線索，第一個條件，明鄭時代留下的營區名字。第二個條件，當地有太子宮、中壇元帥廟，和五營將軍有關的。第三個條件，宮廟得建在陳永華時代。」

「難怪殷郊對哪吒不滿，陳永華找哪吒封印殷郊，作法不理想。」

韓希元認真看二哥：

「請直覺回答，你覺得陳永華該請誰才恰當？」

「當然請長輩，如果請李靖、玄天上帝——對了，老三，一個問題也請直覺回答，以前你最討厭我們家的誰？」

「小妹。」

「果然。我和大哥罵你，年紀大，你不會記恨，小妹經常講你就不一樣，相同道理吧。」

「陳永華犯了錯。他到哪裡都供三太子，忽視殷郊。」

桌面一陣震動，煙突直覺抓住桌沿。不是地震，手機響，賀若芬的，她看看號碼：「我媽打來，休息兩分鐘，我去廚房講話。」

她快步進廚房。

「妳說，跑去臺南做什麼，又跟那個菸鬼警察？」

「還有其他人。」

「說說。」

「一個老同學。」

「男的女的？」

「男的。」

房子空，一樓的高度三公尺多，廚房和客廳中間雖有牆，沒有門，賀若芬開的音量大，聲音往外傳。

「做什麼的？」

「宗教博士。」

二哥和煙突不禁看向攤開兩手的韓希元。

「宗教也有博士，算了，好歹是個博士。哪天請他來家裡吃飯，我做紅燒獅子頭。」

「他吃素。」

「要命，弄個吃素的來。教書？」

「自由業。」

「沒結婚吧。」

「沒，他不能結婚。」

「為什麼不能結婚，和尚？」

「道士。」

韓希元垂下頭。

「賀若芬，警告妳，別以為長大了，成天和老媽作對。還有誰？」

「道士的二哥。」

「也是道士？」

「不，醫生。」

「也算Doctor，馬馬虎虎。結婚沒？」

「二哥，我媽問你結婚沒？」

二哥受了驚嚇，結結巴巴回答：「認識一天而已，一下子問這麼隱私的問題。未婚。」

「他沒結婚。」

「總算有個人樣的了，幾歲了，還不結婚。」

「比道士大十六歲。」

「那不是個小老頭了，不行。」

「我媽說不行。」

二哥高舉兩手投降：「沒關係，我不急著結婚。」

「他不急著結婚。」

「還有呢？」

「我們要去見一位殷先生——小元，他幾歲？」

「殷千歲，」韓希元摳摳鼻孔，「三千歲了。」

「三千歲了。」

「賀若芬，妳一天到晚跟群沒前途的男人在一起，存心氣我！」

電話斷了。桌旁三個男人終於放聲大笑。

「總算脫離神鬼，」煙突刁起菸，「回到正常世界的感覺真不錯是吧，衰尾道人，我勸你考慮還俗，神仙不如人間。」

阿姨推門進來，兩手各提一個大塑膠袋。

「謝謝阿姨。」二哥上前去接。

「吃什麼？」煙突向二哥手裡的袋子張望。

「素米糕、孔廟前的素包子、素碗粿。」

「道爺，連阿姨都對你這麼好，還俗啦。」

7

「找出來了。」韓希元挪回地圖，「一六六二年陳永華從泉州迎來觀音大士像與三太子像，這尊三太子如今安置於官田的慈聖宮，披中壇元帥彩帶，也就是說五營將軍駐紮此地。」

「官田不是營。」

「陳永華家族在這一帶開墾，他是官，所以稱官佃，現在改成官田，靠著下營，之前說過，慶福宮在中營。」

「等等，」煙突抽出筆，「我標出你說的營。」

左營天府宮，建於一六六〇，所供奉的三太子神像可能全臺最老。

中營慶福宮，所供奉的太子神像於永曆十五年，一六六二年，奉來臺灣。

新營太子宮，舊廟建於一六六三年，太子神像也於同年奉入。

官田慈聖宮，陳永華於一六六三興建，三太子神像從泉州請來。

「缺一個。」

韓希元搶過筆圈住柳營。

「柳營在明鄭時代稱為查畝營，上應二十八宿的女宿，漢名應該是女宿營，當地人叫查畝營，後來名字不雅，改叫柳營。」

「柳營沒有太子宮。」煙突看著手機螢幕。

「有，陳永華辭官後隱居在龍湖巖，今天六甲區赤山龍湖巖。他精風水，這個地方他早就看中，不然不會一辭官就搬到離承天府相當遠的龍湖巖。而他死後葬在天興州赤山堡大潭山，現在柳營區果毅里，兩者距離不遠。」

「到底柳營還是六甲？」

「六甲指當時先民開墾的地方，有二甲、三甲、五甲，柳營是軍隊屯田的地方，六甲地區歸柳營管轄。」

「太子呢？」

「陳永華信仰五營將軍，他所在地方一定設五旗，不一定有大的宮廟，小型的廟經歷滿清和日本人，可能被拆毀。等等，煙突，我在塔塔加找到的三太子神像呢？」

「供在三樓。」

他們捧下仍在晃動的神像，進廚房韓希元拜過，舉起神像，就著廚房內新裝的燈看底座。

「什麼字？」

二哥年紀大，眼力卻最好。

「柳・營・太・子、廟。」他咬著每個字念。

沒人開口，面色凝重回到長桌，三太子不停地轉，韓希元跪下低聲誦經，煙突在地圖標識出第五個目標。

柳營太子廟，陳永華所建，離他墓地不遠。

「五營都有了，陳永華將殷郊鎮壓在五營中間。」煙突看著地圖，「其他四營聚在縱貫線兩邊，左營太南邊，範圍太大，找殷元帥很不容易。」

韓希元急得跺腳，「當年設立這些營區是為了護衛臺南的承天府，大部分在臺南市北方，因為當時陳永華對臺南以北地區不熟悉，要防原住民、荷蘭人、西班牙人，屯兵在北作為防禦，屯田自給自足。主力部隊進駐承天府附近保護鄭成功父子，最南的防衛到今天的左營？」

「太遠。」煙突不同意。

二哥打了好幾個呵欠，

「休息，睡一覺頭腦清楚，熬夜念書最沒效果。」

「小元，明天早上再說，左營在那裡，跑不掉。」

那晚下了場罕見的嘩啦啦傾盆大雨，直到天亮還沒停，臺南市區內好幾個地方積水。還起了幾回狂風，颳掉幾塊招牌，砸了三輛車，幸好沒傷到人。韓希元做了一場接一場的夢，夢中他困在左營天府宮，正殿沒有神壇，高大的神像貼著兩邊牆壁，回音從屋頂的藻井往四面八方傳，他往內殿跑，不料撞進濃霧，他看到金甲鐵冠的陰兵揮舞五面顏色不同的旗子不時出現，男孩未變嗓前的聲音就著他耳朵說，我是太子，我才是太子。

煙突本來累趴了，說也怪，躺上床卻沒睡意，清醒得到打了幾通電話，講了很久的話。當阿姨提早餐進來時，他正試圖把韓希元搖醒，韓希元在睡夢中喘氣、冒汗，他用相當地震規模八程度，一不作二不休拉起床墊把韓希元震下床。

煙突過於興奮，沒留意屋外，大雨雖落不停，對面卻站著三名穿雨衣、戴斗笠的男人，都瘦瘦高高，他們一語不發透過笠緣盯著三層樓的透天厝。

第四部
陳永華的封印

新營糖廠
內燃機車庫

新營糖廠
舊址

唐福印刷廠
辦公室

軌枕工廠

中興路

糖廠
販賣部

新營糖廠
油品事業部
辦公大樓

陳永華，字復甫，福建同安人。永華聞父喪，即棄儒生業，究心天下事。時成功延攬天下士，接見後，與談時事，終日不倦。大喜曰：復甫今之臥龍也。授參軍，待以賓禮。

連橫《臺灣通史》

1

早餐桌上沒人開口說話，韓希元面色蒼白躺在長椅，二哥拍他三弟發抖的左手臂，準確刺入針頭，營養劑順管子流進靜脈。賀若芬握湯匙將川芎、當歸、黃耆、茯苓、黨參等許多補氣活血中藥材燉的大補湯餵進韓希元嘴裡。煙突聚精會神看地圖，一壺咖啡被他喝完，順手拿起桌面的大補湯，被賀若芬瞪了一眼，他只好悻悻然進廚房開機器煮另一壺咖啡。

外面依然大雨，天色陰得近乎夜晚，不知什麼鳥在雨天仍飛翔，掠過窗臺時發出咕咕叫聲。打破沉默的總是煙突，他斜眼瞄瞄侍候韓希元的賀若芬與二哥，「衰尾，你從小住魏家沒人疼沒人愛，可憐的邊緣人呃，就差沒從小生長在孤兒院，現在補回來？」

他推地圖到韓希元面前：「我們昨天找出五營位置，其中之一不是左營。熬夜問過當地耆老，鄭氏為防衛首都所在的承天府，設前後左右中五鎮，有人說宣毅左鎮在這裡，所以又稱左營。」

「稀飯說左營有三太子的天府宮。」賀若芬回以口氣裡帶著不着痕跡的你不是說廢話。

「昨晚我想到天亮，勞師動眾請來三太子和四營將軍，作法封印殷郊的如果是陳永華，他的設計，你說的，東方青龍位在已經消失的柳營太子宮，死後他葬在附近對吧。」他看了桌上搖晃的三太子像一眼，「西方的白虎，騎馬太子的中營慶福宮，北方的玄武是新營太子宮，南方的朱雀，喏，以前下營慈聖宮，中央指揮官在左營的話，那是中壇元帥的位置，陳永華主帥，他應該和三太子坐鎮中央，可是陳永華沒去過左營。」

「你查出陳永華沒去過左營？好用功。煙突警官進入狀況了。」賀若芬的誇獎並未令煙突欣喜。

「陳永華隨鄭經父子一直待在承天府，鄭成功攻下荷蘭人的普羅民遮城，定為東都明京，意思是東方的明朝京城，普羅民遮城如今是赤崁樓，承天府衙門也設在這裡，陳永華擺五營陣封印殷郊，他的中營當然應該在府城。道爺，我半路出家，惡補一夜，沒說錯？」

韓希元抬頭認真看煙突，「嚴警官，你說的有道理。」

「你們意見一樣，不吵架了？難得。」賀若芬口氣裡偷藏了別騙我你們不可能不吵。

「妳和道爺大學同學，二哥和道爺親兄弟，我才真正邊緣，哪敢吵架。」

「還剩半碗中藥大補湯，專治邊緣症，煙突，我餵你。」賀若芬平淡的口吻裡飛出無數把飛刀。

「謝謝，不敢，我很早以前就認命了。」

二哥笑個不停。

「嚴警官，我們一直三位一體，」韓希元也對煙突笑，「加上二哥、精神與我們長相左右的小球，我們也五營，手拿尚方寶劍，調動全臺保警的嚴警官是中壇元帥。」

「我快被調到合歡山昆陽派出所，當雪人，帥不起來。道爺，你說說，如果不是左營，中壇會在哪裡？我問遍臺南各地宮廟，找不到答案。」

「昨天晚上發生什麼事，煙突變了個人，耐人尋味。」

「接受賀老師任何諷刺。」

「你認為陳永華布置的中營在三百六十年前的東都明京，如今我們住的中西區老城裡？」韓希元不再發抖，拿過地圖，「偏偏中西區宮廟特別多，難找。」

「宮廟密度全臺第一，要是和歐洲教堂、中東清真寺一起比較，密度世界第一。」二哥打完點滴吃起他的早餐。

「大天后宮怎麼樣？」煙突指著地圖裡代表寺廟的卍符號。

「不對，以前明朝流亡王室遺族寧靖王的住處，施琅來臺改為媽祖廟。」

「祀典武廟呢？」

「可能鄭經時期興建的，不確定，偏殿供奉六十太歲星君，不過和殷郊、哪吒都扯不下關係。」煙突看著窗外的雨，「不能再等，刑警講究現場，我借二哥的車出去轉轉找靈感。」

「不，一起去。」韓希元。

「道爺休息。」

「大補湯愈喝愈餓，阿姨，妳們臺南賣飯糰嗎？」

於是二哥開車，四人在市區內繞，幸好他開的是高底盤休旅車，大雨不停不說，此時刮起一陣陣強風，吹得載滿人的豐田直抖。

涉過南門路淹到小腿的積水，途經建於一六八三年的五妃廟，國定古蹟。清軍犯臺，鄭克塽決定向清軍投降，明朝王室後裔寧靖王朱術桂不願屈從，向五名妃子表示他決心自殺。五妃一體「死隨王所」，集體上吊自殺，朱術桂將她們安葬於城郊，了無牽掛後也自殺，居民將他葬於如今高雄市湖內區，離臺南市南區不遠。

「不是。陳永華早朱術桂三年，一六八〇年過世，五妃廟與他無關。」

轉到府前路代天府，廟內人員頂著大雨收神明旗幟進廟內。

「不是。代天府拜千歲爺，明鄭以後才建造。」

「而且是千歲爺，一千歲，老三，你找的三太子和殷郊元帥都三千歲了。」二哥也進入狀況。

神農殿如何？

「一八五七年，清朝咸豐年間蓋的，改建多次，新塑的神農大帝神像有六塊腹肌，太World Gym。」賀若芬冒雨進廟詢問再回到車上，她說話的口氣像排了幾小時隊終於擠進網紅店卻聽老闆說，小姐，不巧，剛剛賣光了。

車子過不了運河，維持交通的警員要求車輛改道。雨大又漲潮，海水倒灌，運河的水已漲到路面。

「對面是哪裡？」賀若芬問。

「永華行政中心。」

「臺南到處都是陳永華的名字，連市政中心也叫永華。」賀若芬的心情從溼淋淋的考古轉變得恢復些許欣喜的旅遊。

「還有永華街、永華國小、永華國中、永華早餐店。」二哥心情透露鑽出烏雲縫隙的陽光。沒有煙突聲音，他在後座沉沉睡著，心情脫離車外的風雨。

「不要忘記永華宮。」韓希元為二哥補充。

「啊，對，臺南人的廣澤尊王。」

「停車。」煙突突然醒了，搖下車窗往外看，「永華宮在哪裡？」

「不在這裡，怎麼了？」

「博士道爺，昨天晚上我到處問人，其中有位臺南警官告訴我要找陳永華就去永華宮，他以前住在那裡？」

「不，陳永華從泉州奉迎廣澤尊王到臺南，本來供奉在鳳山寺，現在臺南女中一帶，後來移至六合境柱仔行，孔廟對面，以他為名，叫永華宮。」

「只是用他名字啊。」煙突失望。

「廣澤尊王不算，裡面還供奉陳永華、文昌帝君，以前考試前我特別來臺南拜文昌君。陳永華注重儒學，臺灣的宮廟多有文昌君陪祀。」二哥了解臺南。

「陳永華也變成神了？」賀若芬聽出二哥話裡的重點。

「先民緬懷他的貢獻。」

「賀老師別打岔，我之前說陳永華什麼的，到底什麼的？想起來，道爺，永華宮供奉陳永華，也供奉中壇元帥嗎？」

二哥沒答案可是懂意思，一個大U形迴轉從府前路二段開向一段。

永華宮窩在車子開不進去的小巷子內，四個人打三把傘，走不到十公尺鞋子已溼透。兜過一個彎，眼前忽然出現一棵掛滿許願木牌的老榕樹，樹對面就是夾在好幾棟民居樓房中間不留意可能錯過的廟門。

「五營將軍？」看似因大雨而火氣大的中年人瞪著煙突的服務證，「當然有，裡面，警察不拜關公拜五營將軍？自己去看。」

正殿供奉廣澤尊王，左右南斗與北斗星君配祀。北斗星君左邊是福德正神，右側令四個人吐出一口「啊」的長氣，橫匾寫「五營官將」，中壇元帥與他的四名將軍在此。與其他宮廟情形一樣，穿戰袍披彩帶的五仙軟身神明左右鐘擺式搖動，令人擔心會不會不小心搖出神壇。

後面是陳永華參軍紀念堂，黑臉陳永華居中，兩邊對聯以臥龍、鳳雛比擬他在鄭氏王朝的地位。看來陳永華雖未成神，但已接受膜拜，再隔幾十年、上百年說不定加入神明行列。

韓希元跪在陳永華壇前良久，擲了三次筊杯，都是聖杯，看來大補湯發生作用，他一躍而起，「是了，陳永華證明這裡就是他設五營陣的中營。」

「再問他殷郊在哪裡。」煙突催促。

「不能這樣問神明，我們得先找到目標再徵詢神明是否認可。」

「擺個沙盤，請乩童作法，陳永華上身，畫出殷郊藏身的位置。」

「嚴警官，這位是陳永華參軍，不上身，不開威力彩明牌，請你把這裡看成陳永華紀念館。」

「煙突走火入魔，不要太急。」賀若芬對陳永華的黑臉好奇，「神明都黑臉？」

「黑臉，像包公，代表正直；紅臉，關公，代表忠義；白臉，代表儒雅；青臉，代表鎮懾。不過很多神像的臉長年香火被燻黑的。」

煙突抬起他的確有點睡眠不足而發青的臉孔，「聽到雨聲沒，這麼大的雨再落下去，恐怕釀成市區大範圍淹水。」

正說著，端座的陳永華神像竟豆豆豆作響，不是受五營將軍影響地晃動，二哥抱住柱子，「地震。」

規模不小，晃了將近二十秒。

「接下來怎麼辦？」

韓希元趴在地面將羅盤置於地圖的永華宮位置，「你們看，其他四營在東北方，排列出的圖形恰恰是八卦裡震卦，☳，收敵入網，當頭棒喝。」

「較拜託，講講我聽得懂的。」

「震者，驚駭怠惰以肅懈慢者也。震，來的時候令人恐懼，可是也因而使人有所警惕，往後凡事亨通。先苦後甘的卦象。」

「陳永華擺的五營陣壓制殷郊，把太歲星君的領班關進籠子是吉卦？」賀若芬聽不懂。

「嗯，我們再想想。」韓希元也未參透自己理論中的玄機。

「沒空想了，」煙突翻起地圖，「從我們這裡往東北，你看，安定區、善化區、麻豆區、下營區、官田區、六甲區、柳營區、新營區，一望無際，我們踏破雨鞋無覓處。」

韓希元站直身子，一手攬起道袍溼漉漉的下擺，「各位，神明給我們的指示已經夠多了，二哥，我們一路向東北。」

「走哪條路？」

「東北方，飛龍在天。臺一線，一號省道。」

「為什麼選臺一線？」煙突進入狀況後意見更多。

「以前叫一號省道，再之前是清朝開的北路，清朝之所以選擇這條路線，當然明鄭時期已經有路，加以擴充、銜接。以前人開路、蓋屋都看方位看風水，選擇往這個方向當然有道理。從空中看，北在上，南在下，臺一線，飛龍在天的形狀。」

「你改行看風水一定發。」

「老三說了算。」二哥堵住其他意見。

外面雨勢未減，韓希元攔住其他人，自己走到廟外跪在雨中念起咒語。

「五雷敕令掌雷霆，統轄將吏輔百靈。謹告真符下雷神，收雲捲雨火急停，毋使霖霪雨如繩。急急如律令。」

他上車前仰首看天空，彷彿等待老天爺的回答。

「念的是祈晴木郎咒，我的老韓老師怎麼也想不到他徒弟念完博士，卻到今天拜殷郊元帥之賜，終於開始實習之旅。」

「好像沒什麼用。」煙突故意往窗外探手試雨珠的大小。

「嚴警官想怎樣，不是說了嘛，我從博士降級為實習道士，還在學習。」

「沒怪你的意思，小道士心意到了。」煙突收回手。

「出發。」二哥已然是領隊。

車子駛離六合境時，一個黑影掠過巷口牌坊鑽進小巷，不在意淋溼翅膀落在大榕樹的樹枝，搖下一片水珠。

三名穿雨衣的瘦高男人踏著沉穩的腳步進入永華宮，一一摘下斗笠向廣澤尊王與陳永華行禮，問了廟祝幾句話又匆匆離去。廟祝送出門，見到雨衣下六隻長筒雨鞋踩得水漥刮刮作響。

2

雨大到車速降至三十公里，雨刷簡直三太子上身，左右左右擺得一副想飛出車窗和迎面來的大雨搏鬥。即使全臺維修保養最好的臺一線面對這次大雨也不時出現積水路段，對面來的車子濺起可以衝浪的水花，打得二哥開進隔壁車道，幸好路面行駛的車子少，停在路旁等雨勢小了再開的車子多，有理智沒壓力的人犯不著在這種天氣趕時間。

進入新市區後不久，不能不離開臺一線，前方路面塌陷。轉進縣道也走不了多久，二哥臉孔快貼到車窗，想從雨絲與雨絲之間找出間隙瞻望迷濛的未來。

「找地方避雨，不能這樣開下去。」

韓希元指指離道路不遠的一間小廟，「廟。」

車子濺起水花滑進宮廟前小廣場，四人下車即跑進廟裡。沒人，倒是見到正殿兩側擺了三太子出巡時的大頭娃娃，正中供的當然是中壇元帥，一腳踏風火輪，一手舉降魔杵。

「好兆頭，小道士，我們今天一路上都遇到三太子。」

「臺灣哪裡沒有三太子，尤其南部，和你在臺北撞到咖啡館機率相同。」

「既來之則安之，再念個咒，三太子說不定有本領停雨。」

韓希元沒作聲，在神壇前專心打坐閉目念咒。他並未如煙突的要求念咒，念的是道教第一寶典：老子的《道德經》。當初隨老韓學道即迷上《道德經》，每次心浮氣躁時背誦一遍，說也奇怪，立刻心平氣和，靜得如飄在晴天觀音山尖的雲朵。

他煩，沒有目標地在臺南到處亂竄，加上大雨，加上迫在眉睫的第六名男童可能失蹤，加上到目前為止，他什麼也沒搞清楚。

「天下皆知美之為美，斯惡已。皆知善之為善，斯不善已。故有無相生，難易相成，長短相較，高下相傾，音聲相和，前後相隨。」

本來耳邊仍有雜音，念著念著，聲音消失，進入空洞的太空，道教稱此為虛無，人來自虛，歸於無。修煉至虛無是最高境界，韓希元偶爾進入，享受短短幾秒的靈魂離體。這是修道無法對人解釋的吸引力。

他睜開眼，「天下人都知道美，則相對是醜，沒有醜就沒有美。天下人都知道善，自然相對是不善。凡事都相對，世界才能平衡。」

「拜託，你們看，雨沒停，衰尾又講大道理。」

「走，」他對二哥說，「有難則有易，不經歷難，怎能了解易的存在。我們從善化再回到臺一線。」

其他人跟著，賀若芬見到打坐時韓希元面容呈現的變化，先是緊，逐漸緩和，再嚴肅，而後停在如夢似幻的喜。無法體會韓希元那十幾分鐘的內心變化，可是相信韓希元能帶領他們往正確的方向前進。

雨仍大，勉強看到平行的三號高速公路高架路面也在隨風擺盪的雨影裡搖晃不止，地震又來了。一天三次有感地震，而一天還沒結束。

快到官田，韓希元有了新的主意：「既然來到這裡，我們到慈聖宮走走，一來避雨，二來找點吃的。」

「南方，朱雀。」

「嚴警官慧根，有沒有興趣隨我學道？」

「當嗜好可以，別想我當你徒弟，你沒宮沒廟，太窮。」

「無量壽福。」

「有無量壽麵更好。」

有，宮廟義工煮出一鍋素麵，加切碎的香菇、豆芽、筍乾，灑幾滴麻油，香得四人無不嚥口水。冬季的雨天有碗冒著熱氣的湯麵，用煙突的話形容，比升官還幸福。

慈聖宮未給韓希元靈感，不少信徒冒雨進宮跪在搖晃的三太子神像前，由道士吟唱領導誦念經文。他們再往北去陳永華古墓，折而往西到新營太子宮，煙突看著廟頂金光三太子像，「我們是四營將軍，缺中壇元帥。道爺，說說五營將軍的典故。」

五營將軍信仰來源已找不出可以引經據典的確切根據，道教歷代說法太多。韓希元認真解釋，道教屬於開放性強宗教，信徒隨進隨出，心存善念，沒事來宮廟走走，不強調剛性教條。據他了解，五營將軍比較為人接受的起源是玉皇上帝治下以三十六天罡為天兵，七十二地煞為地兵，管理陰陽兩界的治安，另安排五營神兵巡察地方，以靖徘徊於陰陽間的幽魂。

五營兵源來自陰靈，和城隍爺同為區隔陰陽的兩大力量。

五營將軍的身分也說法甚多，被多數宮廟認可的為張、蕭、劉、連、李，李是中壇元帥李哪吒，東營張將軍是明武宗敕封的張聖法主真君張慈觀，臺北市南京西路壯觀的法主公廟就奉祀祂。北宋年間的書籍已有相關記載，真君在福建永春殺死為害鄉民的千年蛇精，後來羽化成仙，接受信徒膜拜。

南營將軍蕭明原為道士，和法主公張慈觀結拜為異姓兄弟，四處除妖降魔，宋朝時冊封輔天靈應真君，也稱輔天真君蕭法主。

西營將軍劉志達，原是和尚，入深山修道多年，以除妖安定地方獲封為神明，道號普照真濟大師靈應真人。

北營將軍連光陽，與臨水夫人陳靖姑結拜為兄妹，聯手降妖。宋太祖時羽化成仙，受封為應化真人。

四神皆以降妖成仙，哪吒更是天界的降妖除魔大師，這個五人組合具有強大的安定民心作用。祂們的名字也可以為張其清、蕭其明、劉其秀、連其亮。跟隨中壇李元帥鎮守四方，插上旗子表示神兵在此，諸鬼勿入。

「原來如此，常經過南京西路見到樓高的法主公廟，原來是東營張將軍，下次一定去拜拜。」

「你問這個幹麼？」韓希元對煙突的向學不太有安全感。「又想通緝誰？」

「長知識。還有，剛才你們吃麵我去講手機，臺北長官叩我，交待一句話，五個字。」

「你，要，倒，霉，了。」賀若芬馬上接口。

「長官的五個字，催，道，長，破，案。」

「你怎麼回覆？」

「我馬屁回覆，道長正踩在破案與不破案的陰陽界線，近日內有結果。」

「把責任往我三弟身上推，他義工，沒領警政署薪水。」

平地而起的一股狂風吹得二哥抓不穩方向盤，輪胎打滑，車子在公路上變成四十五度滑行了幾十公尺，閃過三輛迎面來的卡車，才打正車頭。

新營太子宮的天氣比臺南更慘，一早起滂沱大雨傾瀉而下，沒停過。廟前遮雨棚內依然排了幾十列人龍，各地三太子搶著回娘家，為首者捧的神像還在晃動中，晃得連高大的太子宮也像在風中雨中擺動。

「這麼大的雨。」廟祝熱情迎接煙突，一聽韓希元是道友，表現熱情，「昨天請示三太子，留下兩句籤詩，此事何須用心機，前途變怪自然知。宮廟幾位長輩參商一夜，認為變怪自然知的『怪』字令人不安，又覺得何須用心機，是叫我們沉住氣，太子神像連日異象當自然而然解決。」

「自然而然解決？」煙突的臉很臭。

「想不透太子爺指示的自然是什麼，今天一早忽然想到嚴警官上次來特別關心太子爺的晃動，一定有原因，果然嚴警官大駕光臨，原來太子爺說的是嚴警官從臺北趕來為我們解籤。」廟祝認真地說。

「我？你看我自然嗎？我快不自然到被辭頭路了。」

韓希元從東到西走一遍看排頭的每尊太子神像，雖說都是太子宮分出去的分靈，神像雕刻手法不同，各有各的神韻。晃動中，有的神像面帶微笑，有的皺眉頭，有的怒視韓希元。

「如果不是貴宮分出去的神像也來這裡增加功力，趕不趕出去？」

「宮廟大門開，來者皆是客。韓道兄，我們道家不會做絕情的事。」

「私下在別處請的太子神像送到你們宮廟加持功力，你們看到不要求驗明正身？」

「道友，我們太子爺心胸很大。」

韓希元得不到感應，只好上車往南去中營慶福宮，光景大不同了。宮廟雖偏僻，因最初三太子起乩似晃動從這裡開始，十幾天下來已成網路爆紅的觀光景點，媒體派出記者二十四小時盯著，攝影機架在正殿門口，另有成排的手機、相機，中元大拜拜不過如此。最醒目的是熱源感應器，不願具名的研究單位想拍到神明真實存在的證據。大雨阻止不了看熱鬧的和搶熱鬧的，十幾輛小貨車掀起後蓋做生意，賣起關廟麵、肉粽、乾麵、肉燥飯、三太子飾品，甚至有輛車賣雨衣、高筒雨鞋。

廟門兩側元帥九月初九華誕慶典留下的紅聯仍在：

中秉乾坤元虔誠靈

壇界神通帥保佑民

「騎馬太子還在晃？」

沒錯，晃得凶，遠遠望去，一排騎馬太子同一節奏同一方向晃動，宛如大隊騎兵出征。

「開戰的氣氛，二哥想退出戰場還來得及，警政署沒徵召你。」煙突從熱源感應器那裡擠回來，「二哥體溫有點高，是不是感冒了？回去休息。」

二哥先苦笑，立刻進化為大笑。

「我沒事。頭洗了，何不連澡也洗洗，溼就溼到底。」

「想得開。說好，我不能幫你申請線民費用。」

「遺憾。」

「大臺南兜了一圈，你弟拿不出主意，我還是得向長官匯報逮捕嫌犯進度，等下會用官方語言講手機，你聽了不准冷笑。」

「可以，官方語言？喔，從頭到尾用敬語？我保證不冷笑，有點期待。」

3

借用慶福宮不遠的茅港派出所會議室，慎重其事與臺北專案小組開視訊會議，賀若芬看出煙突的苦衷：「長官罵你？我對他們說，你們嚴警官一人跑全臺，長官坐在臺北陪署長、部長喝茶，不公平，建議立即發嚴警官獎金。」

「不要吧，當長官的平均自尊心比一般人強大，萬一妳控制不住情緒，他們損失的自尊心會從我這裡討回去。」

派出所員警僅留一人值班，其他分赴各地視察大雨造成的災情，煙突正襟危坐，抹抹頭髮對螢幕說：「報告各位長官，奉局長指示，我們用刑事演繹法再一次分析本案。」

他咳了一聲嗽將塔塔加的現場照片抓到螢幕桌面。

「推理原則，從已知線索推論出未知真相。失蹤五名男童均出現於山區和森林鐵道，先後做過同樣的夢，但生理未受傷害，宗教專家提出見解，迄今無其他專家反對，因此推理，五名男童撞邪。」

螢幕內外無人反對。

「經醫師診斷，五名男童新陳代謝正常，無幻視幻聽病歷，也無家族病史。再根據宗教專家看法，他們年輕，前世業障不會用這種搞失蹤的方法呈現報應。因而傾向撞邪，如，鬼上身，經過法師作法驅邪，亦即本專案小組成員宗教博士韓希元審視，五童均已解噩。韓博士要補充嗎？」

韓希元揮手。

「撞邪與驅邪成立的前提下，我們擔心還有第六名男童可能失蹤，可是造成撞邪假相的並非陰靈惡鬼，否則法師早作法解決，不可能一再發生。再說，隨事件演變，全臺各地中壇元帥神像晃動不已，說明此事和三太子有關，三太子率四營將軍一向對付陰靈，保境安民，鬼妖不可能有膽子和神明作對，乃再研判，肇事嫌犯不是妖不是鬼不是魔，韓博士連日追蹤，佐以五名男童皆聽到『我才是太子』的幻聽，臺北市瞿公真人廟供奉的殷郊元帥神像融金，諸多證據，韓博士推斷嫌犯乃六十太歲星君領袖，道教認定為地司九天遊奕使至德太歲殺伐威權的殷郊元帥。」

韓希元點頭，向鏡頭雙手合十行禮。

「演繹法，從整體狀況推論個別狀況，從前提推論邏輯性結論。相信長官看過淡水文化園區的報告與錄影，韓博士以《召殷元帥咒》逼殷郊現身，如果為其他神明，不可能理會《召殷元帥咒》。小球等受困男童皆稱曾於夢中聽到我才是太子的童音，而殷郊無論在道教、歷史中商紂王的繼承人武庚，都是名正言順的太子，因此專案小組本部與我率領的機動小組共同得出邏輯性結論，嫌犯應為殷郊元帥。」

透過中華電信基地一用轉接的電訊，螢幕那一頭的各級長官沉默不語。

「訪查臺南，我們搜集到相當證據顯示殷郊於三百六十年前在臺南鬧過事，該嫌犯乃道教古籍《三教源流搜神大全》登載有名的神明，鬧事過程雖未殺傷民眾，但違反戒律。當時明鄭建立的東寧政府，由總制陳永華追查肇事者，確認為殷郊。為將其緝捕歸案，陳永華施展道教法術，於北臺南設下五營陣，以中壇元帥為首，壓制殷郊，陳永華不知以何種法寶或咒語再將殷郊封印於五營陣，永世不得翻身。我懷疑最近發生什麼特殊異象，殷郊掙脫封印，對祂所受到的待遇不滿，才誘使男童進入深山。」

「動機，說清楚殷郊的犯案動機。」長官開口了。

「報告長官，古籍上記載，殷郊七歲學道術，後來參加討伐紂王的大軍，最多不超過十四歲。按各地殷元帥神像的造型，不乏童顏模樣。小男生好玩，有時闖禍，我們民間立有少年法保障一時迷途的孩童，神明也有，殷郊犯的錯不大，陳永華將之封印，教訓意味強過懲處。」

「為什麼找男童？」

「殷郊找熟悉的、能說得上話的，小朋友一向找小朋友，不會找阿公阿叔玩耍，韓博士認為殷郊以男童的失蹤傳達某種迄今我們尚未理解的訊息。另一個可能，向同為男童、奉陳永華召喚參與布陣將祂封印的中壇元帥哪吒叫陣討公道。」

「破案計畫。」

「是，賴韓博士一路辛勞追尋線索，鎖定三百六十年前陳永華設下的五營陣在如今新營、柳營、中營、下營之間，也就是臺南市新營區、柳營區、下營區、官田區、六甲區一帶，殷郊被封印的地點不出這個範圍。」

「破案基礎？」

「幾個每次都出現的線索，褐林鴞、鐵道、夜晚、地震、無臉人、幻聽。」

「老嚴，不只我們擔心，行政院已經邀請國外專家來臺探討大屯山地底岩漿蠢動的最新動態，地震，事關全民，我們不能懈怠……所以你和韓博士有了緝捕殷郊歸案的具體方向？」

煙突看了韓希元一眼，對鏡頭說：「我們相信被封印的嫌犯殷郊應活動於新營太子宮、中營慶福宮、柳營消失的太子宮、官田慈聖宮正中間的──」

螢幕那頭的長官什麼表情沒人看到，螢幕這頭的二哥、韓希元、賀若芬卻生動、具體表達張口結舌的驚訝。

「中間的林鳳營。」

4

「你說林鳳營，不是我說的。你自己看著辦。」韓希元不再隱藏他的情緒。

「為什麼林鳳營？」賀若芬不是不滿，是不解。

「嚴警官，我只知道林鳳營產牛奶，不知那裡封藏了殷元帥。」

煙突低頭，他沒認錯，也沒強辯。

「至少，嚴警官，說個令我信服的理由。」

「你什麼時候想到林鳳營？」

「靈光乍現，金光強強滾。」二哥難得說起冷颼颼的風涼話。

煙突刁上菸，執班員警夠體諒辛勞的長官，送上火。他們聚在所長室，聞起來空氣清淨，所長不抽菸，但來的外地長官有尚方寶劍，而且心情不好。

「講著講著，思緒跟著舌頭，林鳳營自己就跑出來。」煙突哀怨的自白。

韓希元攤開地圖，「樂觀點，說不定嚴警官脫口而出是冥冥中神明洩露的天機。」

林鳳營位置好，如煙突說的，林鳳營居中，車站的位置更好，離臺一線近，周圍空曠，大片土地多是養牛牧場，數百年來未經大規模開發。近年房地產業暢旺，說不定動到陳永華封印之地。

「柳營車站的位置不是更中間？」賀若芬用拇指和食指比距離。

韓希元倒是相信煙突的主張，「先去林鳳營看看。」

林鳳營地名來自鄭成功部將林鳳，奉命到承天府北邊屯田。被明軍擊退的荷蘭人轉而和清廷合作，艦隊攻打基隆時，林鳳率兵北上拒敵，雖擊退荷蘭的入侵，他卻陣亡。從此為紀念他，林鳳的名字便和臺南這個屯田地區牢牢結合。

大雨已連下二十四小時，令人懷疑天空的雨怎麼還沒倒光。他們重訪日式木造的林鳳營車站，這裡有鐵軌，未見到無臉人，褐林鴞還沒出現，聽不見任何形式的幻聽，只有火車進站、離站，來接女兒下班老爸屁股下老機車無力的引擎聲。

地震，輕微，縱貫線火車未停駛。

三人坐在同樣歷史悠久，掉漆的木造日式候車室，韓希元一手撐傘一手護住懷中羅盤走進雨中，期望神明指引他明確的方位。

「沒有感應。」韓希元滴著水回車站。

最失望的莫過於煙突，他一度相信自己的信口開河會瞎貓撞到死老鼠。二哥樂觀，「再去柳營，臺南還有什麼營？」

「舊營。」

「在哪裡？」

「新營的北邊，鹽水區。」

「鹽水蜂炮。老三，試試去？」

「蜂炮由鹽水武廟主辦，」韓希元沒有放棄，「傳說明鄭時已經存在，陳永華的兒子和其他將領合資擴建，有史實根據的則是清朝時候漳州人建的，供奉關聖帝君、關平太子、周倉將軍。」

「又一個太子。」

「不能再有太子，」煙突哀嚎，「太子太多傷腦筋。」

「關廟可能性不大，陳永華泉州人，那年頭漳州人和泉州人死對頭。」

四個人氣力用盡，連韓希元也睡著，幸好二哥挺得住，一路冒雨開到柳營，羅盤沒感應，當地警局提供不了情報，問了幾所宮廟，大家都說柳營和陳永華有關的當然是古墓。

柳營牧業也發達，嘉南平原中央這片養了大小幾十處牧場，最大地主是臺糖，六十年前種甘蔗製糖，近年轉向牧業、畜殖業、休閒產業，煙突進超商買食物，問二哥：「這裡7-11的鮮奶比臺北新鮮吧？」

二哥止不住地笑，「除非去牧場喝，超商的都一樣。」

四個人坐在7-11門口雨棚內，雨水落至地面反彈到褲管，早溼透的褲子沉重到沒有反應。抽菸的、發呆的、講手機的、看地圖的。

「明後天回去。」賀若芬對手機遙遠那頭的賀媽媽說。

「嚴警官不在，他去派出所辦事。我和韓道士同學、他二哥坐在農場準備吃飯。新鮮的蔬菜、新鮮的水果、五分鐘前擠出的牛奶，媽，牛肉也現殺現宰，我帶點回去給妳燉湯。」賀若芬打了個呵欠，說謊很傷元氣。

「臺南大雨，下了一整天了，臺北沒雨?真好，怎麼不幫臺南平均一下。放心啦，三餐飯一餐不少。不會，吃素的只有道士，我們吃肉，嚴警官說不定偷偷躲開我們，跑去派出所啃半條血淋淋三分熟的牛腿。」

二哥笑得直不起腰。

「保證晚上回到臺南市區給妳電話。媽，手機快沒電了，晚上通話。」

「妳媽真愛妳，典型的媽媽。」二哥說。

「嚴警官說我媽經典。」

二哥又一陣大笑。

「小球找我，我打去問問，說不定他感應到什麼。」

韓希元放下羅盤睜大眼睛看滑手機的賀若芬，「小球，差點忘記他。」

5

煙突動用特權，一路臺南警車開道，涉過幾個積水區，晚上八點返回市區，臺南市警局人員也剛把小球送到。他由臺北警方專人護送搭高鐵到臺南，煙突同意韓希元的要求，他對賀若芬說：「我們不能少了中壇元帥。」

小球的確帶來士氣，尤其忙了一天只換來一身的水和噴嚏之後，但韓希元像偵訊嫌犯，問他一堆數字問題。

「你十一歲，庚寅年生的？」

「什麼是庚寅？」

「你屬虎。」

「對。」

「玄壇真君趙公明座下黑虎，主財。」

「啊？」

賀若芬聽出來意思，「讓稀飯問完。」

「你夢到男孩的聲音對你說話。」

「對。」

「小球，按照周公解夢，如果你夢到的是鬼，你下了捷運便跑，後面濃霧追你，周公說，與鬼鬥者主延壽，你夠狠，和鬼比賽跑步，是鬥。如果你夢到的是神，而且在夢裡與你對話，周公說，人神共話主富貴。」

「稀飯又講亂七八糟的話。」

「不亂七八糟，出自本教《周公解夢吉凶書》，夜有紛紛夢，神魂預吉凶。小球，不管你夢到是鬼是神，恰好你跑給鬼追與鬼鬥，沒被嚇到；和神通話多次，視為平常。你不得了，既長壽又富貴。我對你不錯吧，小球，我老了就靠你照顧了。小道韓希元，也叫魏無忌，勿忘。」

「賀老師，稀飯是不是開玩笑？」

「不太像。」

「你屬虎，農曆九月九日生的，九錢加一兩八錢加八錢，三兩五錢。」

「他賣中藥。」

「不，稀飯算你八字的斤兩，算命的意思。」

「你幾點生的？」

「我媽說晚上九點。」

「九月九日晚上九點生，九九九，難怪難怪。晚上九點，亥時，六錢，合計四兩一錢。聰明超群，老來逍遙福命也。小球兄，請受韓某人一拜，我的下半生指望你了。」

「他又起痟了。」

「稀飯，到底幹麼？」

「他年紀小，不怕鬼不畏神，自由自在——」

「我怕地震。」

「無懼無畏，難怪他對神明感應強烈，嚴警官，我們的中壇元帥到了。」

阿姨準備的晚餐豐盛，賀若芬吃著米粉湯沒緣由想到老媽，平常老媽不正同時扮演阿姨的角色把她侍候得好好的。

煙突報復性吃法：蝦捲和排骨，魯肉飯和魚皮魚丸湯。他想的不是家裡老婆和女兒，想的是怎麼對老婆和女兒解釋他調去標高三千零三十七公尺的昆陽派出所，每年可能有機會做五次雪人，這樣她們可以為調職感到高興嗎？

韓希元於磨石地面打坐，試著沉澱思緒，抹去腦中為陰影籠罩的黑點。從林鳳營站、柳營站，感覺一度強烈到他快張口喊找到了的地步，可是眨眼即消失。陳永華封印之處在林鳳營或在柳營？

二哥最輕鬆，他和小球開始自我介紹地聊天，當然容易聊，光進屋不脫安全帽、背包內各式救急物品就夠平日鎖在日本醫院玩聽筒的二哥樂半天了。

「軍用口糧，」小球吃過阿姨煮的鍋燒麵，卻又帶著點炫耀吃起即熱紅燒牛腩飯，「你看，我把這包牛肉和這包飯裝進這個袋子，再把加熱包放進去，加水，等十五分鐘。摸袋子，燙不燙。」

「燙。你的避難背包是為了地震？」

「我們學校請消防隊肌肉大哥哥來上課，水、口哨、餅乾、安全帽最重要，然後耐心等候救援，多休息保持體力。」

「地震演練。」

「對，最近地震太多，印尼、寮國大地震，臺南也有，送我來的警察哥哥幫我把背包裡的東西換新了，一年後才過期。還有這個，不過不可以打開，要用在最後的一天。」

罐頭八寶粥，有道理，甜，熱量足。

「為什麼跑來臺南？」

「說過啊，你去洗澡沒聽到喔。我昨天夢到褐林鴞，不能對我爸我媽說，他們害怕。不能對警察說，他們每次聽到都用這個小孩頭腦怎麼了的眼神看我。只能跟賀老師和稀飯講。褐林鴞從不知哪棵樹飛下來，比戰鬥機更快，爪子抓住一隻好大的倉鼠，我同學家有養。我特別注意看，褐林鴞只有一隻腳。」

「夢裡面你可以特別注意看？」

「練習出來的，不管做什麼夢，我都會在夢裡面提醒自己看有沒有褐林鴞，幾隻腳。」

「牠抓到倉鼠去哪裡？」

「看不出來，晚上，天太黑，而且和臺南一樣下大雨。」

「周圍有什麼？」

「太黑，看不見。」

「樹林嗎？」賀若芬湊過臉，「牛腩飯？小球沒吃飽，廚房有紅豆湯。」

「看不出來，我想有樹，不然褐林鴞站哪裡休息。」

「有道理。」二哥笑著點頭。

「夢裡又聽到誰對你說話？」賀若芬再問。

「這次沒有，想起來，今天中午有。」

「中午？」

「學校午睡的時候。」

煙突擠來，「午睡？聽到什麼？剛才怎麼沒說。」

「你又沒問我中午的事。聽到不知誰念經，好像稀飯的聲音。」

「念什麼經，記得我念什麼句子，什麼字？」

韓希元也過來了。

「天下皆知美之為美。」小球念。

「你真的聽到？」

「對啊。醒來我問老師，她說我很厲害，做夢做到背《道德經》。」

四個大人看著小球，許久說不出話。韓希元記得中午在新市離開臺一線不遠田邊的小廟，他念《道德經》平靜起伏的心情。

「我中午念的。」

所有人仍不作聲，卻同時將視線轉到韓希元臉上。

「我念本教第一經典《道德經》，念到天下皆知美之為美，斯惡已。皆知善之為善，斯不善已。」

「晴天咒？」煙突記得。

「不是，人世間運行的道理。」

「稀飯，你念經的同時，小球聽見。」

「若芬老師說的沒錯，我念經被神明聽到——說不定是殷郊還是三太子——傳到小球夢裡。」

「轉貼那樣。」賀若芬說。

「衛星轉播？」二哥說。

「祂故意傳給小球，知道小球會告訴我們。」煙突精神來了，「殷郊透過小球向我們宣戰。」

「不，說不定是三太子向小球暗示我們離目的地不遠了。」

「二哥樂觀，牡羊座的？」她轉向小球，「想想你午睡的夢。」

「午睡的夢也算？」

「算。」

「午睡我夢到走在鐵軌，沒有人，路旁有土地公廟，然後我坐在廟前面打開背包吃餅乾，士兵行軍吃的很硬的餅乾，聽到耳朵裡有聲音，很吵，對啦，下大雨的聲音，就聽到稀飯念經。」

「臺北沒下雨，你聽到雨聲，你怎麼認定是稀飯念經？」煙突開始問筆錄。

「稀飯講話一下子快，一下子慢，神經兮兮，和別人不一樣。」

「還有呢？」

「就又地震，我被同學搖醒了。」

「鐵路，鐵路怎麼樣？」

「很多條，看到蒸汽火車頭，二二八公園裡面那種，黑黑的和大煙囪，我爸帶我去看過，說是骨董，以前燒煤。」

「查哪個車站鐵軌多，而且有老火車頭。」二哥下令。

煙突、韓希元、賀若芬抓起手機，比抓寶更迅速。

「你醒來記得做的夢？」剩下二哥陪小球聊天。

「以前不記得，最近比較記得。」

「因為到過阿里山的關係？」

「好像，醫生說我還小，很快會忘記。」

煙突高喊：「彰化扇形車庫，專門設計作為調車頭的方向，鐵軌多，保存日本時代ＣＫ一〇一蒸汽車頭。」

「彰化，太遠。」韓希元不認可。

「嘉義車庫，百年歷史的蒸汽機關車、各種柴油車頭，阿里山森林火車的起點，離臺南又近，符合我們的條件。」

「太遠。」韓希元也不同意賀若芬的答案。

「我做夢的地方不是晚上，白天，奇怪，晚上做夢夢到晚上，睡午覺的夢就夢到白天。乾淨又很多鐵軌，好像很好玩，暑假說不定約同學去。」

「小球喜歡火車？」

「喜歡，可是我夢到的火車小，有小妹妹坐在裡面。」

「遊樂場。」韓希元耳尖，聽到了。

「找遊樂場做什麼？」

「軌道遊戲的遊樂場，雲霄飛車、環園區景觀火車，要不然東北角深澳線腳踩的軌道臺車像，像──」

「找遊樂場幹麼？」

「等下，」韓希元攤開地圖，「男童失蹤後都出現在鐵道尾端，廢線的、深山裡的，殷郊傳遞線索給我們，他所在位置和鐵路有關。」

「遊樂場的不是火車。」賀若芬質疑。

「不要忘記殷郊還是小朋友，遊樂園的小火車對他來說也是火車，而且很好玩，祂喜歡火車。」

「怎麼不說祂被火車吵到睡不好。」

「不要這樣歹鬥陣。找到。」煙突的手機指向地圖。

「哪裡？」

「臺糖新營糖場。」

網上介紹，新營糖廠建於一九〇九年，日本時代稱為新營製糖所，隸屬鹽水港製糖株式會社，為了運送甘蔗而於廠區內建軌道，也載送附近住戶，保留至今。出糖廠經過南方的急水溪，途經牧場，終點站為臺糖八老爺站。

這條小鐵道的軌寬僅零點七六二公尺，是國際標準軌寬一點四三五公尺的一半，稱作五分車。到新營只要問臺糖五分車沒人不知道。現在糖廠改為休閒遊樂場，以五分車吸引遊客，設有車站。除了新營，彰化溪湖糖廠、嘉義蒜頭糖廠、高雄橋頭糖廠也都有。

「一定是新營糖廠，正好在新營太子宮、柳營陳永華古墓的中間，道爺說陳永華布下的五營陣像八卦的震卦，我看像酒杯，上面四營像杯子，下面的永華宮是杯柄，新營糖廠恰好落在杯子內，下一整天的雨，杯子裡的水滿了，神明不見得會潛水，殷郊浮出來了。」

每個人陷入異樣興奮狀態，煙突進廚房翻冰箱，賀若芬端來水果，韓希元和小球趴在地圖上，「這裡是新營糖廠，我們找到鐵路，你睡午覺幻聽到我念《道德經》，再幾個小時就天黑，夜晚了。還缺無臉人、地震、褐林鴞。」

「賀老師，稀飯說不吉利的話，他喜歡地震。」

「我不是喜歡，每次我們做什麼都會發生地震。」

「老三，我們去新營糖廠找殷郊對決？」

「把祂按照陳永華當年的手法，封印回去。」

「啊，得把殷郊再次封印，陳永華不在了，你怎麼封？」

「我最近看過陳永華的符，考古學會辦的，笨，忘記問收藏者是誰，又遠在臺北。不然，用陳永華的印——」

「他的印章？我們找印章店刻一顆陳永華的印？木頭刻、玉石刻？刻『明參軍陳永華印』？乾脆你替他簽名，省掉刻印章的錢，相隔三百六十年，過了追訴期，當事人身故還被遷葬到福建，不同司法管轄區，他不會告你詐欺。」

6

大雨進入第二天，沒轉小的跡象。煙突找臺南市警局熟人陪同去了趙永華宮想借陳永華印章，得到的答案不意外，十足沮喪。廟方表示的確保存了當年廣澤尊王的古印，視為鎮廟寶物之一，但那是廣澤尊王的，和陳永華無關。至於陳永華私人印章、官印，沒見過，聽也沒聽過。

韓希元去了博物館，從未收藏陳永華印章，延平郡王祠也沒有。可是博物館人員熱心協助打聽，得到消息，確有陳永華的印，當年隨他病故，埋進墓內當陪葬品。施琅攻下臺灣，陳永華屍骨被挖出移去泉州，如果有印，得問對岸的泉州市政府。

賀若芬打電話，經過幾次詢問和重撥，廈門鄭成功紀念館提供資料，陳永華遷葬的墓在廈門口下店圩西北村，墓碑上一字未刻，根本不知誰的墓，後來靠墓前兩根石旗桿確定埋的必為官員，經過考證，推斷為陳永華的。

好消息之後必是壞消息，一九五二年陳永華墓被盜，幸好當地居民及時出手攔阻，不過墓穴內一片凌亂，當時記載出土的除了屍骨外，陪葬物不多，賴墓誌銘再次肯定為陳永華之墓無誤，現場起出印章兩顆，由廈門鄭成功紀念館收藏，一顆是瓷印，篆書刻「復甫」，陳永華字復甫，另一顆水晶印章，篆書的「既珍」，可能是鄭成功或鄭經送的，比喻他是鄭氏的寶馬。

派專人到廈門借兩顆印章太花時間，況且紀念館明白表示館內寶物不外借，除非博物館之間簽合約借展。更花時間。

沒有陳永華的印，怎麼封印？

「非印章不可？」二哥不了解道家的法術儀式。

「封印可能是印，殷郊用的翻天印能將對手壓制，佛陀的手掌把孫悟空鎮在五指山下，不過最可能是咒語，陳永華手畫的符咒，可惜在臺北錯過。」

「沒有印章，你想辦法自己畫符吧。」

看來也只好如此。

韓希元進了永華宮，在陳永華像面前打坐，希望神人二者心靈相通，得到啟示。

「哪吒是中壇元帥，下壇元帥呢？」小球在後座發問。

賀若芬查手機，「下壇將軍是虎爺，山神，保佑你們小朋友。虎爺供在神壇下面，因為小朋友還沒長高，又愛爬，虎爺就在壇下保佑你們不要撞到不好的東西。」

「上壇元帥呢？」

「沒有上壇元帥，所有的神都在神壇上面。」

「只有哪吒是中壇元帥喔。」

二哥開車帶賀若芬與小球到處找咖啡，名符其實的遊車河，積水雖未增高也未消減，大多數店家歇業。家裡的咖啡被煙突喝光，等韓希元悟出靈感，正好利用時間買豆子。

「哪吒和虎爺都保佑我，菩薩呢？我同學說女的神和菩薩都保佑小朋友。」

賀若芬又要查資料，幸好小球睡著了。

「妳查查看哪家咖啡店還開著。」

賀若芬想到一位朋友在當地開咖啡館並小有名氣，上網一查，鬼咖啡。

「為什麼取這種名字？」

「他綽號阿鬼，聽說咖啡館開在陰氣很重的山坡上。」

「臺南市區有山坡？我怎麼沒聽說。」

果然是山坡，山下是中山路口著名打卡景點旭峰號老樓，順水泥鋪的坡路往上走，雨水形成急湍的迷你瀑布往下飛濺。小小山坡分成兩級，下面是一般民居和名為開隆宮的小廟，穿進近乎廢棄的小市場，登上二樓是水泥蓋住的山坡，又一排看來沒幾戶住人的破舊二層樓水泥連棟公寓。賀若芬找到鬼咖啡，沒有招牌，頹廢得真帶著點鬼屋氣氛，大門敞開，傳出咖啡香味。

鬼咖啡的藝妓夠香，小球揉眼睛，他面前有布丁，不是夢。

「賀老師，我剛剛又做夢了，和以前的不一樣。」

「我愛聽夢，你說。」

「我坐在稀飯二哥哥的汽車後座，閉上眼睛，頭皮和腳底板好冷，忽然像掉進洞裡面，停在半空，太空人那樣無重力的地方，頭不知道怎麼搞的，學三太子左右晃動，我用力也停不下來。有人講話的聲音，聽不懂的話。我張開眼睛看見身邊站好幾個身體很厚，身形高大威武的男人，背後各插五隻大旗。」

「五營將軍，不會吧。」賀若芬縮起身體。

「不管我多用力看，都看不見他們的臉。」

「不會是無臉人吧。」

「一個穿紅衣服的女生走來對我說，少年仔，你後面幾個人很威武，不過你和他們連結還沒有很緊密，來，我幫你寫幾個字，幫你們連結更好一點。」

「我起雞皮疙瘩了。」

小球伸手握住賀若芬的手，「賀老師不要怕。」

二哥也握住賀若芬的手，「我也怕。」

沖咖啡的阿鬼送上另一杯藝妓，「你們沒人想握我的手？好吧，當我什麼也沒說。」

「小球，繼續說。」

「忽然變成好幾個女生，有人拿硯臺，有人磨墨，有人笑，本來那個拿毛筆的在我身上寫字，寫很長像稀飯寫符咒的紅色字。想起來，很大隻毛筆，感覺人家拿掃把掃我。」

「寫你身上哪裡？」

「背心。」

他轉過身，夾克背後除了本來印的號碼，沒有畫的符。

「然後咧？」

「一隻比貓大一點的老虎走來，叫我跟他走，你就叫醒我來吃布丁了。」

「大概說虎爺的故事，你就夢到老虎。」賀若芬解釋。

「賀老師，晚飯後妳說一點宋慧喬的故事，我好睡覺。」二哥笑了。

「這裡真的比較陰。」阿鬼故意把長髮披到臉前。

「下面不是有間宮廟？」

「開隆宮，鄰居，蒙祂照應，我還好。」

「穿旗袍的到底是誰？」小球追問。

「虎爺帶你走出夢境，我猜不是什麼壞人，她在你背心畫符，應該對你很好，不然為什麼不畫我背後。」二哥幫忙解釋。

「臺南人多少和神鬼有點說不出來的連繫。」阿鬼送來第二客布丁。「本店難得見到小朋友，我請客。」

「等等。」賀若芬轉小球的椅子，「我再看你背心。」

夾克背心印的號碼，56。

「56，什麼意思。」

「我是我們學校足球隊的五十六號。」

「是夢，賀老師，小球做了個夢罷了。」

「他做的夢不尋常，我以為有什麼。」

回程，開車的二哥壓低聲音說：「賀老師，妳有仙緣，不然小球有仙緣。」

「為什麼？」兩人同時問。

「小球夢到虎爺，夢到女人在他身上畫符咒。」

「你意思是保佑小球，驅邪的符咒？」

「不敢說，看老三怎麼決定。」

7

「符咒。」韓希元做了決定，「去了道教會所一趟，尋找歷代的符咒，其中一個專門對付走偏了路的神明，我模仿畫了下來，應該有用。書上說是茅山宗第五代宗師馬朗留下的。不瞞各位，在道教眾先師前面我的思緒尤其清朗，模糊看到陳永華當年作法的情景，有如在我眼前一格格放映。陳永華擺好陣勢，於一片樹林中央的空地，念出召喚中壇元帥的咒語，五營將軍各就方位，隨即他面對殷郊神像召喚殷元帥。只要符咒對，神明不會不聽令，此時陳永華畫出符咒往殷郊神像上貼，殷郊想逃，可是五營將軍守住陣腳，殷郊出不去，被封印住。殷郊畢竟是神明，第二天陳永華下令士卒就地蓋小間的廟，奉進殷元帥像，廟的前後左右上下加貼符咒黃紙，要求當地駐軍定時上香。他還不放心，請了五營將軍分駐柳營、新營、中營、下營就近監視。」

「道教先師告訴你的？」

「看書，晉朝有本寫扶乩的書，真誥，打開我愚鈍的頭腦，我自主想的。」

「我們照你想的陳永華封印手法能把殷郊封回去？靠符咒，你抄的符咒不會抄錯？」

「到時試試。」

「失敗的話——」

「失敗的話你去昆陽派出所堆雪人，賀老師去砸我招牌，二哥背小球游泳回臺北。等第六名男童失蹤，警方壓不住新聞，說不定轟動到全球道友齊來臺南助陣，未必不是好事。老子說，天下皆知美之為美，斯惡已。有美才有惡，我們失敗，才有其他人的成功，陰陽兩極，生生不息。」

「壯烈的敗戰宣言。」二哥鼓掌。

他們往車裡塞了棉被、換洗衣服、糧食，煙突透過手機試著和臺糖新營糖廠打交道，希望他們空一間房供警方人員休息、過夜。再透過專案小組通知新營分局全力支援。大雨使煙突計畫落空，新營分局救災人手不足，靠嘉義和彰化支援，別說幫煙突的忙，何況煙突很難對分局長解釋他們要逮捕歸案的是三千多年前的神明，既沒拘捕令，也沒通緝令。新營糖廠的遊樂園因連日大雨已暫停營業，安全緣故，五分車停駛，留守員工有限，不過他們同意警方可以進入園區巡邏。

因而傍晚時分，天空黑得如半夜，他們的車子涉水駛進園區後，只能停在五分車車站旁，勉強躲進其中一截空車廂避雨。他們等夜晚，等褐林鴞，等如果是殷郊的迷走神明，等穿越時空的火車進站。

韓希元向留守的陳科長問了很多得不到答案的問題，園區近二十年未進行大規模的工程，不曾挖過地面；近日大雨之前，園區作業順暢，未發生過重大意外；糖廠同仁私下拜哪位神明，屬個人信仰自由，不方便詢問；臺南地震他們當然感覺得到，又不是沒神經。園區未受損害。

當科長離去時又轉身回來，「我們拜土地公，車站東北角，很久以前就存在，至於多久以前，對不起，我信基督教，沒去拜過。」

「小廟？」

「很小，紅磚堆的，前任廠長本來想拆掉重建，附近居民反對，他們歷代都拜這間土地公祠，擲筊杯問土地公願不願意搬家，土地公不願意。」

「廟有多老？」

「老囉，泥和磚做的兩邊往上翹的屋脊，專家說那是宮廟建築才有的屋脊，民間的祠堂、住宅有屋脊但不往上翹。」

韓希元依他所說的畫出簡圖，屋脊分三段，左右的較低，中間的突起。

「三川脊，」韓希元鬆口氣說，「中間高兩邊低，像漢字的『山』字形，如果是小廟，可能是假三川脊，閩南宮廟造型。現在的水泥造土地公廟不會這麼講究。」

「裡面一尊土地公？」煙突問。

「很多尊，怎麼樣？」

「好奇而已。」

科長離開，韓希元穿上雨衣，煙突拿出手電筒，小球捧住三太子神像。韓希元說：「我們去看看。」

果然是間小土地公廟，磚砌的，一邊的牆以水泥補過。二哥在煙突水電筒照明下檢視另一面曝露出磚色的牆面。

「修過好多次，這面牆不久前修的，水泥顏色新的。其他，看不出最早建造的年分，不過看地基，」他挖開一些泥土，「以前的老房子用灰泥砌磚，臺南的蚵仔多，就用蚵殼灰加石灰，再調進糯米漿、米糠之類的。你們看，下面的磚塊用的是灰泥，這間廟夠老。」

「二哥，你醫生，也懂蓋房子。」

「老三，我們三兄弟，你小時候不說話，我是家族代表性的叛逆兒子，有段時間到臺南和外公外婆住，外公教的。他說，」二哥停頓一下，「我沒有財產留給你，只有我人生的經驗。」

風雨增大，雨衣下襬黏著褲管，煙突撩開雨衣，手電筒照不進廟內。這間廟的高度只到他大腿，沒門，煙突困難得要蹲下身，小球接過手電筒，靈活地趴在廟前，強烈光柱射入小廟。

地面上下抖動，風雨吹得廟後大樹往前傾，枝葉刷過他們頭頂，打掉賀若芬的雨帽，吹開韓希元的雨衣。

「都蹲下。」

不用韓希元喊，其他三人不約而同伸手進地面泥水灘支持蹲下的重心，也因此看得清廟內情況。石座香爐插滿香梗，磚頭拼的神壇立著七、八尊神像。

「好多土地公。」

「正常，有些人、有些私人的神壇嫌請來的神像太多，丟到荒郊野外，尤其民國七、八十年大家樂瘋狂的年代，阿公阿嬤阿叔阿嬸請神開明牌，全臺新增上萬間神壇，一旦風潮過去，廟倒的倒，改建的改建，鄉間小道走路會踢到被拋棄的神像。大的宮廟收留流浪神像，這間廟雖然小，附近人撿到神像大概也只能往這裡送。你們看裡面的香梗和信徒送來的立香、盤香、檀香、金紙，廟不在大，有仙則靈。」

「土地公都灰灰的。」

韓希元縮在廟簷下點起一炷香，閉目膜拜，將香插進香爐，手電筒照過每一尊神像，泥塑的居多，戴員外帽留白色長鬚，正中一尊年代較久遠，像是木刻的。意外看到關聖帝君，手中的春秋已經遺失。韓希元趴上前，左肩頂在正面的牆，一手伸進神壇深處拿出一尊幾乎看不出面貌的神像。

「你拿土地公做什麼？」

他貼近吹拂，再以衣襬小心擦拭，突然響起震撼大地的巨雷，在閃電耀眼的光線中，韓希元高舉神像過頭，口中念：「帥諱郊，青面青身、金冠、朱髮、緋袍皂緣、絞腰紮腰間，上左手捧日，右手托月；下右手鉞斧，下左手金鐘，項上掛十二骷髏。」

所有人看著他輕輕擦拭神像，露出早已掉漆的暗色木頭，臉部五官長年風雨侵蝕得辨不清面目，僅看得出鼻子的形狀，也看不出兩隻上舉手舉的是什麼，沒有鉞斧，沒有金鐘。韓希元從後口袋取出他的牙刷，沾了雨水洗刷神像頸項。

轟隆隆又一串雷聲，看到了，神明脖子掛了一顆顆小珠子串成的項鍊。

「小球，你眼睛好，你數。」

小球認真地數，「十二顆。」

「對了。」

他放下神像喊：「有請中壇元帥，各方神兵神將就位，擺開五營陣，急急如律令。」

又一陣大風，吹得大家站不穩腳步。

他低下頭默默念了幾句，兩手捧起神像高舉過頭喊：「北帝敕召稟令奉行地司猛吏殷郊速至吞魔食鬼濟世安民。」

韓希元、二哥、賀若芬、煙突各拿出青紅白黑旗子爬到廟的四個方位，小球居中捧三太子像，一手拿黃旗。韓希元再喊：「唵呵咖呢都娑訶咖呢帝釋尼咖呢攝。殷郊疾速承符。」

雷聲大作，閃電不斷，三太子晃得冒出一股黃煙，對面的殷郊神像也劇烈晃動，不僅如此，地震又來了，賀若芬先倒地，煙突更整個人栽進泥漿。一隻褐林鴞在雨中奮力飛到一棟樹停下，仰首高鳴咕咕咕。

「稀飯，褐林鴞。」賀若芬喊。

韓希元專心地念咒：「一歲天清清，二歲地靈靈，三歲遊行江海口，四歲蓮花水中行，五歲招兄甲招弟，六歲兄弟展威靈，七歲蓮花來化身，有魂無魄結成人，吾奉祖師傳號令，扶周滅紂展威靈。弟子一心專拜請，哪吒太子降臨來。三太子聽令，神兵火急如律令。」

閃電中，巨大黑影罩向廟前諸人，每邁一步，地面即隨之上下震動。不待韓希元指示，四人同時爬向小廟兩手抓住廟壁廟頂凡能穩住身體的突出物與狂風拉扯。

「謹請祖師急急發兵出，祖師急急發兵行。發兵並發符，發去東營軍西營將，南營軍北營將，中營軍五營將。五營兵馬點兵共點將，兵先發，馬先催，扶隨弟子腳踏五營房門開。神兵火急如律令，神兵火急如律令。」

五支旗子飛向空中，於風雨中翻騰。黑影已接近土地公祠，空洞、遙遠卻震得四人耳膜疼痛的童音響起，小球抬起臉跟著韓希元的聲音大聲念：「陳永華軍師將令，爾殷郊若心有不平，訴諸玄天上帝自有公論，不得危害民間。」

巨人站在前面，閃電中可以看到他項間的骷髏，無數隻手裡的無數樣兵器，看得到粗壯如水泥混凝車的青綠色大腿。

「殷郊接令，急急如律令。」

地面震得如同地心岩漿躁動，往各個方向尋找出口，土地公廟的屋頂爆裂般炸成破片，每一尊土地公像皆劇烈搖動，有的跌下神壇，有的滾出廟門。一道從天而降的龍捲風落進沒有屋頂的小廟，煙突伸長手抓住快飛出去的二哥，二哥一手牢牢扣住賀若芬的手腕，韓希元飄起半個身子，另一手從袖口抽出如彩帶般捲動的長條黃紙。

四周連續傳出爆炸聲，雨點被炸成子彈，射向每個人的每寸皮膚。接著是更大的爆炸，從廟心炸出，搖晃在廟門外的殷郊神像彈向閃電的空中，韓希元擲出手中的黃紙，「茅山宗奉元始天尊旨令在此，大膽殷郊，還不快快承命。」

符紙未追上殷郊神像，被風吹跑了。

「稀飯，還有沒別的符？」煙突嘶吼。

巨人的影子罩住整個園區，天空飛舞著樹枝、殘葉、泥塊、碎石，還有一隻又誤闖進來的褐林鴞。

陌生的聲音：「謹請祖師急急發兵出，祖師急急發兵行。發兵並發符，發去東營軍西營將，南營軍北營將，中營軍五營將。五營兵馬點兵共點將，兵先發，馬先催，扶隨弟子腳踏五營房門開。神兵火急如律令，神兵火急如律令。」

風雨中出現三條瘦長的人影，穿便利店賣的雨衣，穿五金行賣的長筒雨鞋，三人同時高舉手持乾坤圈的三太子神像，五道不同顏色的閃光飛快地衝向有如龍捲風的風眼。其中一人再舉起飄在狂風驟雨中的黃紙怒吼：「教明道長符令在此，殷郊聽命。」三人齊喊。

天空轟隆巨響，煙突發出哀嚎，他的手鬆了，賀老師飛了，小球飛了，他想抓住什麼卻什麼也沒抓到，他也飛了，他看見下方的魏氏三兄弟四隻手捧著在風雨中搖擺得想掙脫出去的三太子神像。

8

令人睜不開眼的強光炸開陰暗的夜晚，忽然雲收風止，朝陽的光線照亮遠方深藍天幕。

五面旗子插在四個角落與中央，旗襬下垂，一點風也沒有，五個人面朝下躺在碎磚細瓦與泥水中，小球最先抬起頭，他喊：「稀飯快看，三太子不搖了。」

爬出泥濘的其他四人聚到沒有屋頂、三面牆倒塌的小廟前，三太子果真不搖了，祂沉靜，依然英姿煥發伸著五隻手中什麼也沒有的空掌。廟後站著三名瘦高男子，兩手揑訣向神像行禮。

煙突張開嘴卻說不出話，他張大嘴看三名男子，再看到三太子對面的殷郊神像被纏在一道黃符之中。

「稀飯，你好像成功了。」賀若芬也看著殷郊。

「你們是誰？」二哥問。

韓希元掙扎起身向三名男子行禮，「看來是全真派的道友，無量壽福。」

三名男子默默回禮，其中一人伸手捧住三太子像，另一人伸手要捧殷郊像，韓希元喊：「你們要怎麼處理？」

將每一尊土地公像刷洗乾淨奉回少了屋頂的神壇，二哥打開口袋倒出水也取出溼淋淋的新臺幣：「大家捐獻，重修土地公廟。」

小球捐出三百零五十二元，賀若芬放進三張千元大鈔，二哥數了數，又摸出信用卡，他們一起看煙突拔出手槍，一陣猶豫。

「有誠意點。」

煙突聳聳肩收回手槍，「你們告訴我怎麼開發票，怎麼說服長官我因公捐款修廟？」

「小氣鬼。」小球生氣了。

「接下來呢？」二哥又問一次。

四個人不約而同看向遠處的四個人，韓希元正和三名道友圍成圓形低頭說話。不久他捧著殷郊回來，三名瘦高的男子對韓希元的背影深深行禮，仍穿著雨衣雨鞋往園外走去。咕咕叫聲，貓頭鷹故意緩下速度飛過小球頭頂，「對，是牠，一隻腳。」

褐林鴞隨著三名男子消失於五分車車站門外。

「怎樣？」賀若芬總是先開口。

全真派三名道士最早發現異象，他們四處追蹤男童消失的地方，懷疑與陰靈有關，便請了中壇元帥與五營神兵進深山設壇，四處鎮壓遊魂。在淡水文化園區見到韓希元對抗紅磚屋，恍然大悟鬧事的是殷郊，便進考古學會展覽場地偷了陳永華符咒，一路追蹤韓希元。

「三位道友客氣，說我們幹得漂亮，追出當年陳永華請五營將軍鎮住殷郊的地方，趕來是時候，他們偷來的符咒派上用場，重新封住殷郊。」

「還好有他們。」賀若芬拍拍韓希元，「他們會說還好有韓希元道友。」

「接下來呢？」二哥實際。

「我隨身帶殷元帥神像，等小廟修好，再把殷元帥請進去。」他指指神像上的黃紙，「把陳永華的符貼在廟頂，完成封印。」

「萬一哪天又解封呢？」

「那，那──」

「乾脆裝個廟門，監獄裡用的，上面三分之一鐵條，下面密封鐵門，信徒可以看得到裡面的神像，不能伸手進去，免得破壞符咒。再有勞嚴警官請附近派出所派員警到廟門口看守最好。」二哥的主意。

「不好吧，神明怎麼能坐牢。」

「我們警察任務繁重，派不出人，要不然請保全。」煙突的主意。

「廟門不能用警察、保全，道教的規矩是請門神。」

「門神一定要，科長來了，不然我們和糖廠商量，請糖廠廠長明白不守好殷郊的下場。」賀若芬自認她的主意最完美。

趕來的科長驚嚇地看倒塌的土地公廟，「地震震的喔？半年前才修。」

「怎麼修？」韓希元急著問。

「西邊牆破了洞，用水泥新砌。」

「還有呢？」

「全部清洗啊，裡面外面。」

「原來如此。科長，我們湊錢重修廟，你能不能把幾尊土地公請到別的廟暫時安置？」

科長闔不攏嘴撿起土地公像，他基督徒，不了解把土地公放口袋實屬不敬。

「陳永華的封印是修廟被清洗掉的，老天的安排。」韓希元朝天空拜了幾拜。

「修好廟，稀飯再貼符咒，不准清洗，不准人伸手進去。」二哥的看法。

「這樣不夠，」韓希元跺起步子，「根本問題沒解決，殷郊是神明，不會沒事發脾氣，把氣出到人的頭上。」

神明的事，其他人不了解也無從幫忙。

「找出原因，找出原因。」韓希元自顧自對著殷元帥神像說。

「看誰惹祂生氣就找誰，邏輯推理。」

韓希元捏住煙突左肩，「你說什麼？」

「我們見識了殷郊生氣的場面，誰害他這麼生氣？」

韓希元轉頭，眼神變得銳利，「若芬，妳前幾天說過一個故事，什麼A同學的一百分變成別人的？」

「隨便說的。A同學考了一百分，沒想到老師宣布成績的時候講錯名字，變成B同學考了一百分，下課以後B同學很得意，A同學氣自己成績變成別人的，上去打B同學，就打成一團。」

「我們班上就有，不是老師念錯名字，老師發回筆記本，兩本筆記本黏在一起，被別的同學帶回家，他笨蛋，沒發現，後來不見筆記本的看到，兩個人就打架，老師來才分開。」

「你們的故事好。小球、若芬，最後結案的可能是你們兩位。二哥，我們走。」

車子往西停在新營太子宮前，雨停一個小時，積水已經退盡，無風無雨，冬天的太陽雖然距離較遠，卻出奇溫暖。

一大早廟前仍排了好幾列朝聖信徒，廟方放起鞭炮，一名道姑舞起三太子神像向祖廟致敬，腳步紊而不亂。

廟內無論大小，所有神像嘴角抿起微笑動也不動看著今天的第一批訪客。

「嚴警官，我說三太子看中你吧，你昨天來，今天三太子就不晃了。」

「有件事問你，如果信徒奉來的太子神像不是你們宮裡的怎麼辦？」

廟祝笑得每顆牙映著陽光，「我們不在意呀，都是三太子。」

「如果不是三太子呢？」

「那有點麻煩，不過這種事很少發生，神像看也知道是哪位神明，關帝爺紅臉、玄天上帝腳踩龜蛇、土地公長鬍子、五府千歲戴將軍冠，有一次——」

「有一次什麼？」

「有一次捧錯神像來，好像苗栗還是彰化，他一直拜錯神，還把拜錯的神像送到我們這裡說返祖廟升造。」

「哪尊神？」

「也是太子，也三頭六臂，也是囡仔面，我一看就知道他弄錯了，那尊也是太子，殷郊太子。」

五人瞠目結舌，他們終於逮到犯人，迷糊的信徒。

「這幾年三太子的信徒增加很多，我說的這個人去木雕店買了一尊太子爺到家裡的神壇奉祀，請道士拜過，去好幾間宮廟拜過，他以為是三太子，到我們太子宮才明白搞錯了。」

「你們怎麼辦？」

「本來沒注意看，嚴警官，你看宮外排隊的，我們一疏忽，放完鞭炮，他捧殷郊太子進正殿在三太子面前拜，忽然起乩，三太子上身，講話嚴厲，以前三太子從沒這樣。我們宮的乩童看出情況不對，我趕快上香念經請走三太子，那個人昏倒，叫救護車送去醫院，後來昏迷好幾天，聽說回家收了神壇，從此環島逢宮廟便拜，說他要向三太子贖罪。那尊神像留在我們這裡，我撿起來的，神像摔在地上，經過幾位前輩檢查，沒錯，那是太歲統領至德真君殷元帥。」

「後來呢？」

「殷元帥一隻手折斷，年初他拜到臺南，領回去了，向神明請示，要他趕快送殷元帥去天后宮太歲殿拜斗姥元君。」

「他捧殷太子拜了哪吒太子？」韓希元急促地問，他從二哥手裡接過上了符咒的殷元帥神像，「是不是這尊？」

「你這尊有歲月，」廟祝戴上老花眼鏡貼近看，「不是，摔壞那尊是新的，兩手持日月，那個人迎回家了。奇怪，你這尊也少一隻手。」

「那個人捧殷郊在三太子前面跪拜？」

「拜了。平常其他宮廟來拜會三太子有禮數，和三太子分靈啦別的神像不一樣。本尊和分尊見面，本尊和本尊見面差很多。」

韓希元聽得冒出一頭汗水，捧殷元帥快步離開太子宮，急著對二哥說：「去安平的伍德宮，最近。」

「能做什麼？」煙突追上。

「想法子平靜殷太子的心靈，我了解祂的心情，從小被當成空氣，二哥，不是說你。有天三媽媽罵我，是不是你媽派你來搶我女兒的遺產。我難過好久，小孩子不懂什麼是遺產，可是知道大家仇視我。殷太子誰也沒惹，奉天帝之命統領六十太歲，卻沒人理會。殷郊，我韓希元認定你是太子爺，絕不忘記祭拜。也要感謝中壇元帥和五營神兵神將昨天晚上幫我們的忙。伍德宮既奉六十太歲星君之首的殷太子，也奉率領五營神兵神將的李太子。賀老師，妳有主意嗎？」

「我們錯了，不該再封印殷郊太子。他和三太子都是小男孩，被人送進三太子宮，結果是哪吒的廟，好像我們大人老是說別的孩子功課多好，罵自己小孩怎麼不學好學生用功讀書。小孩會抗拒，無法抗拒父母，就對好學生產生嫉妒，萬一表現得太激烈，常被其他同學孤立。今天終於明白，各位，我們不能用陳永華的方法對待殷郊，教孩子應該疏導，像是鼓勵功課不好的學生，建立他們的信心。有信心的孩子不容易嫉妒。」

「妳說不該封印殷郊？」

「對。」

「怎麼鼓勵殷郊？」

「再好好想想。」

韓希元捧神像跪在伍德宮壇前，向少年模樣的殷郊元帥上香膜拜後，靜下心打坐念經。伍德宮的太子爺與殷元帥不晃了，殷元帥頭戴紅絨球將軍冠，金袍金甲，左手舉翻天印護在胸前，座下的奇獸張開大嘴，祂淡金面孔圓潤，表情祥和，兩眼往下看著韓希元。

煙突在廟外抽菸講手機，賀若芬與小球坐在臺階看早晨進市場買菜的男女，風雨便這麼無聲無息說消失即消失，說不定沒人記得昨天的颶風狂雨和強烈地震。兩人累得相擁倚欄杆而睡。

9

「所以褐林鴞是救我們那三位叔叔養的喔？」

「不是養，怎麼說，他們是朋友，超族類的朋友。」

「所以無臉人就是叔叔他們？」

「不是，如果他們在捷運上看到你被拐走還不出面救人，有失道格，猜想是虎爺，下次記得進宮廟要拜神壇下面的虎爺。」

「所以我坐捷運是因為殷元帥喜歡火車？」

「對啊，他被封印在臺糖園區，每天看小火車來來去去，一定好奇。」

「所以你要把祂再關回去？還是聽賀老師的，解除封印？」

「好問題，我得想想。」

回到中西區住處，五人不約而同找到床鋪、沙發瞬間倒頭大睡，巷內摩托車經過的加油聲、路過野貓的呼喊，完全影響不了他們的睡眠。阿姨喊了幾次吃飯囉，得不到回應。阿姨不知道，對這五個人來說，心驚膽跳的一整夜已結束，希望男童失蹤事件從此在韓希元向兩位太子祈求中結束。

下午三點多韓希元最早爬出三樓的床墊，撐起疲憊的身體，在煙突鼾聲裡踮腳下到一樓，阿姨看到他很高興，有素麵、素包子，她可以清炒三種青菜。吃什麼都好，他的體內空得張口吸一口氣能馬上流經食道、胃部、大小腸，換個叫做屁的名詞奔出去。

吃素麵時，他忍不住看向桌子中央的破損神像，清理後，殷郊臉孔的輪廓浮現，看得出木紋，散發木頭香氣。韓希元依稀聽到來自空洞地穴帶著回音的聲音，聽到模糊的集體誦經聲，他停下筷子，更聽到夾在其中吐得很長的嘆息聲。

二哥下來，他高舉兩手伸懶腰，阿姨送來重新熱過的牛肉湯和碗粿。他靜靜坐下，也看向神像。

「事情忙完了？」他問。

「應該完了，感覺又沒完。」

「帶神仙回臺北？」

「不然送去哪裡？好像由我供奉比送去宮廟好。祂經歷過風霜，只有我欣賞祂的殘破。」

「接到大哥電話，聽說我和你在一起，他嘆了好長的一口氣，回臺北看看他，順便拗他出重建土地公廟的贊助金。」

「你拗他，二哥，殷元帥來自臺南，我帶回臺北好嗎？總覺得理應留祂在這裡。」

「好，找間收容祂的宮廟。」

「哪間呢？」

二哥沒再問，認真嚼起牛肉。

又一人下來，浴巾包住溼髮的賀若芬，看看素麵，看看牛肉湯，然後看向殷郊神像，兩手合十拜了拜，

「辛苦了。」

阿姨送來兩片烤得表面香脆吐司做成的三明治，夾了生菜、番茄片、切片橄欖、厚厚火腿、蛋。

「晚上回臺北？」她問。

「我這麼想。」二哥回答。

「這件事還沒做完。」韓希元自言自語。

「開車、高鐵？」

「沒決定，睡飽了，開車也無妨。賀老師向賀媽媽報告過了？」

「沒，手機沒電，正在充電。」

「說不定賀媽媽已經去警政署找人了。」

「祝福警政署。」

再下來的是煙突，向阿姨比個拇指便出去抽菸滿足體內每一處於腐蝕邊緣的細胞，進來依順序看素麵、牛肉湯、三明治，和阿姨才擺上桌的肉燥飯、貢丸湯、切的豬心、豬肝、豬肺。他嘆口氣坐下，看了神像好久，拿出菸再塞回褲袋。

「追蹤祂這麼多天，如今嫌犯在面前散發溫和氣質，不能上祂手銬，有點不習慣。」

「你可以自己左手銬右手，再右手銬左手，多運動，免得手臂肌肉萎縮。」

「醫生哪，關心的和我們常人不一樣。長官叩手機，問我能結案了嗎？回臺北，要不然到臺南警察局借臺電腦打結案報告。你們猜我的結案報告會被他們怎麼處理？」

「看完燒掉，以免流落到媒體手裡，到時你們警察死得絕對比死人難看。」賀若芬回。

「存檔，警政署地下室一間大房間裡面都是電腦主機，你的報告透過電纜送進主機，變成一個日後沒人想得起來的檔名，例如spcq@579383/htm.gov/rxla。直到一百年後不小心被駭客挖到，確定一百年前臺灣警方不講究科學、邏輯，根本用神祕教派的手法辦案。」二哥得意地講。

「灰心喔，當刑警當到流血流汗，最後長官把我當宗教狂熱分子，不記功不加薪，調我去支援命案，欸，連假也不讓休，馬，上，去，報，到。當了長官的人沒心沒肺。」

「不是說你請調新營，以後看守糖廠的土地公廟嗎？」二哥心裡藏了某種自爽的念頭。

「到新營糖廠天天吃糖，反正你的血糖被尼古丁毀得不差每天再多吃幾包臺糖新鮮的蔗糖。」賀若芬照例補上一槍。

「我這樣流汗親像下雨，流血親像忘記關水龍頭，你們還不願意給我幾斤幾兩的同情？」

「少裝可憐，昨天晚上叫你做的事，結果呢？」賀若芬的奶音帶著颱風尾。

「長官罵我頭腦壞掉。」

「妳要警官做什麼事？」二哥問。

「向總統府申請匾額掛殷郊殿前。」

所有人專心吃飯，直到睡懶覺的人打斷。

「你們吃飯也不叫我。」

小球下來了，他看素麵的空碗、牛肉湯空碗、半個碗粿、半個三明治、肉燥飯的空碗，對阿姨說：「阿姨，我餓死了，好想吃牛排。」

其他四人無聲地瞪他。

「有，夜市的鐵板牛排我拿手，等一下。」阿姨從廚房裡說。

「殷太子吃飽沒？」

「我上過香了。」韓希元覺得自己愈來愈能在不久的將來當個稱職的廟祝。

其他人低頭吃自己的，外送快遞員敲門，阿姨小跑步接過飯糰給韓希元，小跑步回廚房煎牛排。

「誰先說？」賀若芬憋不住。

「長官關心封印之後事情還會不會再發生，也就是殷元帥能解開封印一次，誰保證不會解開第二次？」煙突說完他的工作壓力。

「對不起，我不懂神明，只是好奇這次的事情使三太子和殷郊太子交惡，兩位神明日後能和平相處嗎？小男生吵架後從此不說話，長大到了高中萬一有件事令他們不高興，常引發更大的衝突。」

「賀老師，祂們不是小朋友，三千歲了。」

「不，嚴警官，若芬老師擔心的正是我擔心的。」

「請玄天上帝調停呢？」二哥說。

「玄天上帝、三太子、殷元帥，我道行不夠，連怎麼向玄天上帝申請調停都不知道。」

阿姨送出牛排，上面打了枚半熟的雞蛋，小球開心得直拍手，阿姨當然未忽視其他四人，邊收拾碗筷邊問：「還要什麼？」

「咖啡。」煙突舉起右手。

賀若芬舉手，二哥舉手。

「三杯咖啡，道長要茶，小球要奶茶。」

「咖啡豆沒了。」煙突想起。

「我昨天和賀老師買了。」

「你們真好。」煙突拍馬屁。

「咖啡！」賀若芬提高音量，「等等，咖啡讓我想到一件事，你們別催，我再想幾秒鐘。」

「妳慢慢想。」二哥用眼神制止焦慮的韓希元。「我們慢慢吃。」

10

「稀飯，不要再封印殷郊，明明是孩子，背負報殺母之仇的使命、殺父的罪過，幾千年了，放祂自由自在吧。」

韓希元恭敬地將神像放上神壇，「我懂，對男生，若芬老師專業。」

賀若芬想起他們去鬼咖啡的事，山坡下的廟叫開隆宮，全臺唯一供奉七仙女的宮廟，當中的老七，最小的仙女，在民間故事裡成為織女星，與她的情人牛郎星隔銀河遙遙相對，每年只有農曆七月七日能在鵲橋上見面。

阿鬼透過手機喇叭傳來聲音：「老人都叫我們這裡七娘境，拜七星娘娘和祂的六位姐姐。不來喝咖啡？我今天做了米布丁和濃到妳嘴脣會被黏住的起司蛋糕。七星娘娘就是織女星。」

「聽說過，應該去參拜。」韓希元擠到賀若芬手機旁。

「牛郎織女的故事爛到斃，懶得說，我說七星娘娘，祂和姐姐是古時候家庭主婦的代表——祂們出嫁沒我不瞭——織布、紡紗、縫衣服，反正厲害。沒人說得清從哪一年開始，七星娘娘變成保護孩童的神，臺南人到七夕不搞媽的害死男人荷包的中國情人節，我們帶小孩到開隆宮做十六。」

「做十六？」

「講得口乾舌燥，賀老師，來喝咖啡啦，為妳，我店開到半夜，苦苦等。做十六是很久以前傳下來的傳統。附近有個港口，需要很多碼頭工人，小男生能跑步的可以去做童工，沒有勞保，警察不會抓。童工的薪水少，要滿十六歲才能和大人一樣計算工資，所以一滿十六歲，爸媽帶兒子來開隆宮做十六，表示長大，即日起自己吃自己。」

「你聽誰的？」韓希元問。

「你是那位傳說中的道士還是警察？」

「道士。」

「那你還問我。賀老師，等妳喔。」

韓希元轉而面對小球，「你沒對我說去過開隆宮。」

「是和賀老師、你哥哥去鬼咖啡吃阿鬼哥哥請客的布丁。」

「小球，」賀若芬拉開小球，「說你在車上做的夢。」

「什麼夢？妳說穿紅衣服的女人和掛旗子的將軍？」

「原來你們有祕密，說，不然我念咒。」

「穿紅衣服的女人在我背後畫符，說這樣可以讓我和五營將軍連繫得更緊。」

「你背上有什麼？」

小球轉過身，大家看到夾克背後一直沒人在意的「56」。

不用多說，56雖然是小球在足球隊的背號，開隆宮的門牌號碼也是56。韓希元洗米那樣摸小球的頭，

「到哪裡都有神明保佑，小球，你是有福之人。」

「不喜歡人家摸我的頭。」

他們繞開隆宮內一圈，神壇上是七仙女，陪祀的包括中壇元帥、五營將軍、福德正神、雷公、電母、風伯、雨師，和壇下的虎爺。

「我們早來就好了，昨天晚上動員到的神明都在這裡。」二哥感嘆。

「若芬老師，妳在車上說什麼？」

「教育小朋友要用開導、以身作則的方式，不能一做錯事就罰，關什麼關，關有用嗎？」

「把殷郊神像留在這裡，這麼多阿姨、大姐神明照顧他？」

「不錯的選擇。」

韓希元誠心祈禱，七星娘娘聽到了，連續三個聖杯。由廟祝協助將神像奉上神壇。

「還沒完。」賀若芬用教訓的口氣。

韓希元跪下低頭念咒，所有人看著像電影的慢動作，貼在殷元帥身上黃紙符咒一點點脫離，而後飄向天空，咕咕叫聲，一隻鳥飛過時刁走黃紙。

「殷元帥解脫了。」韓希元說。

「道爺，你保證不封印殷郊不會再鬧事？」

「他們該長大了，其實他們早已長大，交給七星娘娘吧。」

殷郊像可能輕微搖晃，五營將軍的旗子可能飄了飄，入夜，七娘境的山坡起了霧，濃濃的霧從山腳往上蔓延，不久連山坡上的鬼咖啡也被霧罩住，但霧的氣味不同塔塔加的，霧裡盡是咖啡香味——還有賀若芬講手機的聲音：「對，我朋友綽號叫阿鬼，不是真的鬼。妳要不要跟他講話？不是博士，他開咖啡館，店是租的，沒有房地產，沒有存款，他新買烘豆機和磨豆機，青年創業貸款每個月要還本金和利息。怎麼辦，妳不要抽菸的警察、不要吃素的道士、不要年紀太大的醫生，眼前只剩這個了。」

二哥看著講手機的賀若芬，「真的不還俗？道士不能當休閒活動？不然，你看，這麼好的女人在面前，又是同學，又同甘共苦。」

「共苦，未曾同甘。」

「去看大哥？別老用邊緣自憐。」

「你說的對，兄弟還是兄弟。」

「大哥愛面子，你姿態低點，熱情點。欸，別太計較。」

「他還沒長大？」

二哥喝了口咖啡，吐出長長的嘆息，「要男人長大，老三，費事哪。」

後記

民權路二段
吳園藝文中心
鬼咖啡
北極殿
四協境七娘境開隆宮
公園路
天公廟
中山路
民生路一段
民權路一段
湯德章紀念公園
湯德章大道
青年路

三個月後，煙突將結案報告呈送上級後的三個月，總統與臺南市長親題的匾額送到開隆宮，掛正殿的四字是「佑我青年」，掛後殿太歲星君的匾額字較多，臺南市長不知找哪位文膽寫的：「誰敢在太歲頭上動土」。

全文完

作者的話

我是臺南迷，喜歡小吃，喜歡都市內隨處可以逛進古蹟，喜歡宮廟和它的豐富故事。不是常做夢的人，但到臺南每晚都有色彩鮮豔、內容清晰的夢。

每年至少去一趟臺南，寫稿之餘，上午吃小馬介紹的羊肉湯，下午走路去鬼咖啡喝「藝妓」，晚上走路去民族路的ＤＪ酒吧喝威士忌，因此一天至少一萬二千步、洗三次澡，覺得很健康。

會去臺南是因為鄭成功，我在大直爬了三年雞南山，必進半山腰的鄭成功廟喘口氣並拜拜，我覺得明朝末年那些人很酷，例如海盜家族出身的鄭成功、流寇出身的李定國。

鄭成功身高一八〇，那個時代算是高個子，長得很帥，十七世紀的金城武。

李定國當了半輩子流寇，投降明朝後卻成為明朝的忠臣，直到兵敗退守緬甸，國民黨後來緬甸孤軍可以說師法李定國。

真正認識臺南是從陳永華開始，我說的是永華宮裡的陳永華，不是金庸小說裡的陳近南。

故事靈感來自殷郊，從《封神演義》到伍德宮的神像，這麼一位悲劇英雄竟然被小說、戲曲、歷史忽略，太可惜。

也因為寫這本小說，重新再認識哪吒一次，以後各位如果覺得自己的孩子叛逆，歹飼，想想哪吒，心情必然豁然開朗。

謝謝很多朋友，鬼咖啡的阿鬼、鄭成功祖廟的那位大哥、新北市圖書館、兩位陪我完成書的編輯毓瑜和君宇。謝謝悠生君協助提供靈感，寫這本小說時他十三歲。希望長大不是件殘酷的事。

還有我老婆，她陪我到處看廟，從未抱怨。她只淡淡地說：今天行程還是看廟？如果臺灣沒有宮廟，你怎麼旅行？

哈，如果臺灣沒有宮廟，我可能活不下去。

這是臺灣神鬼傳奇的第一部，敬請期待第二部。

鏡小說
072

太子與鐵道上的男孩

作　　者：張國立
責任編輯：王君宇
責任企劃：藍偉貞
整合行銷：何文君

執行總編輯：張惠菁
副總編輯：陳信宏
總 編 輯：董成瑜
發 行 人：裴偉

裝幀設計：兒日設計
內頁排版：宸遠彩藝

出　　版：鏡文學股份有限公司
114066 台北市內湖區堤頂大道一段 365 號 7 樓
電　　話：02-6633-3500
傳　　真：02-6633-3544
讀者服務信箱：MF.Publication@mirrorfiction.com

總 經 銷：大和書報圖書股份有限公司
248020 新北市新莊區五工五路 2 號
電　　話：02-8990-2588
傳　　真：02-2299-7900

印　　刷：漾格科技股份有限公司
出版日期：2023 年 10 月初版一刷
ISBN：978-626-7229-79-8
定　　價：420 元

國家圖書館出版品預行編目(CIP)資料

太子與鐵道上的男孩 / 張國立著. -- 初版. -- 臺北市：鏡文學股份有限公司, 2023.10
288 面；21X14.8 公分. -- (鏡小說；72)
ISBN：978-626-7229-79-8 (平裝)

863.57　　112017322